À PROPOS DE L'AUTRICE

Après des études littéraires, puis d'histoire, Laura a travaillé dans la communication, l'événementiel, l'agriculture, la création d'entreprise, le théâtre, et aime sa vie ainsi, variée et trépidante, au gré de ses envies, ses inspirations et des rencontres. Avec passion. Toujours. Car rien n'est trop beau pour être vrai. Voici son premier roman.

W0265954

NOTE DE L'AUTRICE

L'Alsace est ma région natale. J'ai grandi dans ses châteaux. J'ai fait ma première classe verte au château de Lichtenberg, où j'ai vécu intensément mon premier baiser avec un garçon. Le château du Haut-Barr a été une remarquable découverte. Celui de Wangenbourg m'a émue, par son histoire et les gens qui s'attachent à le faire vivre au quotidien, lors notamment de sa fête médiévale à laquelle je participe activement. Ce sont donc ces lieux chargés d'histoire, petite et grande, qui se sont imposés à moi pour placer cette intrigue.

Cette fiction m'est venue en quarante jours. Exclusifs. Intenses. Douloureux par moments. Mais, surtout, tellement épanouissants. Quarante jours qui m'ont donné la vie.

Aux couleurs de l'Alsace et au rythme de mon cœur, je l'ai imaginée comme une histoire d'hier qui pourrait aussi être celle d'aujourd'hui. Ce roman a fait sa part et vous en devenez aujourd'hui, lecteurs, également les cocréateurs, apportant ainsi votre pierre à l'édifice, par votre perception toute singulière. Puisse-t-il vous donner l'enthousiasme d'être qui vous êtes vraiment. De découvrir vos racines. De vivre dans l'amour. De défendre vos valeurs. De rendre possible l'impossible. Et visible l'invisible.

Laura GUILMET

Comtesse malgré moi

Collection : ALIÉNOR

© 2021, HarperCollins France.

Tous droits réservés, y compris le droit de reproduction de tout ou partie de l'ouvrage, sous quelque forme que ce soit.
Toute représentation ou reproduction, par quelque procédé que ce soit, constituerait une contrefaçon sanctionnée par les articles 425 et suivants du Code pénal.

Si vous achetez ce livre privé de tout ou partie de sa couverture, nous vous signalons qu'il est en vente irrégulière. Il est considéré comme « invendu » et l'éditeur comme l'auteur n'ont reçu aucun paiement pour ce livre « détérioré ».

Cette œuvre est une œuvre de fiction. Les noms propres, les personnages, les lieux, les intrigues, sont soit le fruit de l'imagination de l'auteur, soit utilisés dans le cadre d'une œuvre de fiction. Toute ressemblance avec des personnes réelles, vivantes ou décédées, des entreprises, des événements ou des lieux, serait une pure coïncidence.

Le visuel de couverture est reproduit avec l'autorisation de :

© MALGORSATA MAJ/ARCANGEL

Réalisation couverture : E. COURTECUISSE (HarperCollins France)

Tous droits réservés.

HARPERCOLLINS FRANCE
83-85, boulevard Vincent-Auriol, 75646 PARIS CEDEX 13
Service Lectrices — Tél. : 01 45 82 47 47 - www.harlequin.fr
ISBN 978-2-2804-4813-0 — ISSN 2728-5790

Composé et édité par HarperCollins France. Achevé d'imprimer en avril 2021.
par CPI Black Print - Barcelone - Espagne
Dépôt légal : mai 2021.

FSC www.fsc.org MIXTE Papier issu de sources responsables FSC® C159065

Pour limiter l'empreinte environnementale de ses livres, HarperCollins France s'engage à n'utiliser que du papier fabriqué à partir de bois provenant de forêts gérées durablement et de manière responsable.

LAURA GUILMET

Comtesse malgré moi

Aliénor

HARLEQUIN

À tous les êtres merveilleux dont j'ai croisé la route,
et qui m'ont tant appris… Merci !

L'écriture est le pouls de la vie,

Je n'aurais pas pu écrire cette histoire
Autrement que sur le vif.

Je leur donnerai un même cœur, et je mettrai en vous un esprit nouveau ; j'ôterai de leur corps le cœur de pierre, et je leur donnerai un cœur de chair.

ÉZÉCHIEL 11.19

Chapitre 1

Alsace, 1453
Saint Empire romain germanique
Comté de Wangenbourg, au château

La vie est une montagne. Elle se tient droite. Inébranlable. Les âmes y évoluent au gré de leurs aspirations et de leurs incertitudes. Ballottées. Inconscientes. Ce qui est décidé aujourd'hui se répercutera demain. La voie choisie maintenant résonnera comme un écho, dont on ne pourra plus arrêter la progression.

Les lueurs de l'aube commencent à envahir le ciel. Les rayons du soleil percent la montagne. La nuit laisse peu à peu place au jour. Hartmann de Wangen est accoudé au solide mur de pierre de sa forteresse, dans cet écrin doublement protégé qu'est sa chambre à coucher. Il aime cet instant. Tout est encore un peu endormi. Rien ne bouge. Il donnerait beaucoup pour figer ce moment où il a le sentiment d'avoir les choses en main. Tout est stable. Calme. Encore paisible. Soupir. Respiration. Quiétude. La clarté du jour sans son mouvement, ses agitations, ses conflits perpétuels et ses affaires à régler.

Par la fenêtre en arc brisé, il balaye des yeux l'horizon. Il est soucieux, comme toujours. Les paysages verdoyants de sa contrée éveillent en lui admiration et appréhension. Les résineux se dressent majestueusement, bien verts et bien touffus. Ils côtoient des feuillus, qui ne le seront plus pour très longtemps. Bientôt, ces derniers se dépouilleront avec l'arrivée de l'automne, tandis que les sapins et les épicéas passeront fièrement l'hiver avec toutes leurs aiguilles. Au nord, tout a l'air calme. Mais il sait que ce n'est qu'une façade et un répit temporaire. Des mercenaires en bande se font un malin plaisir, ces derniers temps, à semer le trouble dans ses campagnes. Ils terrorisent ses gens et pillent les villages. Il soupçonne son voisin, le comte Volmar de Geroldseck, de vouloir gagner du territoire à ses dépens. Mais Hartmann de Wangen résistera, il le doit.

Il fait volte-face et enfile ses chaussures à la poulaine ainsi que sa cape. Il saisit sa lourde épée dans son fourreau et en serre la ceinture de cuir autour de sa taille. Il relève la tête et se tourne vers le portrait de sa femme, Anne de Vilsberg, feu son épouse. Anne est morte en mettant au monde leur fils unique, Hugo. Si seulement elle était encore en vie ! Elle a toujours su le réconforter et l'apaiser dans la gestion des affaires du comté. Elle le tempérait, elle l'épaulait dans ses décisions et lui donnait toujours des conseils avisés. Elle lui manque tellement, aujourd'hui.

Il lui semble sentir encore quelquefois son doux parfum et sa main délicate sur sa joue. Une femme est un allié si précieux. Il ne l'a compris que sur le tard. C'est quand on perd une chose importante qu'on se rend compte de sa véritable valeur. Tant qu'on la possède, on y accorde souvent peu d'intérêt. Mais, quand elle disparaît, il nous semble que nous ne pourrons plus jamais vivre sans elle. Il en a fait la douloureuse expérience, avec Anne. Il n'y a aujourd'hui plus de place pour le bonheur et la douceur. La vie l'a endurci, la situation s'est tendue au fil du temps. Il estime devoir légiférer la tête froide et avec fermeté pour ne pas se laisser dépasser par les événements, ni envahir par les autres.

Il est seul contre tous.

Il regagne la fenêtre pour une dernière vérification. Le jour est un peu moins timide. Son regard distingue un peu plus nettement l'horizon. Les battements de son cœur s'amplifient dans sa poitrine. L'inquiétude monte.

Les clairières réparties çà et là marquent dans le territoire la présence des hommes, dont la force et la volonté ont colonisé ces montagnes depuis des décennies, malgré les conditions parfois rudes. L'élevage et l'exploitation du bois sont les activités dominantes de ses gens. Heureux et fier que le paysage soit habité, il est aussi inquiet. Les cheminées des masures paysannes commencent à fumer. La vie se réveille. Hartmann espère que les gueux se tiendront tranquilles durant l'hiver. La moisson a été plutôt bonne. Cette pensée le rassure. Puis une autre vient, et il s'énerve intérieurement. Ces gueux ne se rendent pas compte de la chance qu'ils ont.

Il frotte de ses deux mains son visage, sa barbe et ses cheveux blanchis. Il se dit par moments que sa situation n'a rien d'enviable. Les responsabilités, les incertitudes, les nuits d'insomnie, les complots dans son propre château, les querelles entre ses gens et tout ce petit peuple qu'il doit protéger. Il préférerait par moments cultiver un champ et ne s'occuper de rien d'autre. Ne pas prendre de décisions, voilà qui le soulagerait. Et surtout pas de décisions qui soient aussi cruciales que des questions de vie ou de mort.

Bien sûr, les gueux se plaignent parfois de leur condition, sans doute difficile, mais ont-ils seulement une idée du prix de celle d'être seigneur ? Un seigneur soucieux de faire le bien, mais que le mal ronge chaque nuit. Il doit se forcer quotidiennement à être dur, à être ferme, pour ne pas perdre le contrôle, dans une constante maîtrise de lui-même. Il tient à préserver le plus longtemps possible son fils, Hugo, de ce terrible fardeau qu'est le pouvoir.

Le soleil est à présent bien au-dessus de la cime des montagnes.

En baissant le regard au pied du mur du château, Hartmann aperçoit justement Hugo, qui discourt avec les domestiques. Il est habillé comme un manant. Il n'apprécie guère son accoutrement ni ce type de familiarités. Que fait-il avec eux de si bon matin ? Où va-t-il ? Pas de doute, le jour est bien levé. Les soucis commencent…

Chapitre 2

Comté de Wangenbourg, en campagne

Une jeune vierge. Son corps nu frissonne sous les couvertures. Elle émet un petit gémissement de satisfaction. Elle s'étire. Elle ouvre les yeux tranquillement. C'est l'heure. Sourire. Soupir. Elle se glisse le plus discrètement possible hors des couvertures et se lève de la couche, posée à même le sol. Secouée de frissons, les seins durs et fermes, la chevelure encore sauvage et indocile, elle enfile rapidement sa tunique, à la blancheur bien moins pure que le grain de sa peau lisse. Les pieds nus sur la terre, elle s'active, pleine de vitalité déjà. Elle se dirige vers le feu. Ses gestes sont vifs et précis. Quelques mouvements, et le brasier éclaire son visage aussi délicat que déterminé. Cela suffira à chauffer l'unique pièce de la petite masure paysanne, faite de bois, de torchis et de chaume pour le toit. Avant de sortir, elle pose un baiser léger sur le front de sa mère. Puis elle enfile sa robe ample, cousue d'un seul tenant. Elle noue une ceinture autour de sa taille fine. La moindre guenille met ses formes en valeur, malgré elle. Elle entrouvre la porte sur la campagne encore timide et à moitié endormie.

Elle s'arrête un instant les yeux fermés et savoure

l'herbe fraîche et légèrement mouillée sous ses pieds dans un délicieux fourmillement. Il lui semble entendre les battements du cœur de la terre. Elle perçoit la caresse du vent sur son visage et son bruissement dans les branches des sapins. Elle croit entendre la promesse du ciel que la journée sera belle. Comme la sève qui monte dans l'arbre, elle inspire, sa chevelure rouge feu s'illumine, ses grands yeux vert forêt s'ouvrent au monde. Flora est à la vie.

Avant de se diriger vers l'étable, elle jette un regard au château, en contre-haut. Les rayons du soleil assaillent déjà ses remparts et transpercent ses fenêtres. Elle a un sursaut de mépris pour ces gens, là-bas, sans doute encore bien au chaud sous leurs draps, à décuver de leurs grasses soirées. La vie facile. Elle les imagine oisifs, se pavanant à longueur de journée, n'ayant d'autre passe-temps que d'imaginer comment taxer davantage les manants pour assouvir leurs centres d'intérêt futiles. Mais, qu'importe après tout, elle préfère sa vie à la leur. Elle est libre, elle.

Elle pousse la porte en bois de l'étable, qui racle le sol de pierre dans un bruit si familier et si routinier que la réponse ne se fait pas attendre :

— Meuh !

— Bonjour les filles, répond-elle de sa voix douce.

Elle caresse la tête des trois vaches qui composent son très modeste troupeau. Elle gratte le chignon de ces dames, situé entre leurs cornes, et elles lui témoignent toutes une belle reconnaissance en balançant leur encolure d'avant en arrière. Depuis la mort de Jean, son père, c'est Flora qui s'occupe d'elles. Il lui a transmis l'amour des bêtes et de la ferme. Leur condition de paysans métayers est certes difficile, mais elle tient à poursuivre dignement le travail de son père, malgré les impôts qu'elle trouve élevés. Propriétaire d'aucune de ses terres, elle doit s'acquitter de toutes les taxes et tous les loyers, y compris des corvées imposées par le comte, pour bénéficier de sa protection. Tout ça en plus de son propre travail.

Elle saisit une grosse brassée de foin, qu'elle répartit dans l'auge commune de Belle, Capricieuse et Câline. Elles sont d'authentiques vaches du cru, toutes brunes, nées chez l'un de leurs voisins, qui les leur a vendues à bon prix, à l'époque. Des bêtes robustes et fiables dont Flora prend grand soin. La mère et ses deux filles mangent avec appétit. Flora prend le tabouret de bois et le pot de terre juste derrière, qu'elle pose prestement. Toujours à la même place, toujours dans le même ordre, et toujours les mêmes gestes, la routine est rassurante pour ces dames. Elle place une main sur l'arrière-train de la première, l'autre sur le pis chaud. Elle commence par presser chacun des quatre trayons pour en recueillir les premiers jets. Puis, des deux mains, elle recueille le lait d'un bon rythme. La mamelle se détend progressivement. Le lait est bien tiède. La bête ne bouge pas. Ses gestes sont fermes et précis. Les trois vaches sont traites dans le calme. Flora se dépêche de leur remettre encore un peu de foin.

— À tout à l'heure, soyez sages !

Puis elle regagne rapidement la maisonnée. Le lait ne doit pas attendre.

De la fenêtre de sa chambre, Gérald Weber n'a pas manqué une miette de ce spectacle matinal. Même dans la semi-pénombre, il la voit, il l'observe. Il peut attendre des heures, juste pour l'apercevoir quelques minutes.

— Gérald, le travail ne se fait pas tout seul ! Dépêche-toi !

— Oui, j'arrive, j'arrive.

Les cheveux hirsutes, la barbe en pagaille, il s'ébroue, mi-animal, mi-homme. Il se dépêche d'enfiler sa tunique. Les mains râpeuses et nerveuses, il remonte ses braies tachées et passe son gilet de laine. Il regarde encore par la fenêtre. Il espère la voir encore un peu. Il est un riche paysan alletier[1]. Il loge dans une maison en pierre de taille à deux étages, du grès rose, bâtie depuis plusieurs années, et qui offre un poste d'observation magnifique sur son troupeau de vingt vaches et sur la maison de Flora Batisse, sa voisine. Il est propriétaire de ses terres. Il a également le droit d'exploiter certaines parties de la forêt et d'y couper le bois. Ces pensées du matin lui rappellent que ces privilèges et possessions devraient lui offrir certaines prérogatives. Il est peut-être temps d'en faire usage. Il se dit qu'il a assez attendu. Ce matin, son corps lui a parlé en apercevant la belle Flora. Il s'est senti différent. Il s'est senti homme. Il est temps qu'il demande sa main. Il faut qu'elle devienne sienne. Il la veut.

— Géraaaaaalddd !

— Oui, oui, c'est bon, j'arrive !

Il regarde encore quelques instants par la fenêtre, plein d'attention, puis se détourne et descend l'escalier à pas lourds.

— Alors, fainéant, tu crois que le travail va se faire tout seul ? lance son père, le regard dur. Les vaches attendent. Toujours le dernier à descendre !

— Sois pas trop dur avec lui, Pierre, tempère Louise, sa mère.

— Pas trop dur ! Pas trop dur ! De quoi tu te mêles, femme ! Tu me chauffes déjà le sang de bon matin, hein ? Comment fera-t-il quand nous ne serons plus là, tu peux me le dire ?

— Il se débrouillera bien.

— Oui, ben qu'il se débrouille tout de suite, alors ! Il me faut m'assurer que les affaires sont entre de bonnes mains avant de casser ma faux, moi. Pour partir tranquille, je

1. Un alleutier est le possesseur d'un alleu, c'est-à-dire d'une propriété acquise par héritage et libre de toute obligation ou redevance.

veux voir ça de mes yeux ! Ma carcasse se fait plus vieille, je sens que je n'ai plus toutes mes forces.

— Tu en as encore bien assez pour certaines choses, va ! dit-elle en caressant certains de ses bleus au corps.

— Nous avons une ferme à entretenir ! Une ferme familiale ! Une réputation à tenir depuis des générations. Tout ça à la force du travail et de la sueur. On ne peut se permettre de laisser tout ça s'écrouler.

— La sueur… la sueur… Tu as oublié comme tu t'es bien fait graisser la patte avec toutes tes magouilles…

— Que marmonnes-tu, femme ?

— Rien, rien, assez ! Allez tiens, mon petit… Prends… Une bonne soupe bien chaude.

Elle dépose une pleine gamelle devant Gérald avec son plus beau sourire maternel. Le silence s'installe. Quand ils se parlent, tous les trois, c'est souvent pour se hurler dessus. On n'entend plus, à présent, que le bruit des lampées goulues.

Gérald se racle la gorge bruyamment.

— Si je descends le dernier depuis tout ce temps, c'est parce qu'une affaire me taraude.

— Ahaha, bien, bien, tu as donc quelques projets pour la ferme alors ? s'écrie son père, une lueur d'espoir dans les yeux.

— Pas directement.

— Ah ! Bon… Bien… Parle donc, alors !

— J'ai réfléchi, dit Gérald d'un air important, en reprenant une lampée de soupe.

— Ce que tu peux être insupportable de lenteur ! Parle ! Crache, enfin !

— Pierre, calme-toi, laisse-le parler ! Vas-y, mon petit, vas-y, on t'écoute.

— Toi, je ne t'ai rien demandé ! Je lui parle comme je veux. Je vais t'apprendre à ne pas t'en mêler.

Il se lève comme pour porter la main sur elle. L'intervention de Gérald, que cette scène familiale ordinaire ne perturbe pas, arrête son père in extremis.

— J'ai l'intention de demander Flora Batisse en mariage.

Louise blêmit. Finalement, elle aurait peut-être préféré le coup sur les reins plutôt que celui que son fils vient de lui porter au cœur.

— Mais, mon tout-petit, tu as encore bien le temps !

— C'est une très bonne idée, tranche Pierre.

Louise lui jette un regard noir.

— Pourquoi se presser ? Il pourrait trouver un meilleur parti, argumente la mère, peu enthousiaste à l'idée qu'une autre vienne sous son toit lui prendre son enfant et régenter ses affaires en la poussant vers la tombe.

— Elle est un peu maigrichonne, souligne Pierre. Il faudra la remplumer pour qu'elle fasse de beaux enfants. Mais nous pourrons enfin récupérer sa fermette, depuis le temps que cette enclave entre nos terres nous entrave…

Il s'arrête sur ce point, puis enchaîne :

— Personne n'a jamais refusé un Weber en mariage. Va, mon fils, va, nous célébrerons ça comme il se doit. Et maintenant, à la traite ! Les vaches t'attendent !

Voulant finir sa soupe à toute vitesse, Gérald en renverse la moitié sur sa chemise et l'autre par terre. Qu'importe, la mère nettoiera.

Il se précipite dehors et file dans l'étable, balançant force fourrage à pleines brassées à la tête de ses bêtes effrayées. Il trébuche à tous les pâturons, se prend des coups d'arrière-train dans la bataille. On lui marche sur le pied. On lui donne des coups de tête. On le bouscule. On lui défèque dessus. Il subit. Il trait à toute vitesse, sans le moindre égard pour les vaches. Ça se rebelle et ça meugle dans tous les sens. Il se décourage facilement sur certains trayons, qu'il laisse douloureux et tendus. Tant pis pour elles. De toute façon, ce sont de sales bêtes.

Il court, le bidon de lait à la main. Dans sa maladresse et sa précipitation, il en renverse par mégarde la moitié du contenu sur le chemin, et le pose devant la porte. Il traverse la cuisine sans un regard à ses géniteurs et regagne son poste d'observation. Il a la précieuse validation paternelle. Enfin. Il s'adonne alors à nouveau à son activité favorite, attendre. C'est jour de marché, aujourd'hui. Flora va ressortir. Il le sait. Il connaît la moindre de ses habitudes. Dès qu'elle sera dehors, il ira la voir et lui faire sa demande. L'impatience le gagne. Il trépigne. Puéril. Il pense à cette jeune vierge jour et nuit. Il la pense étendue près de lui. Il la veut sienne et pour toujours.

Il l'aura, coûte que coûte.

Chapitre 3

Comté de Geroldseck, en arrivant au château

Les corbeaux s'envolent sur le passage du cavalier. La nuée noire s'élève à grands cris dans le ciel, et s'élance vers l'horizon à la recherche de nouveaux territoires.

Sur sa monture, le cavalier file droit. Il piétine tout sur son passage. Les branches en travers de son chemin ne résistent pas. Elles cassent.

Il grimpe la colline raide, la plus abrupte des environs. Il talonne avec exigence le cheval essoufflé sans lui laisser le moindre répit. Il veut arriver au sommet, et vite. Les pierres des remparts du château du Haut-Barr surgissent brusquement. Sa cuirasse racle le mur d'enceinte, et les flancs de son cheval sont entaillés par les ronces. Il se hâte, à n'importe quel prix, quitte à prendre un raccourci blessant et dangereux. Il veut aller loin, mais ne ménage pas sa monture. La bouche écumeuse de l'étalon et son souffle sonore ne l'émeuvent pas.

Insensible et déterminé, il arrive devant le pont-levis, que l'on a déjà abaissé pour ne surtout pas le faire attendre, craignant déjà les représailles. Tout le monde sait que c'est lui. Tout le monde sait qu'il arrive, qu'il rentre. On l'a vu de loin et on a tout de suite donné l'alerte. Le château s'est aussitôt mis en branle dans un émoi anxieux. Sans un salut aux hommes qu'il rencontre, il grimpe jusque dans la cour haute, où il abandonne sa monture épuisée. Il descend de la bête en jetant les rênes à terre et ne lui adresse pas un regard de reconnaissance. On s'arrange pour traîner à la hâte, tant bien que mal, le cheval à l'écurie, de peur de subir un injuste châtiment.

Sans un mot, il ôte ses gants, se dirige vers la grande salle du château, austère et froide. On le salue. On tente de faire bonne figure pour se prémunir. Il exige un verre de vin. On espère toujours une attention ou un geste rassurant. Il ordonne que l'on fasse venir Loth, responsable de ses troupes, immédiatement. On tremble autour de lui. Ce qu'il veut, Dieu le veut. On s'exécute.

Loth arrive au pas de course, le visage rasant le sol, prudent, les mains serrées pour se soutenir et se donner du courage.

— Je croyais que vous seriez prêts ! tonne Volmar de Geroldseck.

— C'est que… comme j'ai dit à monsieur le comte, il faut le temps de préparer les hommes.

— Vous avez eu bien assez de temps.

— C'est que… comme j'ai dit à monsieur le comte, si vous souhaitez remporter la bataille, il faudrait nous assurer d'être en nombre suffisant et bien entraînés.

— Vous manquez de monde ? Mes gens ne sont-ils pas tous disposés à s'investir pour moi ? Mes cavaliers, mes chevaliers, c'est bien suffisant !

Loth hésite. Il ne sait plus ce qu'il doit dire ou ne pas dire.

— Si… Enfin…

— Faut-il que je m'en charge moi-même, Loth ? Vous sentez-vous dépassé par vos fonctions ?

— Non, monsieur le comte, c'est simplement que j'ai besoin d'un peu plus de temps.

— Mettez les bouchées doubles, débrouillez-vous, je veux mes troupes tantôt ! Qu'elles soient prêtes à combattre avant l'hiver.

— Un peu de patience, je vous assure que…

— De la patience… De la patience… De la patience !

Sa voix est allée croissant. Volmar de Geroldseck se rapproche de l'homme, le visage figé par la rage. Ses cheveux et ses yeux noirs s'assombrissent un peu plus encore. Il a le teint gris, la voix rauque, la bouche fine et tranchante comme la lame d'un couperet. Il reprend dans une colère contenue :

— Vous me demandez, *à moi,* de la patience ? Avez-vous idée de combien de temps ma famille et mes ancêtres ont attendu ce moment ? Avez-vous idée de ce que nous avons enduré durant toutes ces années ? Moi et moi seul, je porte dans mon sang l'humiliation de tout cela depuis bien trop longtemps. Elle me démange tellement que, par endroits, ma peau s'en déchire. Elle me dévore de l'intérieur.

Il frotte sa cuirasse, qui cache une plaie rouge, enflammée et purulente.

— Mes terres sont hypothéquées depuis que mon idiot d'ancêtre Frédéric II a manqué le siège du château de Lichtenberg et s'est fait capturer. En échange de sa libération, le fief est sous vassalité depuis plus de cent ans, au profit du comte de Lichtenberg. CENT ans !

Il marque un temps de silence, afin de prendre toute la mesure du temps passé, et poursuit avec une rage encore plus contenue :

— Un déshonneur, une insulte à notre famille ! Le temps est enfin venu pour moi de rétablir notre prestige et celui de notre rang. En étendant notre territoire au comté de Wangenbourg, nous atteindrons une telle puissance que le comte de Lichtenberg ne pourra qu'accepter de lever l'hypothèque devant l'évidence de la situation. Et je l'achèverai en le faisant s'incliner devant moi, de gré ou de force. Aussi, Loth, ne me demandez pas de patienter, alors que c'est votre incompétence qui est en cause. Je veux mon armée. Le moment est venu, et j'ai besoin des meilleurs avec moi. Si vous ne vous sentez pas à la hauteur de la tâche, un cachot vous attend, et un autre sera ravi de prendre vos fonctions. Me suis-je bien fait comprendre ?

La porte de la grande salle s'ouvre. Un vent glacial fait son entrée avec la silhouette élancée et rigide d'une femme. Elle est maigre. Les cheveux secs, le nez fin et la bouche pincée, elle crispe les doigts sur les plumes qu'elle tient, malmenant ainsi leur duvet délicat.

Volmar met un point final à la conversation avec Loth avant qu'elle n'approche davantage.

— Maintenant disparaissez et mettez-vous enfin vraiment au travail.

Loth s'incline et sort d'un pas chancelant. Malgré lui, la peur envahit son visage à mesure qu'il s'éloigne et qu'il relâche la pression et le contrôle.

La femme s'avance vers Volmar de Geroldseck, tout en gardant ses distances :

— Allons Volmar, Volmar, Volmar, on sait que vous êtes de retour à l'effervescence qui règne dans le château. Elle m'est parvenue jusque dans la quiétude de ma chambre. Elle s'est faufilée sous ma porte. L'agitation que vous instillez à votre entourage est plus que palpable. Laissez-moi deviner... Vous êtes encore en train de terroriser vos gens pour vos stupides guerres de territoire ?

— Ma foi, ma chère Kunégonde, ces stupides guerres de territoire, comme vous le dites, vont rétablir l'honneur de mon nom, et par conséquent du vôtre, puisque nous portons, hélas, le même.

Le visage de Kunégonde se crispe de dédain : elle semble à la fois indifférente et rompue à ce type d'attaque.

— Ne vous donnez pas cette peine pour moi, mon frère. Je n'y accorde aucune importance. Sachez-le une fois pour toutes. Des lambeaux de territoire à glaner par-ci par-là. Tout ça pour quoi ? Pour avoir encore plus de frontières à défendre, de plus en plus loin, et davantage d'ennemis. Autant brasser du vent. Cette agitation et cet éparpillement ne sont qu'une fuite en avant, destinée à vous attirer des problèmes croissants. Je ne comprendrai décidément jamais les hommes. Dieu me garde bien d'avoir un jour un mari ! La solitude me va si bien. Au moins, je peux m'adonner sans entraves à ce qui m'intéresse.

Elle serre plus fort les plumes entre ses mains dans une inspiration de réassurance. Elles craquent sous ses doigts décharnés.

— Ah ! les femmes ! Aucune ambition ! Je crains, ma chère, que vous ne fassiez pas exception à votre sexe et que vous ne voyiez pas plus loin que le bout de vos plumes. Avec un esprit comme le vôtre, le monde ne serait encore qu'une idée. Heureusement que les hommes, et moi en particulier, sont là pour apporter un peu de perspective et d'ordre dans votre fade existence.

— Le monde n'est qu'un ignoble désordre, rien ne sert de lutter contre. Tout ce que vous entreprendrez sera vain.

— Je ne suis pas de cet avis. Le monde appartient à ceux qui savent prendre leur destin en main. Pour ma part, je suis sur le point de saisir le mien par la force et la volonté, dit-il en serrant un poing déjà victorieux.

— Vous raisonnez comme un enfant tout-puissant. Vous oubliez que vous ne pouvez tout contrôler. La vie est morne et triste, c'est ainsi. Elle ne nous réserve à tous que de funestes surprises. Contre cela, il est inutile de se débattre. Il est préférable de ne pas la provoquer davantage. Je tiens à ce que la mienne reste le plus calme possible. La solitude me préserve, Dieu merci, de trop grandes mésaventures. Je reste à mes dessins. Je préfère demeurer à l'écart de tout ça. Ça me paraît être l'attitude la plus sage et raisonnable.

— Je doute, madame, que vos enluminures ne suffisent à éclairer une âme aussi austère que la vôtre. Mais permettez-moi de vous rappeler qu'en ce qui concerne votre destin cette décision m'appartient en partie, notre père n'étant plus là. Je suis votre frère et c'est à moi de décider de cette chose-là. Il n'est pas impossible que vous me soyez utile dans l'une ou l'autre affaire, à l'avenir, et que vous soyez sollicitée et mise à contribution. Il faut vous y préparer. Même si vos attraits ne sont pas des plus avantageux, ajoute-t-il en la regardant de bas en haut, il n'est pas impossible que j'en fasse quelque chose un jour.

Kunégonde rougit de colère.

— Vous êtes odieux ! Dois-je vous rappeler que, pour l'heure, aucune femme ne vient à vous, à part de force ou par terreur ! Même la chienne ne souhaite pas partager votre chambre ! Elle se réfugie chez les domestiques.

— Patience, chère Kunégonde. Patience. Avec le pouvoir, cela peut arriver bien vite.

— Libre à vous de le croire. Mais, de grâce, laissez-moi en dehors de vos manigances. Je n'ai que faire d'un plus grand comté, d'un titre ou que sais-je. Et, surtout, je ne souhaite pas m'encombrer d'un mari !

— Ça sera à moi d'en décider.

— Je maudis la vie de m'avoir donné un frère comme vous. Vous êtes infâme !

Volmar sourit, Kunégonde ne pouvait lui faire plus

beau compliment. Elle passe son chemin encore plus raide qu'elle n'est entrée. Il l'achève :

— Pour l'heure, tenez-vous prête. Nous redoublons nos efforts, et nous attaquerons bientôt !

Chapitre 4

Comté de Wangenbourg, à la campagne

Quand Flora attend patiemment devant le feu, les yeux rivés sur le chaudron, c'est souvent l'occasion pour elle de réfléchir aux choses de la vie. Et, ce matin, elle se souvient de cette phrase de sa mère : « Il suffit de demander. » Cette phrase, elle la lui a répétée des dizaines de fois. Souvent, avant de dormir, Flora se récite une prière, souhaitant des jours meilleurs. Ses demandes n'ont pas toujours été exaucées, comme ce frère qu'elle aurait tant voulu avoir, mais qui n'est jamais venu. Il lui aurait rendu la vie moins douloureuse et moins solitaire. À présent, elle n'est plus une enfant. Elle sait que demander ne suffit pas toujours, surtout pour des gens comme eux, sans le sou. Elle sait aussi que, parfois, il faudrait se résigner, accepter et subir. Mais ce genre de comportement entre rarement, pour ne pas dire jamais, dans ses habitudes.

Elle surveille la flamme, ni trop vive ni trop faible. Elle guette le moment opportun. Celui où le sérum remontera à la surface, légèrement jaune-vert, signe d'une parfaite coagulation. Il laissera alors apparaître, en dessous, le bloc de caillé lisse. C'est toujours avec une grande attention qu'elle attend ce moment, consciente d'être témoin d'une délicate et mystérieuse alchimie. C'est une recette de famille, transmise de mère en fille.

Le bloc est formé à présent. Elle le tranche avec une lame fine en étain, un outil réalisé par le forgeron du village, sur mesure. Elle le découpe en petits cubes homogènes, qui nagent dans le lactosérum. Jeanne, sa mère, s'est levée sans faire de bruit. Elle s'est approchée pour la regarder.

Flora brasse les cubes de fromage et bientôt ils se font plus petits, comme des grains de blé. Le mélange est tiède et agréable.

À l'aide d'une passoire, elle verse la préparation dans un grand moule en bois, troué lui aussi, où le sérum s'égouttera complètement. Bientôt, les grains se souderont les uns aux autres, et il faudra retourner ce bloc au moins trois fois dans la journée pour qu'il prenne une forme homogène. Le reste du sérum doit sortir le plus rapidement possible, sous peine d'obtenir un fromage trop plâtreux. Après, elle le salera et le placera dans un endroit humide. Les vaches adoreront boire le reste de liquide chaud, qui leur apportera une excellente digestion.

— Tu es douée, ma chérie.

Flora ne détache pas les yeux de son ouvrage, ses gestes sont réguliers et précis. Elle est concentrée et pleinement attentive.

— C'est toi qui m'as bien appris, maman.

Jeanne se met à tousser.

— Pourquoi t'es-tu levée si tôt ? Ne prends pas froid.

— Ça ira, ma chérie, ne t'inquiète pas.

— C'est le jour du marché aujourd'hui, tu te souviens ? Je sortirai les filles à la pâture en fin de journée seulement.

— Tu ne veux pas que je m'en occupe ?

— Dans ton état, ce n'est pas très raisonnable. Repose-toi, je préfère.

— J'irai au moins ramasser les noix. J'ai vu qu'elles

commencent à tomber. Si on les laisse trop longtemps à terre, avec l'humidité, elles risquent de pourrir.

— Si tu veux, maman, mais ménage-toi. Fais attention. Je le ferai plus tard, sinon.

Jeanne regarde Flora, sa présence lui fait du bien. Flora a un dynamisme et un entrain communicatifs. Elle n'a plus beaucoup de forces, mais sa fille semble en avoir pour deux. Une chance d'avoir eu, un jour, une enfant comme elle. Un cadeau du ciel, une cigogne passée par là, comme on dit au pays.

Flora se lève et embrasse sa mère. Elle sort préparer la charrette à bras pour le marché. Elle retire d'une petite alcôve humide contiguë à l'étable les précieux fromages à croûte lavée, orange pâle, qu'elle dispose dans le chariot. Elle décide de les prendre tous. Ce soir, elle rapportera de quoi faire un bon souper. Sa mère en a besoin. Elle espère que l'intendant ne passera pas trop tôt, pour l'impôt qu'elle paye en nature de plusieurs de ses fromages tous les mois. Ils ne les méritent pas, de toute façon, ni l'intendant, ni le comte, et n'en mesurent pas la valeur. Ils en sous-estiment le travail, qui demande une application et une préoccupation de tous les jours. Un sentiment d'injustice monte en elle. Mais pour l'heure il faut qu'elle se dépêche. Le soleil est haut dans le ciel. Elle est déjà en retard pour le marché.

Elle emprunte le chemin tortueux à travers la montagne, traînant la charrette à bras sur le sentier chaotique, ignorant que Gérald Weber est déjà lancé sur ses traces.

La route qui mène au village est escarpée. Pour ne pas faire trop convenu, Gérald court pour devancer Flora, empruntant le talus de sorte que leur rencontre ait l'air d'un hasard. Il aurait pu anticiper, il se maudit. Il est essoufflé, manque de tomber dans un ravin, glisse et se rattrape de justesse à une branche. Dans son impatience, il jaillit brusquement des fourrés.

— Héhéhé ! ! !

Flora sursaute, puis s'arrête net.

— Pardon… hey… Excuse, si je vous effraye. J'étais parti chercher des… champignons.

Elle le regarde, perplexe, avec ses braies débraillées et ses houseaux qui serrent bien trop fort ses mollets crottés. Il n'a aucun panier ou champignon à la main.

— N'êtes-vous pas Flora ? La fille Batisse ? demande-t-il, feignant d'hésiter à la reconnaître.

Flora ne répond pas. Il insiste.

— Je suis Gérald, le fils Weber, vous savez ? Votre voisin. La grande maison en grès rose, avec un étage et le troupeau de vingt vaches. Un ami. Un ami de votre pauvre papa aussi. J'étais là. J'étais là le jour où…

Farouche, les yeux et la chevelure en flammes, Flora serre les poings et crispe la mâchoire.

— Tu veux que je t'aide ? Pourquoi tu ne me réponds pas ? Tu sais, tu es belle. Enfin, moi, je te trouve belle. Laisse-moi te regarder vraiment de près pour la première fois.

Il la dévore des yeux. Il s'approche d'elle. Flora se braque. Elle recule d'un pas, puis s'élance pour aller de l'avant. Elle se remet à marcher pour le contourner et passer son chemin. Elle n'a qu'une envie, le laisser rapidement derrière elle.

— Depuis un an, ça doit être dur pour toi, non ? Ton père parti, ta maman malade…

Il lui emboîte le pas. Elle accélère, elle n'a besoin de personne.

— J'ai une grande ferme, juste à côté de chez toi. Une grande maison. Tu sais. Et mes parents, ils sont vieux. Ils vont crever un jour. Quand ils seront plus là, moi seul m'occuperai du troupeau, c'est beaucoup de travail. Et puis, on mange chez nous, et tous les jours, on mange même bien. Ça te ferait plaisir de manger tous les jours ?

Flora accélère encore un peu le pas. Elle sera bientôt arrivée en haut de la côte. Après la descente, le village n'est plus très loin.

— On pourrait habiter ensemble ? T'en dis quoi ? Et tu pourrais faire le fromage autant que tu veux, tu sais faire ça. Tu sais, toi, ces choses-là, les femmes savent. Ta mère pourrait venir aussi, ta pauvre maman malade, ça lui ferait du bien.

Flora dévale à présent la pente à vive allure. Gérald a presque du mal à la suivre, mais il ne se décourage pas. Il insiste.

— Mais, Flora, écoute-moi ! Réponds-moi ! J'ai de l'argent, beaucoup d'argent même !

La charrette bringuebale dans tous les sens.

— Je sais pourquoi tu ne réponds pas. Tu ne réponds pas parce que tu es fière. Mais on pourrait s'arranger de ça. Tu mangeras, tu n'auras plus la vie rude. Tu auras tout ce que tu voudras, je te donnerai tout, si tu veux ! Tout !

Elle entre dans le village. La foule arrive de partout et se fait plus dense. Ils pénètrent dans ce goulot d'étranglement entre les maisons en torchis et colombages. La voix de Gérald s'efface peu à peu dans la cohue. Il la perd presque de vue. Il a du mal à se frayer un chemin et la suivre dans toute cette masse. Il se heurte aux uns et aux autres.

— Flora, Flora, écoute-moi, je t'aime, Flora, je t'aime !

Le bruit ambiant prend le dessus. Ce ne sont plus que des paroles vaines. Puis un murmure qui se meurt, un cri qui s'éteint et une douleur dans son cœur. Il reste un moment les bras ballants, l'âme en friche, débraillé dedans et dehors, puis il s'en retourne chez lui, dépucelé par la vie.

Les sangs bouillants de la course et de l'émotion suscitée, Flora gagne la place du marché. Heureusement, Michel lui a gardé un emplacement près de lui. Michel est le boulanger du village, un ami de son père, qui veille sur elle depuis la disparition de ce dernier.

— Eh bien, Flora, t'en fais une tête ! T'as vu la mort ou quoi ? lui lance-t-il.

Elle ne répond pas et se dépêche d'installer son petit étal. Les produits n'ont heureusement pas trop souffert. Elle reprend ses esprits. L'immobilité et la routine font retomber la pression et revenir les choses à la normale.

Le marché se tient chaque semaine. La place est bondée aujourd'hui. Les maisons à colombages et en grès encadrent les marchands qui se sont installés de façon plutôt désorganisée sur tout l'espace. Paysans de la campagne voisine et boutiquiers du lieu y apportent leurs produits. Ce jour-là, il est interdit aux commerçants de la ville, dont Michel fait partie, de rester chez eux. Il doit chaque semaine fermer son magasin et venir au marché sous peine d'amende. Les affaires vont bon train. Flora ne s'est pas trompée. Ses fromages ont beaucoup de succès. Les moissons sont finies. On fait des provisions pour l'hiver. On a encore de quoi acheter ou troquer de la marchandise avant que l'intendant ne vienne prélever son dû. L'ambiance est bonne. Elle en oublie presque la poursuite du début de matinée.

Au milieu du fatras, de la cohue, des cris de poulardes, d'animaux, d'hommes et de camelots hélant et haranguant les clients à voix sonore, un homme attire soudain son regard. Il semble s'avancer en échappant à cette effervescence. Il semble presque ne pas être de ce monde. Ses pas sont calmes et posés. Ses gestes, lents et assurés. Il y a de la noblesse dans ses mouvements et sa façon de saisir les marchandises pour les examiner avec soin et confiance. Elle est étonnée de l'égale considération qu'il apporte à chaque chose et à chacun. Un regard attentif et particulier qu'il pose sur les hommes. Elle devine sous son ample vêtement sa large stature. Il est musclé et affûté. Son chaperon lui recouvre la tête, mais laisse voir quelques mèches d'une chevelure blonde, épaisse et généreuse.

Il continue de s'avancer. Il n'est plus qu'à quelques pas d'elle. Elle ne le lâche pas. Il s'approche un peu plus. Il va tourner la tête vers elle. Elle baisse les yeux avant que leurs regards ne se croisent. Elle ne l'a jamais vu. Il n'est pas d'ici. C'est une intuition. Une fulgurance. Elle balaye aussitôt cette pensée, et son mental reprend le contrôle. Il est un client comme les autres.

— Bonjour, c'est tout ce qu'il vous reste ?

— Oui, répond-elle sans lever les yeux.

— Ils ont l'air bons. Je prends le tout.

Flora prépare la commande, pendant qu'il la questionne.

— Vous êtes de la vallée ?

— Oui.

— Vous êtes là souvent ?

— Assez pour savoir que vous n'êtes pas un habitué, rétorque-t-elle.

— C'est vrai, admet l'inconnu, touché.

— D'où venez-vous ? s'enhardit-elle à lui demander.

— Je suis arrivé par là et j'envisage de repartir par ici.

Une réponse un peu laconique, puis il s'empresse de lui retourner la question.

— Et vous ? Vous habitez où, exactement, dans la vallée ?

— Je suis arrivée par là et je repartirai par ici, répond Flora en montrant la direction opposée.

— Je vois, répond-il en riant de sa repartie. Vous ne regardez jamais vos clients, quand vous les servez ?

— Ça dépend, dit-elle sèchement.

Malgré son apparente désinvolture, elle apprécie qu'il la presse de questions. Il est rare que l'on s'intéresse ainsi à elle. De toute façon, avec tout le travail qu'elle a, elle n'a que peu l'occasion de voir du monde. Elle sort peu de la fermette. Elle a envie que cet entretien continue, mais elle ne sait pas ce qu'il est convenant de dire à un inconnu. Les jeunes filles ne doivent pas discuter très longtemps, surtout pas avec des hommes. Comme il s'attarde vraiment, Michel, toujours un œil protecteur sur elle, s'approche.

— Un problème, Flo ?

— Tout va bien, Michel, je te remercie. Je remballe mes affaires et je rentre. J'ai tout vendu.

— Il vous faut quelque chose, monsieur ? s'enquiert Michel auprès de l'homme qui semble avoir pris racine devant l'étal.

— Il va partir, c'est bon, dit Flora en adressant un regard confiant à son ami.

L'homme observe Michel d'un air entendu, en hochant la tête. Puis il cherche à saisir le regard de Flora avant de partir.

— Bien, il ne me reste plus qu'à vous souhaiter une belle journée et un bon retour par là… Quant à moi, je vais donc repartir par ici.

Elle sent son regard. Elle hésite. C'est maintenant ou jamais. Ses yeux d'un vert profond sont captivants, particulièrement quand elle éprouve des émotions fortes. Tout, chez Flora, est vécu avec intensité. Pourvu qu'il sache ressentir, le temps qu'il fait dans son âme et son cœur. Et cet homme-là n'y est pas insensible. La puissance de ce qu'il reçoit le cloue d'abord sur place. Une force qui semble venir d'ailleurs. Une assurance et une détermination qu'il n'a encore jamais vues chez une femme. Un regard qui foudroie. Une âme qui transperce.

Il recule d'un pas, comme sonné. Il a les yeux bleus. Il semble à Flora que c'est tout un monde nouveau qui s'ouvre à elle quand elle y plonge. Une seconde d'éternité s'ouvre entre eux. Un instant volé qui n'appartient qu'à eux. Elle remarque son trouble. Elle s'en veut. Elle baisse à nouveau les yeux et le visage comme pour s'en excuser, déstabilisée elle aussi par la pureté de ce qu'elle a saisi de lui. Il se reprend. Il finit par s'éloigner, sans plus rien demander, des questions plein la tête.

C'est aussi la tête ailleurs qu'elle remballe ses affaires, distraite. Elle salue Michel et s'éloigne à travers la foule pour reprendre le chemin de la ferme.

— Sacrée Flora ! dit Michel, qui s'est approché de José, son voisin, éleveur de poulardes.

— Tu l'as dit, sacré bout de femme, même. Elle en a, du courage. Je me demande si elle trouvera un jour chausse à son pied.

— J'ai bien peur que celui qu'il lui faudrait ne soit pas encore de ce monde, si tu vois ce que je veux dire.

— Oh ! oui ! Pas un homme taillé dans du petit bois, parce qu'elle en ferait du frichti pour le feu en moins de deux ! reprend José en riant à gorge déployée.

— Pour sûr ! En attendant, pourvu qu'elle ne s'abîme pas avec tout le travail qu'elle a. Ça serait du vrai gâchis, dit Michel en retournant vers son étal, où l'attendent des clients impatients.

Sur le chemin du retour, Flora est rêveuse. L'homme au chaperon et aux yeux bleus occupe toutes ses pensées, jusqu'à ce qu'elle repasse la porte de sa petite masure.

— Maman, je suis de retour !

Aucune réponse. Il lui faut quelques instants pour s'habituer à l'obscurité. Elle ravive le feu, dont il ne reste que de maigres braises. Quelques noix sont posées sur la table. Certaines ouvertes, laissées là. Il semble que l'on soit parti précipitamment. Pourtant, en tendant l'oreille, elle perçoit une voix faible :

— Flora…

— Maman !

Sa mère est allongée par terre. Elle n'a pas eu la force de se glisser jusqu'à la couche, pourtant à même le sol. Flora la soulève et l'y installe.

— Ma petite…

— Maman, tout va bien. J'ai rapporté de quoi te faire un bon souper bien chaud. Tu verras, ça te fera du bien.

Elle tire la couverture sur le corps chétif de sa mère.

— Flora, je vais mourir un jour, tu sais.

— Pas encore, maman, pas encore, répond-elle en l'installant un peu plus confortablement sur la paillasse lui servant de lit.

— Tu ne pourras pas continuer ainsi toute ta vie, seule…

— Mais si, maman, ne t'inquiète pas, tout ira bien.

— Ce travail est trop difficile. Tu finiras par t'épuiser.

— Je me débrouillerai.

— Flora, si tu pouvais te trouver un mari, il t'aiderait.

— Je n'en ai pas envie.

— Le père Weber est passé, ce matin.

Silence. Flora recule.

— Il nous propose de venir chez lui. Il souhaite nous aider. Il suggère que… tu épouses son fils.

Flora se redresse, furieuse.

— Jamais !

— Flora, réfléchis un peu.

— C'est tout réfléchi !

— Pour toi, pour nous, c'est une bonne famille. Nous aurions un toit et à manger tous les jours.

— Comme ils t'ont bien vendu la chose !

— Il a l'air d'être un gentil garçon. Il n'a pas beaucoup parlé, mais il…

— Eh bien, moi, je sens qu'il en a juste l'air et que ce n'est ni un gentil garçon ni une gentille famille.

— Ton père n'aurait pas voulu que tu te fasses la vie si rude, tu sais.

— Ah non, ne mêle pas papa à ça ! Jamais. Tu m'entends ? Jamais !

Son regard s'est allumé. D'un vert sombre et profond. Celui de la forêt quand s'annonce un temps d'orage.

— Tu as toujours été comme ça, déplore sa mère avec affection.

— Comment *comme ça* ?

— Butée et sauvage.

— Mais on ne va pas se vendre à ces gueux pour de la nourriture !

— Ils sont plus riches que nous. Ne parle pas d'eux ainsi.

— Ce sont des gueux quand même. Peut-être pas de l'extérieur, mais ils le sont.

— Tu auras une grande maison. Un autre statut. Un travail moins rude. Tu pourras t'occuper de tes enfants. Je serais heureuse et tellement rassurée. Ça peut valoir le coup d'y réfléchir.

— C'est tout réfléchi, et je ne veux pas d'enfants.

— Flora, il y a des choses pour lesquelles tu n'auras peut-être pas le choix…

— Si. On a toujours le choix.

— Tu as toujours été comme ça.

— Tu me l'as déjà dit ! Butée et sauvage ! Je sais !

— Et différente…

— Je vais préparer la soupe.

Elle se lève. Elle découpe la carotte et le poireau qu'elle a rapportés du marché. Avec les restes d'orge que Michel lui a donnés, elle pourra faire une bouillie, ce sera parfait.

Le quignon de pain, mieux vaut le garder pour demain. Tout s'organise.

— Regarde, on ne manque de rien, dit-elle avec assurance et contentement.

— Tu vas t'épuiser, Flora.

— Au contraire, je suis en pleine forme.

— Aujourd'hui peut-être, mais pense à demain et à tous les autres lendemains.

— Je vais sortir les filles.

— Arrête de faire semblant.

— Ça me regarde.

Flora sort en claquant la porte.

En fin d'après-midi, Jeanne entend dans un demi-sommeil les vaches qui reviennent des pâtures et la voix de Flora qui appelle Belle, Capricieuse et Câline pour qu'elles rentrent à l'étable. La journée n'est pas finie. Il y a encore beaucoup de travail. Il faut faire la deuxième traite du jour. Le lait sera stocké au frais, dans le ruisseau qui passe près de la maison. Il faut porter le lourd bidon jusqu'à la Mossig, qui passe non loin, en prenant garde de ne pas tomber dans le talus qui descend. Demain, il sera ajouté à la traite suivante pour la fabrication du fromage. Il faut aussi s'occuper de retourner la production du matin. Flora ne faiblit pas. Elle serre les dents et les poings. Elle ramasse même encore quelques noix, pour se prouver qu'elle en est capable.

C'est tard dans la soirée qu'elle apporte un bol de soupe au chevet de sa mère, reprenant ainsi contact avec sa douceur. Elle la croit endormie et murmure :

— Je suis désolée, maman, je ne voulais pas qu'on se fâche.

— Je sais, ma petite. Là, là, ce n'est rien.

Flora pose délicatement la tête sur sa poitrine. Elle voudrait pleurer, mais les larmes ne viennent pas.

— Je sais que tu veux mon bien, mais ne m'oblige pas à l'épouser, s'il te plaît. Je m'en sortirai, je t'assure. Je m'en sortirai.

Jeanne s'est endormie rapidement après le dîner. Flora ressort pour donner une dernière brassée de foin aux vaches et s'assurer que tout va bien. Elle est épuisée par cette journée, elle peut bien l'admettre pour ce soir. Ses gestes sont mécaniques, ses yeux déjà à demi fermés. Elle regagne sa couche. Elle n'a plus la force de se déshabiller. Elle n'a plus la force de prier ni de demander quoi que ce soit.

— Vas-y !

La voix grave a résonné. Le freluquet obéit, il sort en réajustant son gilet de laine. Dehors, il s'ébroue, mi-animal, mi-homme, et s'en va accomplir le plan de son père.

Chapitre 5

Comté de Wangenbourg, le château

Une stature imposante. Un pas assuré. Il marche comme un homme. D'ailleurs, il est un homme aujourd'hui. Et, si certains ne le traitent pas encore comme tel, il entend bien l'affirmer.

Hugo fait un détour par les cuisines du château. Il aime l'ambiance de cet endroit. Depuis tout petit, il vient y chercher l'attention et la douceur qu'il n'a jamais reçues d'une mère.

C'est une enfilade de pièces. Il traverse les caves à vin, où reposent les tonneaux de raisin et d'hypocras, puis le cellier, la boulangerie, la fruiterie, la conserverie, pour arriver enfin devant l'âtre, son lieu favori. C'est un grand feu de cheminée où mijotent toujours de délicieuses choses, dans la marmite suspendue à la crémaillère. Mais la vraie richesse, ici, ce n'est pas la nourriture, mais ceux qui la transforment.

— Alors, mon garçon, tu as passé une bonne journée ? lui demande l'une des femmes qui papotent et rigolent entre elles, tout en s'affairant à la préparation des denrées.

Des pommes, des noix, des carottes sont étalées sur la table, aujourd'hui, ainsi que la carcasse d'un porcelet.

— Très belle, Rosalie. Je te remercie. Je suis allé me promener dans la forêt. Et toi ?

Découper, éplucher, saumurer, saler, cuire, détailler, trancher, tels sont leurs gestes quotidiens. Des magiciennes, qui ont le talent de faire des assemblages aussi remarquables que délicieux. Rosalie est la personne dont Hugo est le plus proche. Une petite bonne femme au visage rondouillard et avenant. Il émane d'elle une bonté naturelle et un sens du service. Elle pétrit la pâte pour la confection d'une tourte.

— On a eu fort à faire, aujourd'hui. Avec l'automne et les récoltes. Il faut qu'on prépare tout pour l'hiver. Les fruits, les bocaux. Sans compter le salage des viandes. Et on nous a rapporté la carcasse de ce porcelet, par-dessus le marché. Paraît que monsieur ton père a une envie de cochon pour demain !

— Vous faites un travail formidable, toutes. J'ai toujours admiré la façon dont vous transformiez les aliments les plus simples pour en faire des plats savoureux ! Moi, j'en serais bien incapable !

— À chacun son domaine ! Mais merci, mon petit, tu es bien gentil. Toi, au moins, tu sais apprécier. D'ailleurs, puisque tu es là, il me faudrait une nouvelle marmite pour cuire les soupes. Regarde, celle-ci est presque percée !

Elle lui brandit en même temps sous le nez le chaudron usé.

— Je te ferai porter ça.

— Merci, mon garçon. Mais, j'y pense, ne traîne pas trop, monsieur ton père attend. Voilà déjà un moment qu'il veut le souper. Faudrait pas l'énerver.

— J'y vais. Mais avant, tiens, je nous ai trouvé quelques bons produits, au marché !

Hugo traîne toujours un peu les pieds pour le souper. Rosalie a raison, il est en retard. Son père est déjà attablé dans la grande salle. Il entre alors et s'assoit sans dire un mot.

Les domestiques se dépêchent de couvrir la table de mets généreux et appétissants, de la viande principalement. On apporte une grosse miche de pain, Hartmann ne peut plus patienter, son estomac développé crie famine. Il en attrape une grande tranche, qu'il garnit de sauce. Puis il semble hésiter entre les différents pâtés de gibier, le jambon et la saucisse du pays. Son choix se porte finalement sur une belle tranche de lard.

Hugo n'a pas très faim, ce soir. Il saisit une pomme des vergers du comté, qu'il grignote.

Après s'être rempli la panse, Hartmann engage la conversation :

— Ta journée a-t-elle été bonne, mon fils ?

— Très bonne, père, je vous remercie.

— Qu'est-ce que tu as fait de ton temps ?

— J'ai étudié.

— Vraiment ? Et qu'as-tu étudié ?

— Ce que j'avais envie d'étudier.

Hartmann n'aime guère que son fils se montre aussi insolent. Et Hugo déteste que son père le questionne sur son emploi du temps.

— Tu as étudié les arbres de la forêt, habillé comme un manant ?

— Vous m'avez espionné ?

— Non, je me préoccupe juste de ton bien-être.

— Votre surveillance est excessive.

— J'ai bien le droit de savoir ce que mon fils unique fait de ses journées, commence à se justifier Hartmann.

— J'avais envie de me promener.

— Il ne me paraît pas raisonnable que tu sortes en forêt par les temps qui courent. Des mercenaires sillonnent peut-être les environs en ce moment. De plus, un futur comte n'a pas à sortir dans cet accoutrement.

— Cessez de me traiter comme ça ! Je n'ai besoin de personne pour me défendre. Je ne vois pas où serait le danger, aux abords du château. Et je suis libre de me vêtir comme je le souhaite.

Il a répondu à chacune des attaques, œil pour œil, dent pour dent. Il entend rendre coup pour coup. Mais son père est un adversaire redoutable.

— Tu es mon fils unique. Je t'ordonne de ne pas y aller seul ! Tu te dois de faire attention à la façon dont tu te comportes. Tu n'as pas à traîner avec les domestiques du château. Je te vois bien trop souvent en leur compagnie. C'est indigne de ton rang. Tu te montres trop familier avec ces gens. Une trop grande proximité avec eux te fera perdre ton autorité. Il faut que tu gardes une certaine distance, sinon, ils ne t'obéiront plus.

— Comme vous avez fait avec moi durant toute mon enfance ?

Hartmann accuse le coup.

— Je t'ai donné la meilleure éducation qui soit.

— Bien sûr. Celle qui mate, celle qui dresse.

— Non. Une éducation digne d'un futur comte. Tu dois t'endurcir. Il n'y a pas de place pour les sentiments, quand on est au pouvoir.

— On n'a peut-être pas la même vision du pouvoir.

— Il n'y a qu'une seule façon de s'en sortir, Hugo. Il te faut apprendre à te conduire comme tel. Ce pouvoir, tu en hériteras, comme j'en ai moi-même hérité de mon père, Jean de Wangen. Depuis 1386, la bataille de Sempach et la mort de Guillaume de Dicka, dernier de sa lignée, le château a été transmis à notre famille. Notre ascendant sur le comté est récent, à peine trois générations. Trois générations, Hugo ! Ce n'est rien, ou si peu. Notre pouvoir est encore à affirmer. C'est un pouvoir fragile. Un pouvoir à construire. Tu entends ?

Hugo connaît ce sermon par cœur. Il l'a entendu des centaines de fois. Les Wangen ont apporté de nombreuses améliorations au château. Son grand-père a notamment fait bâtir un donjon, véritable joyau dans la région, puisqu'il présente non pas quatre mais cinq murs. L'aveu d'un pouvoir qui a besoin de s'asseoir encore plus solidement qu'un autre. Ce donjon pentagonal épouse parfaitement la configuration du château. Il permet de voir loin et de gagner en sécurité. Hartmann souhaite continuer dignement le travail de ses aînés. Hugo le comprend. Il écoute distraitement son père jusqu'à ce que celui-ci hausse à nouveau le ton et change de sujet.

— Qu'est-ce qui te prend, ce soir ? Tu ne manges rien ?

— Pourquoi ? Vous allez aussi me forcer à manger, maintenant ? Depuis toujours, en plus de me cloîtrer ici, vous voulez me dicter mes faits et gestes. Je ne suis pas comme vos gens, à qui vous pouvez donner des ordres. Je sais ce que j'ai à faire. Laissez-moi tranquille !

— Tu es encore un jeune qui a beaucoup à apprendre.

— Non, c'est faux. Vous seul me voyez ainsi. Je suis un homme à présent. Et j'entends me faire respecter comme tel.

Hugo tape du poing sur la table, regarde son père droit dans les yeux et se lève. Puis il sort de la salle.

Hartmann soupire. Il faut que jeunesse se passe. Il le sait. Son fils a la tête dure. Très dure. Il finira par comprendre, par grandir et mûrir, se conformer à sa volonté. Il ne désespère pas. Il reprend une tranche de pain et de ce délicieux fromage qu'il ne connaît pas.

Chapitre 6

Comté de Wangenbourg, la campagne

De son vivant, Jean a souvent répété à sa fille que l'élevage est un travail exigeant, qui ne pardonne pas la moindre erreur. Il demande une attention de tous les instants, et la moindre négligence peut être fatale. Il requiert une astreinte de tous les jours. Quel que soit son état physique, son état d'esprit, son envie, le travail n'attend pas. Il ne peut être reporté. Il faut y aller. Il faut traire les vaches. Elles n'ont que faire de nos états d'âme. Même le jour de la mort de son père, Flora a trait les vaches. C'est ainsi. Un sacerdoce.

C'est le corps un peu engourdi par la journée de la veille qu'elle se lève pour répéter les gestes quotidiens. Le feu s'est éteint pendant la nuit. Elle doit s'y reprendre à plusieurs fois pour le rallumer. Elle enfile sa robe à l'envers, l'esprit un peu embrumé. Elle sort sans même prendre le temps de sa respiration habituelle et sans un regard au château. Il pleut. Elle ne s'en rend pas compte, imperméable à la vie. L'air est différent, son attention et sa vigilance ne sont pas au meilleur de leur forme aujourd'hui.

Elle se dirige vers l'étable. À sa grande stupéfaction, la

porte est ouverte. Ce détail la tire enfin de sa léthargie. Elle accélère le pas. Les lieux sont vides. Les vaches, parties.

Elle ressort aussitôt et fait plusieurs fois le tour de l'étable et de la maisonnette en les appelant. Pas de réponse. Où sont-elles ? Elle n'entend que l'écho de sa voix qui se perd dans la montagne. Aussi attentionnée soit-elle avec ses animaux, elle sait que les vaches restent des bêtes aux pulsions et à l'instinct primaires, qui ne manquent pas une occasion de se sauver. Elles sont des estomacs sur pattes, toujours avides de nouvelles plantes à brouter.

La panique monte. Flora les appelle de nouveau à pleins poumons. Elle se met à courir. Elle se dirige vers la maison des Weber. Les ruminants ont l'instinct grégaire, elles se sont peut-être mêlées au troupeau des voisins pendant la nuit. Elle file à travers la prairie.

À une heure bien inhabituelle pour lui, Gérald Weber est déjà dehors, à faire pâturer ses vaches. Il lui tourne le dos. Flora l'appelle de loin. Il feint dans un premier temps de ne pas l'entendre. Elle se rapproche de lui.

— Gérald ! Gérald ! Tu n'as pas vu mes vaches ?

Elle se souvient donc bien de son prénom. Il sourit béatement et se retourne.

— Hé, tiens, Flora ! Qu'est-ce qui t'amène ici ?

— Je cherche mes vaches, elles se sont sauvées pendant la nuit.

— Ah bon ? C'est curieux, ça…

— Tu ne les as pas vues ? Avec les tiennes ? J'ai pensé que peut-être…, dit-elle en désignant son troupeau.

— Ah, non. Elles sont parties ? Vraiment ? Comment ont-elles pu s'échapper ? Tu n'avais pas fermé la porte de l'étable ? s'enquiert Gérald avec une feinte sollicitude.

— Je… C'est que je ne sais plus, admet Flora, hésitante. Je ne suis plus sûre d'avoir bien… Avec la fatigue, la discussion avec ma mère… Ça ne m'était encore jamais arrivé. Je sais que nul n'est à l'abri… mais…

Elle en payera peut-être le prix. Aujourd'hui. C'est peut-être l'erreur irréparable qu'elle croit avoir commise et qui la précipitera dans une misère et un désarroi encore plus grands.

— Avec tout le travail que tu as, des oublis, ça arrive, c'est sûr. Ne t'en veux pas. Tu sais, ma demande tient toujours. Si on faisait tout ça ensemble, ça n'adviendrait pas, dit-il d'un ton encourageant.

Elle se ressaisit d'un coup et sa voix claque :

— Tu ne penses donc qu'à ça !

— Non… C'est juste que…

— Laisse tomber ! Tu ne peux pas comprendre.

Elle s'éloigne au pas de charge dans la campagne, bien décidée à les retrouver par elle-même.

— Tu veux que je t'aide à les retrouver ? Hein ? Tu veux que je t'aide ? Dis-moi ? Demande-moi de l'aide !

Il lui court après.

— Non. Ça ira. Je n'ai pas besoin de toi.

— Pourquoi tu n'acceptes pas mon aide ? Pourquoi tu ne veux pas de moi ?

Il la supplie encore, mais Flora lui échappe, elle s'enfonce dans les sous-bois. Gérald renonce à la suivre pour rester avec son troupeau. Il se ferait rosser par son père, s'il abandonnait le sien. Décidément, elle ne cédera pas. Aucun stratagème ne fonctionne avec elle.

Dépité, il décide de descendre plus bas avec ses vaches. L'herbe y est encore bien touffue. Il aura moins de travail et pourra faire une sieste. Cette courte nuit l'a fatigué. Il appelle son troupeau. Les bêtes peinent à le suivre. Il doit s'y prendre à plusieurs fois. Après avoir emprunté le chemin à travers bois, il réussit à grand-peine à conduire tout le monde à bon port, dans l'agitation et la débandade. Il pousse un « ouf » de soulagement au retour au calme.

Il s'écroule dans l'herbe de la clairière. Il pensait que Flora se jetterait dans ses bras et lui demanderait de l'aide. Rien ne se passe comme prévu. Il se retrouve une fois de plus seul avec ses carnes. Comme il déteste ce métier ! Il aurait préféré être forgeron. Au chaud, et les mains dans la matière. Pas besoin de se lever si tôt le matin. Surtout, il aurait apprécié ne pas avoir toutes ces complications avec des êtres vivants que, trop souvent, il ne comprend pas. Il n'a décidément aucune affinité avec les animaux. La perspective de partager le travail avec Flora l'avait tenu en haleine jusque-là. Mais, sans elle, il n'a plus aucune envie. Il se désespère en regardant le ciel gris.

Il entend soudain un craquement dans les bois. Il reste alerte. Les mouvements se rapprochent. Il n'ose pas bouger. Il jubile intérieurement. Le plan finirait-il par fonctionner ? À quelques pas de lui, à travers les brins d'herbe bien verts, il voit Belle, Capricieuse et Câline qui avancent avec prudence pour se joindre à son troupeau, dans un meuglement de contentement. Elles semblent ne pas l'avoir vu.

Gérald exulte, Flora lui sera reconnaissante de les avoir retrouvées ! Cette fois-ci, il en est sûr ! Plein de joie et d'enthousiasme, il se redresse d'un coup. Mais sa brusque apparition effraye les trois ruminants, qui prennent peur. Les vaches font volte-face pour se mettre à courir dans la direction opposée. Il fait de grands gestes pour les ramener vers son propre troupeau. Dans sa maladresse, il les encourage au contraire dans leur course folle. Elles se dirigent droit vers les vignes du comte, fraîchement vendangées.

Effrayées, elles s'engouffrent entre les rangées. Elles bousculent sur leur passage les sarments délicats, les déracinent, les piétinent. Elles plient de leur arrière-train tout ce qu'elles rencontrent. Après avoir retrouvé leur calme, elles ne s'arrêtent pas en si bon chemin et commencent à déguster avec gourmandise les feuilles vertes, ainsi que les restes de raisins sucrés.

Alertée par les cris de Gérald, Flora arrive en courant du haut du bois. Elle lui adresse à peine un regard devant l'étendue du désastre. Les vaches ont tout saccagé. Malgré la complicité qu'elle entretient avec ses animaux, elle tente en vain de les extraire des vignes. Ces têtues ont envie de jouer et de rester dans ce garde-manger atypique et ô combien appétant. Elle a toutes les peines du monde à les en chasser.

Alertés par le tapage, les gardes du comte de Wangen arrivent.

— Oh ! là, que se passe-t-il, ici ?

— Je n'arrive pas à faire sortir les vaches des vignes.

— Ce sont tes bêtes ?

— Oui.

— Fichtre ! Elles ont tout saccagé. Gueuse, ne sais-tu donc pas que ces vignes appartiennent au comte ?

— Si, je le sais, et je m'en excuse. Mais je n'arrive pas à les faire sortir de là.

— Chargeons-nous-en, sinon, nous serons tous châtiés.

À quatre, ils parviennent à grand-peine, et en s'y prenant à plusieurs fois, à faire sortir les intruses des vignes du comte. Enfin, les trois bêtes finissent par rejoindre le troupeau de Gérald, non sans pousser des meuglements de contrariété. Essoufflés, les quatre coureurs reprennent leurs esprits et se félicitent de cette issue heureuse.

— Par contre, dit l'un des gardes en désignant Flora, toi, nous t'emmenons immédiatement devant le comte de Wangen, pour que tu répondes de tes actes !

Chapitre 7

Comté de Wangenbourg, au château

Aucun acte n'est anodin. Il n'y a pas de petite décision. Chacune peut être capitale et avoir un impact irréversible. Hartmann de Wangen le sait bien. C'est pourquoi il a fait venir ses conseillers, Josserand et Anton, ainsi que son fils Hugo, dans la salle du conseil, pour s'entretenir avec eux des affaires du comté et discuter de la conduite à tenir face à Volmar de Geroldseck, dont il sent l'hostilité croissante.

La pièce est plutôt petite, feutrée, un peu excentrée afin de pouvoir s'entretenir d'affaires d'État à l'abri des domestiques un peu trop curieux. Une table massive en occupe le centre. La table familiale des Wangen, autour de laquelle toutes les décisions sont prises. Hartmann préside.

— Il faut attaquer, seigneur ! s'exalte Anton, son second conseiller et intendant. Si nous ne le faisons pas, nous risquons de perdre nos terres.

— Vous voulez dire que vous avez surtout peur de perdre les vôtres, objecte Hugo, un sourire en coin.

Anton le foudroie du regard, l'air contrarié. Il n'aime guère ce jeunot, rebelle de surcroît. Dans la force de l'âge, il s'annonce déjà bien trop insolent.

— Qu'y a-t-il de mal à défendre ses intérêts et par là

même ceux du comté ? se justifie Anton. Il faut agir avant qu'il ne soit trop tard. Plus nous attendrons, plus Volmar de Geroldseck aura le temps de former ses troupes. D'après mes informateurs, il consacre toute son énergie à l'effort de guerre. Il nous faut agir vite. Je crois qu'un homme tel que lui, à l'estime blessée, et cela depuis plusieurs générations, peut être redoutable.

La voix nasillarde et nerveuse d'Anton a toujours beaucoup agacé Hugo. Il ne l'a jamais apprécié. Ses yeux fuyants sont enfoncés dans ses orbites. Son nez est aussi crochu que ses aspirations. Ses gestes et son attitude semblent toujours cacher quelque chose. Une hypocrisie criante. Chaque fois qu'il le voit, ce personnage lui inspire d'instinct beaucoup de méfiance. Hugo garde pourtant le silence cette fois-ci.

— Et toi, Josserand, mon ami, qu'en penses-tu ? Tu es bien silencieux, l'interpelle Hartmann.

Josserand, le regard droit, la voix calme et posée, répond en tant que premier conseiller :

— Comte, c'est là une décision bien importante, qui mérite le temps de la réflexion.

— Je te reconnais là, toujours pondéré, mon ami. Cependant, il me semble important de prendre une décision ferme quant à la conduite à tenir. Ainsi, dans un cas comme dans l'autre, nous pourrons chercher des alliés pour nous soutenir. Il nous faut prendre position.

Anton regarde Josserand avec insistance, même s'il sait d'expérience qu'ils sont rarement d'accord sur les conduites à tenir.

— Et toi, mon fils, qu'en penses-tu ? demande Hartmann en s'adressant à présent à Hugo.

— Je dirais que la défense est la meilleure des attaques.

Anton amorce aussitôt des gestes nerveux marquant sa contrariété et son objection. Maintenant qu'Hugo est en âge de se mêler des affaires du comté, il se sent en position de faiblesse. Josserand et Hugo sont trop souvent d'accord, à son désavantage. Rien d'étonnant à cela : Josserand s'est chargé de l'éducation d'Hugo durant toute son enfance, lui inculquant ses propres idées. Anton a d'ailleurs essuyé une humiliation, à l'époque, vexé qu'Hartmann de Wangen ne l'ait pas choisi pour l'éducation de son fils unique.

— Allons, cher Josserand… Que te dit ta conscience ? le relance Hartmann.

— Si j'en crois mon intuition…

— Votre *intuition* ? ricane Anton. Si l'on gérait les affaires d'un fief à *l'intuition,* cela se saurait !

Josserand ne relève pas la provocation.

— Si j'en crois mon intuition, reprend-il, le pouvoir de Volmar est encore limité. Il est certain qu'il a des velléités d'expansion mais, dans la pratique, ses ressources ne sont pas plus développées que les nôtres, bien au contraire. En choisissant la défense, nous affirmerons clairement nos positions et nos valeurs. Celle notamment de la paix entre les différents comtés. Nous ne nous dévoilons pas et ne nous mettons pas en danger. Nous asseyons une image pacifique auprès de nos voisins. C'est un point important. Cela peut nous servir par la suite. Ces derniers verront en nous des non-belligérants, fermes et puissants cependant. Ils seront ainsi plus enclins à nous aider en cas d'attaque de Volmar de Geroldseck. Personne n'aime les voisins impatients de se battre, achève-t-il, en regardant Anton.

Hartmann se frotte la barbe, contrarié. Ses conseillers ont une fâcheuse tendance à n'être jamais d'accord. Encore une fois, ce sera à lui de trancher. Il doit, de plus, faire un choix important.

On frappe soudain à la porte, et celle-ci s'ouvre à la volée.

— Seigneur !

— Quoi ? Qu'y a-t-il de si urgent pour que l'on me

dérange en plein conseil, qui plus est sans attendre mon autorisation avant de pénétrer dans la pièce !

— Seigneur, c'est que nous sommes venus en urgence, les vaches d'une vilaine ont saccagé vos terres.

— Et vous me dérangez pour ça, pour une vilaine ?

— Ce sont tout de même les vignes centenaires de votre cuvée, monsieur le comte. Nous avons pensé vous l'amener immédiatement.

— Faites-la attendre encore.

— Elle est déjà dans la grande salle, monseigneur.

— Ma foi, allons-y, en ce cas. Cela nous fera prendre un peu de recul sur la situation. Hugo, tu viens avec moi. Messieurs, je vais régler cette petite affaire avec mon fils. En attendant, je vous laisse à votre réflexion. Je ne vous cache pas qu'un consensus entre vous me soulagerait. Profitez de cette respiration pour méditer vos conseils éclairés. C'est une décision importante. Il en va de l'avenir et de la sécurité du comté.

Hugo emboîte le pas à son père. Il appréhende souvent ce genre de moment. Les décisions de ce dernier le mettent mal à l'aise. Il est rarement en accord avec lui. Il le trouve trop dur, comme il l'a été avec lui durant son enfance.

Il faut traverser une succession de petites pièces pour atteindre la grande salle, lieu de toutes les résolutions essentielles. Elle est haute de plafond, imposante, avec ses grandes fenêtres donnant sur la cour, que des tentures bleu et argent aux couleurs des Wangen habillent avec faste et grandeur. C'est la plus impressionnante des pièces du château. Le parquet en bois massif craque sous les pas des visiteurs intimidés. Elle est le siège de la puissance des Wangen. Deux chaises en bois sombre trônent sur une estrade et les attendent. Flora aussi attend son heure, encadrée par quatre gardes armés jusqu'aux dents, comme si elle était coupable du plus lourd des crimes.

Hartmann et Hugo de Wangen entrent solennellement et s'installent à leur place. Les gardes attendent les ordres et s'écartent pour laisser apparaître Flora, tête baissée.

Le regard d'Hugo se fige. Il la reconnaît. C'est la paysanne du marché. Aucun doute. Sa silhouette, ses mains fines, sa chevelure rousse… Il l'identifierait entre mille. Et il est frappé, pour l'heure, dans cette grande salle, par son aura, sa présence lumineuse et rayonnante. Pourvu qu'elle ne le reconnaisse pas ! Si tel était le cas, il pourrait toujours se cacher derrière son rang. Il pourrait feindre la coïncidence. Pour le moment, aucun risque, elle ne le regarde même pas. Elle baisse les yeux au sol. Les poings serrés. La mâchoire verrouillée. Mais il doit rester sur ses gardes.

Flora tente de se contenir devant ceux qu'elle méprise et considère comme des voleurs et des incapables : les riches, les privilégiés.

— Alors, comme ça, vous vous êtes octroyé le droit de faire pâturer vos vaches dans mes vignes ? commence Hartmann de Wangen, de toute sa prestance de comte.

Flora ne répond pas.

— J'attends une réponse !

Toujours rien. Flora n'est pas décidée à parler, ni même à relever la tête.

— Vous me paraissez bien impertinente pour une simple paysanne. Osez-vous faire insolence à votre comte ? s'impatiente Hartmann.

Flora serre encore plus les poings. Son corps est désormais complètement crispé.

Hugo voit la tension monter en elle de façon palpable. Hartmann insiste. Il la braque un peu plus. Son père est si maladroit dans les relations humaines.

Il est évident que la prendre de façon frontale ne sert à rien.

— Ce que mon père essaye de vous dire, c'est qu'il lui est difficile de laisser passer un tel acte et d'en rester là. Nous nous doutons qu'il s'agit d'un accident. Mais, pour la paix générale, nous devons prendre des mesures, afin qu'un tel incident ne se reproduise pas.

Il voit le corps de la jeune fille se détendre un peu. Elle est belle. Il ne peut pas être le seul à voir sa présence emplir la pièce de son énergie si particulière. Ils sont vêtus comme des seigneurs, elle comme une paysanne, pourtant, quiconque aurait pénétré dans la salle à ce moment l'aurait regardée, elle. Elle a une noblesse et un charisme naturels. Ses cheveux roux bouclés tombent en une cascade folle jusqu'au creux de ses reins. Sa course effrénée et son arrestation lui ont donné un air frais et sauvage qui réveille en Hugo des pulsions des plus primaires. Flora inspire la vitalité, l'authenticité, la vie et l'envie. Elle a dû résister aussi, car un pan de sa robe est déchiré au niveau de son épaule et laisse apparaître bien plus que la naissance de ses seins. Hugo sent ses attributs masculins s'éveiller. L'homme en lui est bien vivant. Ça ne fait aucun doute. Flora lui apparaît comme un délice pour les yeux, un mystère à percer, une affaire à élucider. Il jongle comme un funambule entre ses sensations et la clairvoyance d'esprit dont faire preuve pour traiter cette situation.

— Comment voyez-vous la suite ?

Flora n'a toujours pas levé la tête, mais elle lui répond.

— Je réparerai mon erreur. Je ferai ce que vous me demanderez.

— Bien, voilà au moins des paroles raisonnables, dit Hartmann en adressant un regard de satisfaction à son fils. Simplement, je doute que vous ayez de quoi payer les dégâts, n'est-ce pas ?

— C'est vrai, mais je pourrai travailler doublement.

— Il vous en coûtera au bas mot cent kreuzers pour les dommages causés. Vous pensez vraiment pouvoir en faire plus que ce que vous faites déjà ?

— On peut toujours faire plus.

Hugo est surpris par son caractère et son aplomb.

La double porte de la grande salle s'ouvre soudain dans un bruit assourdissant. Un nouveau protagoniste apparaît, encadré lui aussi de deux gardes. Hartmann marque un signe d'impatience. Il bouillonne intérieurement. C'est, cette fois-ci, un jeunot qui s'avance.

— Allez-vous me ramener au château toute la paysannerie du comté pour cette histoire de raisin ? raille Hartmann, énervé.

Le paysan qui se présente hésite à s'approcher. C'est sans aucun doute un rustre à l'air niais, simplet, et à l'esprit aussi débraillé que sa tenue. Un gentil sans doute. Mais un gentil qui énerve.

Gérald Weber fait son entrée comme un chien dans un jeu de quilles, maladroitement.

— Je suis... Je... Gérald Weber... Je... Voisin de Flora.

— Que fais-tu ici ? Parle, nous t'écoutons, dit Hartmann en prenant sur lui.

Un garde passe devant Gérald ; il souhaite prendre la parole pour se justifier.

— Comte, nous vous l'avons amené, car il était avec la paysanne quand ça s'est produit, et il nous a dit que...

— Cessez ! Laissez-le parler ! tonne Hartmann, Je n'ai que faire de vos commentaires. Maintenant qu'il est ici, réglons cette affaire et vite, j'ai bien plus important à faire.

Il ne peut plus masquer son impatience croissante.

— J'ai pensé aider Flora, en bon voisin, poursuit Gérald.

— Vous avez de quoi payer les dégâts ?

— Oui ! Bien sûr ! Comme ça, vous seriez quittes, et elle pourrait repartir… avec moi.

— Vous feriez ça ?

— Nous sommes voisins, il faut bien s'entraider, non ?

Il sourit bêtement.

— Ma foi, il me semble que vous êtes envoyé par la providence. Nous étions justement en train de nous demander comment elle allait éponger sa dette. Je trouve votre attitude plus que généreuse. D'autant plus que cette femelle semble très peu coopérative, n'est-ce pas ? dit Hartmann en adressant un regard condescendant à Flora.

Elle ne répond rien, mais se crispe à nouveau pour se contenir et ne pas exploser.

— Pour ma part, cette solution me va très bien, renchérit Hartmann.

Puis il regarde Hugo, en attendant son approbation.

— Même si j'étais aveugle, je dirais qu'il est évident que votre acte ne relève pas de la simple générosité, et que vous attendez quelque chose de cette femme en retour. Est-ce que je me trompe ? demande celui-ci finement.

Gérald regarde ses chausses et ses houseaux en se faisant tout petit. Il opine de la tête.

— Aussi, il me semble qu'il faut être clair. Si vous voulez être un homme jusqu'au bout, continue Hugo, qui lui parle plus que sèchement.

Cela ne lui ressemble pas, mais il devient de plus en plus cinglant.

Hartmann l'observe puis décide d'approuver les intentions de Gérald.

— Il serait tout à fait naturel qu'elle lui témoigne sa gratitude en l'épousant, déclare-t-il. Vous avez ma bénédiction pour votre acte que je trouve plus que généreux à bien des égards. Passons là-dessus. Maintenant pour ma part, ce qui importe, c'est d'être dédommagé. Il vous en coûtera cent kreuzers, jeune homme. C'est entendu ?

— Oh oui, bien sûr, dit Gérald. J'ai de quoi payer ! Oui, cent kreuzers, c'est parfait ! Je paye !

— Si j'ai votre parole, vous pouvez repartir dès maintenant avec elle. L'intendant viendra vous prélever l'argent demain.

— Merci, monsieur le comte. Merci beaucoup.

Gérald s'incline à plusieurs reprises, un sourire jusqu'aux oreilles. Il a du mal à y croire. Il contemple Flora, béat, il va pouvoir repartir avec elle et la ramener chez lui, à la maison. Elle lui sera reconnaissante de ce qu'il a fait pour elle.

Hugo est atterré. Une femme comme elle ne peut pas repartir avec cet homme. Ce n'est pas possible.

Hartmann se lève et s'apprête à retourner dans la salle du conseil. Hugo est toujours assis, il ne peut pas bouger. Un dilemme se joue en lui. Il doit intervenir. Il ne peut pas laisser les choses se passer ainsi. Cela le rend malade. L'idée de la voir repartir avec cet homme le prend aux tripes. Il doit l'empêcher. Par n'importe quel moyen. Son esprit est de plus en plus agité.

— Non !

Une voix s'élève et résonne comme un tambour.

— Non, je refuse ! répète plus fermement la voix.

Flora a relevé la tête. Décidée. Elle fait face. Elle balaye la pièce des yeux et foudroie un à un tous les occupants. Malgré le regard assassin qu'elle lance aux uns et aux autres, Hugo est soulagé de ne pas avoir eu à intervenir. Un silence quasi mystique s'installe. Personne n'ose parler. Personne ne bouge. Tout le monde est comme hébété. Quand Hartmann semble enfin sortir de son immobilité, comme si on lui avait jeté un sort, il s'exclame :

— Comment, non ?

— Je refuse. Ce n'est pas juste. C'est moi qui ai commis cette faute, personne d'autre. C'est donc à moi de la réparer.

Gérald baisse la tête et se mord les lèvres.

— Mais tu n'as pas de quoi payer.

Flora ne répond pas. Elle pense à sa pauvre mère, à la maison, qui doit se faire un sang d'encre.

— Je refuse qu'il paye pour moi. Je rembourserai ma vie durant, s'il le faut.

Hugo la considère avec des yeux ébahis.

— Tu m'as l'air de ne pas mesurer la chance que tu as. Ne te rends-tu pas compte que ce jeune homme t'offre l'occasion de ta vie ?

— Il n'est pas plus aveugle que celui qui ne veut pas voir. Il n'est pas plus sourd que celui qui ne veut pas entendre. J'ai vu et entendu ce que je devais. Je ne veux pas de son aide.

— Tu es bien bête de ne pas saisir ce qui s'offre à toi. Tu m'as l'air particulièrement rebelle et butée.

— Oui, je sais, on me l'a déjà dit, rétorque Flora, excédée.

Elle commence à perdre le contrôle.

— Je ne te laisse pas le choix ! gronde Hartmann.

— Je ne bougerai pas d'ici. Je ne repartirai pas avec lui, insiste Flora, fermement campée sur ses pieds et les poings serrés à nouveau. Je ne me laisserai pas faire.

— Il suffit, insolente ! J'en ai assez de toi et de cette affaire ! Je n'ai pas le temps de m'encombrer d'histoires pareilles et de gens de votre espèce. Idiote que tu es ! Qu'on la jette au cachot, ça la fera réfléchir. Tu finiras par le supplier de payer pour te libérer. Misérable que tu es !

Hartmann est monté subitement dans les tours de sa colère.

— Vous ne pouvez pas faire ça, ma mère est seule, je dois rentrer chez moi ! proteste Flora.

— Il fallait y penser avant. Quant à toi, jeune homme, retourne chez toi. Quand elle nous suppliera, nous te rappellerons, si tu la souhaites encore. Mais je te conseille vivement de te trouver une femme plus obéissante. Celle-là ne vaut rien, crois-moi, conclut Hartmann. Elle mérite juste de mourir seule dans un cachot, avec sa fierté et son insolence. Emmenez-la !

Les gardes saisissent Flora. Hugo en reste interdit. Son père a prononcé sa sentence et se dirige déjà vers la salle du conseil. Il sait qu'il n'a pas le droit de le contredire devant tout le monde. Ce serait un affront, et il se doit de garder une apparence d'unité devant les gens du peuple. Tout se passe alors très vite. Les gardes emmènent Flora, qui se débat alors qu'on l'entraîne vers les bas-fonds du château.

Gérald se retrouve une nouvelle fois les bras ballants, éconduit, son esprit lent ayant du mal à saisir ce qui s'est produit. Hartmann s'est décidé sur un coup de tête, de toute évidence. Hugo est pris d'un sentiment d'injustice, mais plutôt heureux de savoir que Flora ne sera pas trop loin de lui à l'avenir.

De retour auprès de ses conseillers, Hartmann est pressé d'en finir. Il tranche net, sans même leur redonner la parole. Il décide de se ranger à l'avis de Josserand.

— Josserand, tu vas immédiatement envoyer une missive au comte de Lichtenberg pour l'informer de notre position et l'inviter à devenir notre allié. Le territoire de Volmar est enclavé entre nos deux comtés. Il sera un allié des plus plausibles et des plus judicieux. Il y va de nos intérêts communs à contenir ce seigneur belliqueux. Après tout, Geroldseck est son vassal, c'est à lui de le contrôler. Nous pourrons ainsi faire face plus sereinement. Espérons qu'il acceptera notre proposition. Messieurs, la journée a été chargée, restons-en là pour aujourd'hui. Que Dieu nous garde !

Anton s'incline à contrecœur. Frustré, il n'a pas dit son dernier mot, et demeure déterminé à défendre les terres qu'il possède et ses intérêts. Il n'entend pas se résigner. Il va trouver un autre moyen d'arriver à ses fins. Hartmann regagne rapidement ses appartements. Josserand part s'isoler dans son bureau pour rédiger la missive.

Resté seul, Hugo regarde un instant à la fenêtre, songeur, avant de regagner sa chambre. Il voit les gardes ressortir de la prison du château. Ils y ont donc bien laissé Flora. Une fois dans sa chambre, il enlève sa cape, ses chausses, son épée. Puis il se déshabille entièrement. Il aime dormir nu. Il se caresse le torse et se glisse dans ses draps soyeux devant un bon feu de cheminée, non sans culpabilité. Il a une pensée pour celle qui dort en bas, ce soir. Une pensée sans doute un peu trop insistante, car son sexe se dresse. Il essaye de chasser l'image de Flora de son esprit. Il n'a pas le droit de penser à elle. Il n'en a pas le droit. Ils ne sont pas du même monde. Pourtant, dès le premier regard qu'il a posé sur elle, il s'est senti transporté. Après tout, dans le secret de l'intimité, il le peut bien. Juste une fois. Personne ne saura.

Il hésite. Son sexe le rappelle à son corps et à ses envies. Il empoigne son membre épais. Il se laisse aller à penser à la chevelure de feu, aux yeux verts, aux seins blancs trop dénudés, aux chevilles délicates qui se débattaient, à la détermination, à l'énergie et la fougue. Il pense à ce que pourraient faire les mains dans ses cheveux, à ce que ses yeux bleus pourraient dire aux yeux verts. Il pense à ce que sa bouche pourrait caresser, à ce que son cœur pourrait rythmer, à l'odeur délicate dont il pourrait s'enivrer. Enfin, il pense à ce que son sexe pourrait effleurer puis pénétrer.

Il sent alors ses cheveux blonds mêlés aux siens, la force de ses reins sur le bassin délicat, ses mains qui se referment sur les seins impatients, ses doigts qui pressent les tétons durs. Il sent sa virilité dans sa féminité, sa force enveloppée de sa douceur. Puis, toutes les images se mélangent et gagnent en intensité, pour n'être plus qu'un grand Tout unifié. Une réciprocité. Une union. Il ne songe alors plus du tout, il savoure le fruit de toutes ces pensées dans un spasme, un râle, un délicieux abandon de soi.

Dans un demi-sommeil, il perçoit la chaleur de la cheminée. Il entend la pluie fine qui tombe. Il devine les étoiles. Il songe aux feuilles d'automne qui se détachent délicatement pour se poser au sol, aux racines profondes qui glissent en terre, à l'oscillation des branches sous le vent, aux frissons de la rosée sur les feuilles, le matin, aux rayons du soleil qui transpercent, à l'écorce douce et rugueuse, au tronc fort, puissant, aux branches souples et délicates. À la montagne. À ces mondes. À la terre. Au ciel. À elle. À lui. Juste une fois. Juste une fois. Un murmure. Juste une fois. Bientôt, il ne songe plus du tout et sombre dans un profond sommeil, en rêvant déjà à la prochaine fois…

Chapitre 8

Comté de Lichtenberg, au château

À chacun ses centres d'intérêt. Pour Jacques de Lichtenberg, la gestion des affaires du comté est rarement prioritaire. Il préfère passer son temps dans son bureau, qui lui sert aussi de laboratoire et d'atelier. Quand il est dans son lieu de prédilection, le temps s'arrête. C'est l'endroit de tous les possibles et de ses rêves les plus fous. C'est une pièce dans laquelle on peine à entrer, tant elle est chargée. De grandes étagères pleines à craquer obstruent chaque pan de mur. Un grand bureau de bois est recouvert de marchandises. Plus un pan n'est disponible. Livres, plans, fioles en tout genre, récipients, chaudrons plus ou moins grands, bric-à-brac, crapauds séchés et plantes qui macèrent pour délivrer leurs essences côtoient des liquides bizarres de couleurs plus ou moins ragoûtantes. Voilà ses compagnons favoris. Bricoler des objets innovants, préparer des potions, chercher, découvrir, c'est là ce qui le passionne. Il peut s'occuper ainsi du matin au soir. Une maxime en lettres jaunies trône sur le bureau, toujours sur le dessus de la pile : « Un jour, tu verras ce que nul autre n'est capable de voir. » Et Jacques espère toujours que ce sera le jour présent.

On frappe à sa porte. Il est absorbé par la confection d'un élixir de vie. Voilà plusieurs fois qu'il s'y reprend. Il ne parvient pas à trouver le bon dosage. Il a grand-peine à se procurer des écrits sur le sujet. Le grimoire qu'il tient entre ses mains lui est des plus précieux. Il hésite, car il sait que chaque détail compte. Ce n'est que lorsque les mélanges se feront que les pouvoirs d'éternelle jeunesse se réaliseront. Mais, pour cela, ils doivent se combiner harmonieusement.

On frappe une deuxième fois avec plus d'insistance. Il se demande s'il doit mettre le venin de vipère avant ou après le romarin. Il ferait peut-être mieux d'ajouter la poudre d'or d'abord. Il relit les instructions : « Purgez dans un premier temps la matière de tout ce qui est épais, nébuleux, orage et sombre. Vous obtiendrez de l'eau céleste, au fluide volatil et au parfum pénétrant. Réservez ce liquide. Puis mélangez le douzième de son poids enrichi en or. Chauffez à feu doux jusqu'à obtenir un amalgame solide pendant une semaine, puis réservez-le dans une fiole en forme d'œuf. »

On frappe une troisième fois, à pleins poings. Peut-être vaut-il mieux préparer l'or, puis purger ensuite pour gagner du temps ? Le romarin est une plante rare dans la région. Il ne faudrait pas en gâcher les brins. Jacques saisit un nouveau chaudron. Il s'apprête à y verser délicatement le contenu d'une boîte.

On finit par entrer. Un messager se présente, un peu gêné, sur le pas de la porte. Il s'avance doucement. Cette irruption dans son espace personnel tire Jacques de sa réflexion. Il s'effraye et se redresse.

— Vous ne pouvez pas frapper avant d'entrer ?

— Comte, c'est que j'ai déjà frappé trois fois.

— Vraiment ? Ah… Je n'ai pas entendu.

Il revient à son ouvrage. « Pour faire l'or le meilleur qui soit : faire fondre ensemble trois mesures de cuivre et une mesure d'argent. Puis ajouter trois mesures d'orpiment non brûlé. Bien chauffer, laisser refroidir, mettre dans un plat creux, couvrir avec de l'argile, et chauffer jusqu'à ce qu'il y ait de la céruse. Soulever et faire fondre le tout pour obtenir de l'argent. Ajouter une mesure d'or, il sera fait l'or le meilleur. Attention ! Si vous avez beaucoup chauffé, il sera fait de l'électrum ! » Fichtre ! Tout cela n'a rien de simple. Mais un élixir de vie vaut bien tant d'effort, tout de même.

— J'ai une lettre pour vous, l'interpelle le messager.

— Bien, posez-la sur mon bureau.

Jacques est à nouveau les yeux rivés sur son grimoire.

— À feu doux… Je vais donc ajouter cet ingrédient.

Il ressaisit la boîte.

Le messager hésite. Il ne voit pas où poser la lettre, tant le bureau est encombré. Il craint qu'elle ne soit jamais lue. Il tente d'attirer l'attention. Il hausse la voix, en prenant un air important.

— C'est une lettre du comte de Wangen.

— Oui, oui. Il me faut du feu. Ou ai-je donc bien pu mettre ma lame d'acier et mon silex ? Vous n'auriez pas vu ma lame d'acier et mon silex ? demande Jacques en regardant véritablement l'homme qui est entré.

Celui-ci balaye des yeux la pièce surchargée, puis poursuit avec insistance :

— Elle concerne une affaire urgente.

— J'ai bien compris. Posez cela, je m'en occuperai plus tard.

Jacques se lève. Il cherche frénétiquement de quoi faire du feu, et son visage s'illumine soudain :

— Ah, voilà ! Ils sont là. À feu doux ! À feu doux !

À contrecœur, le messager glisse la lettre juste à côté

du coude de Jacques, dans l'espoir que cette proximité l'interpellera le plus rapidement possible.

Il s'incline et sort de la pièce, non sans appréhension. À peine a-t-il lâché la clenche de la porte qu'un bruit se fait entendre, suivi d'un crachat et d'un toussotement. Jacques de Lichtenberg est a priori encore en vie.

Le messager devine qu'il se relève péniblement. Il ne reste plus qu'à prier pour que la lettre ait été épargnée, et que les affaires extérieures ne s'effondrent pas de la sorte.

Chapitre 9

Comté de Wangenbourg, au château

Il est de ces regards que l'on aimerait ne jamais avoir croisés. De ces regards qui vous pénètrent, qui vous rongent la chair sans que vous puissiez stopper leur emprise. Et le plaisir se mêle à la douleur. Juste pour une fois. Peut-être la fois de trop. Celle qui suffit à jamais à fixer une vision au plus profond de soi. Et tout ce que l'on voit alors nous rappelle à ces cheveux, ces yeux, ce visage, ces sensations, ces sentiments.

Il a fait du cheval toute la journée. Il est parti. Armant son puissant destrier, il est parti tout le jour à plein galop, pour essayer de fuir peut-être. Surtout pour faire taire et abandonner ces pensées non avouables dans la forêt. Mais, même au grand galop, il y a quelqu'un qu'on emmène toujours, c'est soi-même. Hugo de Wangen en fait la douloureuse expérience en rentrant le soir. Toutes ses pensées sont encore là, omniprésentes. Elles le hantent. Elles le possèdent. Elles jouent avec lui. *Elle.*

Épuisé et n'y tenant plus, il se décide à aller la voir. Il a besoin d'en savoir davantage à son propos. Il se dit que, peut-être, cela le soulagera, que la solution réside dans l'assouvissement de cette curiosité-là. Il prétexte le refroidissement des températures pour rendre visite à la prisonnière et lui apporter une couverture en prévision de l'hiver. Hugo de Wangen a le cœur à fleur de peau.

Il passe devant le garde. Ce dernier objecte :

— Comte, les cachots sont humides et sales. Je peux me charger de porter cela. Ne vous donnez pas cette peine.

— Merci, mais je tiens à m'assurer moi-même de l'état de la prisonnière.

L'autre n'a pas discuté les ordres. Il a laissé passer. Pour la première fois, il voit un comte pénétrer dans les bas-fonds du château.

— Bien. C'est la cellule du bout, comte, précise le garde.

Hugo s'enfonce dans les dédales du château. Il se rappelle les souvenirs de son enfance et les aventures clandestines qu'il menait dans ces souterrains. Armé d'une épée en bois, il s'inventait des histoires toutes plus héroïques les unes que les autres. Mais ce n'est plus avec un regard d'enfant qu'il descend à présent en ces lieux. Les cachots sont sombres et austères. Il a bien conscience de ce qui peut s'y passer, sait dans quelle terrible fin certains hommes y périssent.

Une torche à la main, il éclaire tour à tour les portes. Ses pas foulent le sol en terre battue. Les murs humides ruissellent de gouttes de condensation. Elles tombent du plafond comme les grains du sablier, qui rappellent l'inexorable temps qui passe et qui rapproche un peu plus les captifs de la mort. Il y a de quoi vous glacer jusqu'à la moelle et attraper le mal à coup sûr. Une femme ne peut pas survivre un hiver ici, ce n'est pas possible. Si elle reste, elle est perdue.

Arrivé au niveau de la dernière cellule, Hugo regarde par la lorgnette de contrôle. Il ne voit rien. Il y fait tellement sombre. Il lève la lourde ferraille qui sert de serrure. Le claquement dur du métal résonne dans le corridor silencieux. Il tire la lourde porte. Le cachot est plongé dans le noir, seule une fine raie de lumière éclaire un coin de la pièce par une petite aération. Personne ne bouge. Son cœur sursaute. Il a peut-être attendu trop longtemps. Il finit par l'apercevoir, assise en tailleur dans un coin, le dos bien droit. Elle semble calme. Elle ne tourne pas la tête à son entrée.

Flora n'est pas surprise, comme si du plus profond d'elle-même elle savait qu'il viendrait, poussé par l'attirance et la curiosité. Qu'il s'agissait juste d'une question de temps.

Il est piqué au vif, elle ne daigne même pas le regarder ! Il se racle bruyamment la gorge.

— Oui, je vous ai entendu, sieur Hugo de Wangen.

Sa voix brise le silence. Lorsqu'elle prononce son nom, son corps frissonne.

— Comment savez-vous que c'est moi, cette pièce est tellement sombre ?

— Que me vaut le plaisir de votre visite ?

— Je viens voir si votre fierté s'est un peu assoupie, mais à en juger par votre comportement je dirais que non.

Il a à peine prononcé ces mots, d'un ton sec et cassant, qu'Hugo se déteste. Il ressemble à son père quand il fait cela. Mais c'est plus fort que lui, il n'arrive pas à fonctionner autrement dans certaines situations.

— Ni ma fierté ni ma vitalité, monsieur le comte, répond Flora fermement.

Il ne sait pas. Il ne peut pas savoir ce qui bat en elle. Il ne peut pas se douter. Il ne peut même pas imaginer les épreuves qu'elle a traversées. C'est un privilégié, lui. Il ne sait rien de la rudesse de la vie des paysans. Un corps endurci. Un cœur trop vite exposé aux aspérités de la vie. Il ignore qu'elle peut attendre, sans rien, comme aucune bête sauvage ne le peut.

— Bien. Dans ce cas, sans doute vous faut-il y rester un peu plus longtemps.

Il se déteste à nouveau pour cette déclaration abrupte.

— S'il vous plaît de le croire.

— J'étais venu vous proposer une couverture, les nuits rafraîchissent, mais vous semblez avoir des difficultés à accepter les propositions, surtout quand elles viennent des hommes, dit-il en faisant allusion à Gérald.

Il s'approche de Flora. Il a envie de la sentir de plus près.

— Et j'imagine que, même venant d'un seigneur, ce n'est pas assez bien pour vous.

— Effectivement. Je n'en veux pas. Je n'ai pas besoin de votre aide.

Elle s'est positionnée avec détermination. Mais Hugo ne s'éloigne pas pour autant. Il a envie d'en savoir plus. Et, surtout, il a l'inavouable envie qu'elle dise oui et qu'elle lui cède.

— Je pourrais la poser là, juste si besoin, poursuit-il en désignant un coin de la cellule.

— Je vous ai dit que je n'en avais pas besoin. Gardez-la !

Hugo est amusé. Cette femme lui donne du fil à retordre. Il aime ça. Il la trouve belle et rayonnante. Il lui semble que la lumière qui brille dans ses yeux verts puise sa force dans une source inconnue, intarissable, surnaturelle. Même dans la pénombre, elle illumine la pièce. Il ne bouge pas. Lui aussi, il peut attendre. Il lui semble qu'il pourrait passer le temps à la regarder.

De son côté, Flora a les membres gelés. Elle est en proie à une bataille intérieure : si elle parvient à contrôler son esprit, son corps, lui, ne s'y méprend pas. Elle accepterait bien volontiers la couverture, mais elle ne veut pas perdre la face et plier devant lui. Elle cherche une autre façon d'aborder les choses. Elle se lève calmement pour être à sa hauteur. Ils se font face. Il est impressionnant. Encore plus beau de près, avec ses cheveux blonds qui encadrent son visage franc et carré. Il a le regard direct et perçant comme l'aigle qu'il porte sur son blason. Les jambes écartées, il semble prêt, comme au combat. Cette pensée l'émoustille. Un adversaire à sa taille. Sa parole est agile, son esprit clair et tranchant comme son épée.

Souple dans son comportement et son langage, elle prend une posture digne, avant de lancer l'assaut.

— Ma foi, seigneur, me voici piquée par la curiosité. Il est bien des mystères qui échappent aux dames, comme celui de votre présence au beau milieu d'une foule de manants, un petit matin d'automne sur un marché.

Il ne s'attendait pas à cela. Il l'avait presque oubliée, mais elle l'a bien reconnu. Rien ne sert de nier. Il faut qu'il trouve une parade.

— Il est des affaires d'État qui doivent rester secrètes.

— Bien sûr, bien sûr. Je doute que ce soit l'altruisme ou la générosité qui vous ait mené parmi les pauvres. Et qu'est-ce qui vous amène ici aujourd'hui ? Une affaire d'État également ? Je ne suis pourtant pas une personne clé à ce niveau-là, dit Flora en faisant une petite moue faussement ignorante.

Une moue qu'il trouve à la fois délicieuse et énervante.

— Il y a des choses que vous ne pouvez pas comprendre.

Hugo reste ferme sur sa position. Il aurait dû se préparer davantage avant de descendre.

— Prenez-moi pour ce que vous voulez, une petite paysanne ignorante, si cela vous arrange. Vous ne m'ôterez pas de l'idée que d'obscures raisons et de tortueuses pensées vous mènent ici-bas. Vous avez peut-être besoin de soulager votre conscience ? Vous culpabilisez, monsieur le comte, de vous pavaner dans les richesses pendant que d'autres crèvent de faim ou de froid dans vos sous-sols ?

Malgré les attaques de Flora, Hugo reste serein en apparence. Il n'en est pas moins ébranlé intérieurement.

Il se maîtrise, même si ce double « Je » lui coûte. Flora est étonnée de son sang-froid. Ils se jaugent l'un l'autre.

— Vous êtes bien trop sur la défensive. Vous me semblez bien révoltée et en colère. Je sais aussi que je n'en suis pas directement la cause. Quand le froid viendra toquer à votre porte avec davantage de ferveur, peut-être serez-vous plus à même d'accepter de l'aide. Vous n'êtes pas en position de force. Si vous pensez pouvoir vous en sortir seule, très bien, dans ce cas, vous mourrez seule aussi. Je n'étais pas venu en ennemi. Puissiez-vous faire la part des choses avant qu'il ne soit trop tard.

Une femme si belle, un corps si beau, une telle énergie, ce serait un véritable gâchis. Flora ne se rend pas compte.

— Dans le monde d'où je viens, nous devons toujours nous débrouiller par nous-mêmes, sous peine de le payer très cher, dit-elle en serrant les poings et les mâchoires, le regard loin de ses expériences passées.

— Eh bien, ici, vous n'êtes pas dans votre monde mais dans le mien, et je ne saurais trop vous recommander d'ajuster vos règles du jeu.

— C'est à cause de vous si ces deux mondes sont si éloignés l'un de l'autre.

— Il en était déjà ainsi quand je suis né. Je ne suis pas responsable. Comme vous, je fais avec. J'œuvre chaque jour pour un monde meilleur. Je fais de mon mieux et ce que je peux, comme descendre ici ce soir. Mais je ne peux forcer quelqu'un à accepter mon aide. Vous seule pouvez vous sauver.

— C'est bien trop facile de raisonner ainsi et de vous dédouaner de toute responsabilité !

— Vous voulez mourir en martyre dans l'anonymat le plus complet ?

— Je ne veux pas renier mes valeurs.

— Ne soyez pas stupide !

— Vos petites actions, pour soulager votre conscience, le sont tout autant, rétorque Flora.

— Votre fierté et votre colère mal placées vous entravent !

— Votre richesse est le carcan qui vous pourrit.

— Dans ce cas, restons-en là. Nos points de vue nous opposent. Gardez vos règles et campez sur vos positions, nous verrons lequel des deux gagnera la partie.

Avant qu'elle ait le temps de répondre, il sort, brusque et décidé. En un éclair, la porte se referme, laissant à nouveau le cachot dans un silence de mort, après que ses pas ont tout à fait disparu le long du corridor.

Flora se mord les lèvres. Elle serre les poings, crispe les mâchoires. Elle se tape la tête contre la muraille à s'en faire mal. Cet entretien a été abrupt. Une brèche s'est ouverte. Elle finit par se recroqueviller dans un coin en s'entourant les genoux de ses bras. Elle s'écroule. Fragile. Elle pense à sa pauvre mère, elle espère qu'elle tient le coup ; elle aussi doit souffrir, seule avec les bêtes. Pour elle, elle doit faire face. Mais son esprit vagabonde en haut, auprès d'Hugo de Wangen. Ne plus y penser, se discipliner. Oublier. Se conditionner.

Pendant que Flora est astreinte à l'immobilité dans sa petite cellule, les hommes s'entraînent sans relâche. Hartmann de Wangen a certes choisi la défense, mais il veut ses chevaliers prêts en cas d'attaque. C'est Hugo qui s'occupe des entraînements quotidiens, sous la supervision de Josserand.

De là où elle est, Flora entend par moments les lames qui se croisent et s'entrechoquent, ainsi que les cris sourds et virils au cours des efforts déployés. La lutte. L'acharnement. Du petit matin à tard le soir. Sans relâche.

Tout en regardant son fils vaincre et donner des leçons aux hommes, Hartmann s'entretient avec Josserand.

— Tu n'as pas failli à ta mission, tu as été un excellent mentor.

— Merci, seigneur, mais c'est compter sans les aptitudes naturelles d'Hugo pour le combat.

— Ah, toujours aussi modeste ! Il est vrai que mon fils est particulièrement bien bâti, avec une technique irréprochable.

À ces mots, il bombe le torse, tout empli de fierté paternelle.

— À mon sens, il doit surtout son talent à sa grande intelligence du cœur.

— Je doute que cette aptitude lui serve au combat, dit Hartmann au riant. Au contraire, il faut être impitoyable face à l'ennemi. Et surtout ne faire preuve ni de sentiments ni de faiblesses. Dans la vie, il faut mordre et taper fort.

— Sauf votre respect, seigneur, je pense au contraire que la très grande force d'Hugo se situe ailleurs. Regardez Laïr…

Il désigna un colosse aussi large que haut, une arme dans chaque main.

— N'importe quel chevalier plierait devant lui, devant sa carrure imposante. Mais pas votre fils. Hugo a cette aptitude naturelle à voir les gens, à cerner ce qui les anime vraiment. Regardez comme il anticipe les mouvements et les faits et gestes de ses adversaires ! Cela lui donne toujours une longueur d'avance déterminante. Et cela fait de lui un combattant redoutable. Désarmé à l'endroit le plus sensible, sur son propre terrain, l'ennemi est déconcerté qu'on le devine si facilement. Et il finit par se rendre.

Laïr est au sol. Vaincu. Hugo marque une courte pause, essuie la sueur qui perle sur son front. Il lui tend la main pour l'aider à se relever.

La silhouette d'Anton se profile au loin. Il s'approche, faussement serein, mais son impatience est criante.

— Alors, ces hommes sont-ils prêts à combattre, messieurs ? demande-t-il, faisant mine de s'intéresser.

— Bien sûr qu'ils le sont, pour défendre nos terres et non pour les attaquer, comme cela a été convenu, lui rappelle Hartmann.

— Oui, oui, bien sûr, dit Anton sans trop y croire. D'ailleurs, a-t-on reçu des nouvelles du sieur de Lichtenberg ?

— Pas pour le moment, répond sèchement Hartmann.

— Cela ne m'étonne pas, il semblerait qu'il ait bien mieux à faire en ce moment…

Hartmann et Josserand échangent un regard interrogateur.

— Eh bien, parle ! Que sais-tu ? s'enquiert le comte.

— Oh ! vous savez, des bruits, des rumeurs qui viennent des campagnes… Peut-être rien de très sérieux… Mais tout de même…

Anton se délecte de cette énigme.

— Là où on cherche à instiller du mystère, on cherche à créer du pouvoir, gronde Hartmann. Parle et vite, ou tu auras affaire à moi !

— J'y viens. J'y viens. Je souhaitais simplement m'assurer que le fait vous intéresse, monsieur le comte. À ce qu'on raconte, Jacques de Lichtenberg n'a rien trouvé de mieux à faire que d'épouser une illustre inconnue. À peine six mois après le décès de sa femme, la comtesse de Walpurge, il s'est uni à une paysanne qui répond au nom de Barbara d'Ottenheim.

— En quoi ce que le sieur de Lichtenberg fait de ses cuisses a-t-il un rapport avec nos affaires de guerre ?

— Détrompez-vous, seigneur, il semblerait qu'il soit à ce sujet en conflit avec certains notables de son fief, qui désapprouvent ce mariage. Son frère Louis tente de l'épauler comme il le peut, mais il serait en désaccord avec son aîné sur sa façon d'administrer le comté. Jacques est de plus en plus isolé. Leur situation est instable. Ce qui explique leur absence de réponse. Ils ont plus urgent à faire dans l'immédiat que de s'occuper de Geroldseck et de voler à notre secours.

Hartmann fronce les sourcils de contrariété. Anton voit qu'il a touché juste et renchérit.

— Sans compter que Jacques, officiellement chargé de la gestion du fief, passerait, dit-on, tout son temps dans son bureau à jouer les alchimistes et faire des expériences extravagantes. Un marginal. Certains racontent même qu'il fabrique une machine pour voler ! Quel illuminé ! Des villageois prétendent l'avoir vu s'élancer du haut de la colline de son château et avoir fait quelques toises ficelé à un oiseau de bois, avant de s'écraser dans un talus. Il a bien failli se briser le cou, l'inconscient. C'est un original qui n'a visiblement que faire d'administrer son comté.

Hartmann croise les bras. Il tente de masquer son irritation.

— Son frère, lui, est beaucoup plus au fait des affaires du royaume. Ah ! quelle guigne que Jacques soit au pouvoir et non Louis. Nous n'y pouvons rien changer. Nous devons faire avec. Quel dommage pour nous ! feint de déplorer Anton.

Josserand s'immisce alors dans la conversation :

— Dans ce cas, écrivons à Louis.

Anton craint d'en avoir trop dit. Hartmann, lui, n'est pas sûr de suivre le raisonnement de son premier conseiller.

— Si Jacques ne s'intéresse que peu aux affaires, envoyons à titre informatif une copie de la missive à Louis. Jacques ne devrait pas le prendre comme un affront, et nous lui dirons que nous avons jugé bon d'avertir également son frère. Dans l'adversité, il n'est pas impossible qu'ils deviennent solidaires. Il y va de leurs intérêts communs. Face à leur situation intérieure ébranlée, peut-être verront-ils doublement l'intérêt d'avoir un allié.

— Quelle brillante idée ! Décidément, Josserand, tu as toujours la solution, mon ami, et une vision des choses qui ouvre des perspectives.

Anton se renfrogne, enrage en silence. Ses affaires ne prennent pas la tournure escomptée. Encore un coup d'épée dans l'eau. Il est persuadé que cette stratégie les mènera droit à l'échec et lui fera perdre ses terres et ses privilèges. Il ne tient pas à finir ses jours dans la misère. Il s'éloigne, décidé à trouver du soutien.

Hugo achève son dernier combat. Il remercie les hommes et leur donne rendez-vous dès le lendemain matin. Puis il se dirige vers son père, encore un peu essoufflé de ses efforts.

— Tu arrêtes déjà ? s'étonne Hartmann de Wangen, toujours sur sa faim.

— Le froid commence à piquer, et nous avons bien travaillé. Les hommes ont beaucoup progressé, ils seront aussi bien près du feu, ce soir. La nuit tombe vite. On ne voit déjà presque plus rien. Autant qu'ils se ménagent et prennent des forces.

— Tâche de ne pas être trop souple, tout de même. Sur le terrain, il n'y aura pas de répit. Il faut qu'ils soient prêts à ça. L'affrontement ne connaît pas de clémence. La bataille est impitoyable.

— Raison de plus pour les ménager maintenant. Nous pouvons nous le permettre sans conséquence. C'est un entraînement. Et, si vous n'êtes pas satisfait de ma façon de les préparer, vous n'avez qu'à le faire vous-même ! dit Hugo en regardant son père, dont il sait les forces déclinantes.

— Je t'apporte mon expertise.

— Vraiment ? Depuis votre prise de fonction, combien de batailles avez-vous livrées ?

— Aucune, admet Hartmann, mais j'ai vu mon père en mener, étant enfant, et préparer les hommes. J'ai assisté à tout cela. Toi non.

Hugo hausse les épaules et s'éloigne pour prendre la direction de ses appartements.

— Hugo ! Reviens ici ! Tu ne te laisses rien dire !

« Tu es impossible », conclut Hartmann pour lui-même.

Hugo a regagné sa chambre. Son père l'exaspère. Il jette ses vêtements à terre et s'apprête à se mettre au lit. Quelques jours se sont écoulés, et il pense toujours à elle. Il n'arrive pas à trouver le sommeil, ce soir. Trop de tension. Une forte pluie tombe dehors. L'orage gronde. Le vent s'est fait plus violent et lui rappelle que les nuits sont bien fraîches. Il a été tellement occupé. Une peur l'assaille, il espère qu'il n'a pas trop attendu. Il ne tient plus, au diable sa fierté !

Il se relève, se rhabille à la hâte, emportant sa courtepointe soyeuse sous le bras, pas le temps de chercher autre chose. Il se dirige à pas discrets mais décidés vers les sous-sols du château. Elle n'est qu'une inconnue, pourtant, il a ce besoin inexplicable de la protéger. Après tout, elle est un être humain comme un autre. Il oubliera la raison pour ce soir.

Il ne se donne même pas la peine de se justifier auprès du garde qui surveille toujours l'entrée des cellules. Ce dernier, à moitié endormi, le laisse passer sans un mot, non sans étonnement. Il se hâte. Après tout, il est comte, il n'a pas à motiver ses décisions. Il sait ce qu'il fait et il espère que ce n'est pas trop tard. Son cœur tape maintenant fortement dans sa poitrine robuste, sensation nouvelle et surprenante. Au cours des combats, il n'a jamais peur.

La peur n'est pas une émotion habituelle chez lui. Cette frayeur-là, il a du mal à gérer, il la rencontre pour la première fois. Elle le secoue intérieurement et prend possession de lui. Si Flora est morte de froid, il ne se le pardonnera pas.

Il ouvre la porte rapidement, sans hésitation, il sait ce qu'il veut. La cellule est plongée dans l'obscurité.

Flora est couchée dans un coin. Elle ne bouge pas. Il appelle. Il attend. Il croit encore à un tour ou une supercherie de sa part. Un prétexte quelconque pour tester sa faiblesse. Pas de réponse. Aucun mouvement. Il attend encore. Il rappelle, plus fermement. Toujours rien.

Soudain, il croit percevoir son souffle faible. À l'instinct, il se précipite sur elle dans un élan incontrôlé. Elle est toujours immobile. Il pose une main sur elle. Elle est gelée. Il lui plaque la couverture sur le corps et se met à la frictionner sans aucune pudeur pour la réchauffer. Elle est frigorifiée. Elle tremble et c'est heureux, car c'est qu'elle est vivante, bien vivante. Elle respire à peine, son souffle est faible, mais au moins elle respire. Il redouble d'efforts. Il la prend contre lui pour la réchauffer de son corps.

Flora reprend peu à peu ses esprits. Elle sent son haleine chaude sur sa nuque, ses mains sur elle, sa présence pleine et entière. Elle se réanime sous l'effet des frictions qu'exerce Hugo sur son corps. Le doux parfum de sa soyeuse couverture la ramène à la vie. Un fil ténu qui la tire à nouveau vers le monde des vivants. Des caresses qui la rendent à son corps. Une chaleur qui l'embrase.

— Alors, comme ça, vous vous agenouillez près d'une paysanne ? murmure-t-elle d'une voix faible.

Hugo ne répond pas. Ce n'est pas possible d'être aussi fière et têtue, à deux pas de la mort ! Il demande au garde à voix forte une soupe bien chaude. Ce dernier arrive en courant, un peu sonné d'être sollicité à une heure aussi tardive.

— Mais, seigneur, les prisonniers ont déjà reçu leur ration, aujourd'hui.

— Je me fous de savoir ce qu'ils ont déjà reçu, je vous demande de la soupe ! Et en quantité ! Vite ! Ainsi que du pain, autant que nécessaire ! tonne-t-il. C'est un ordre ! Dépêchez-vous ! Et donnez-moi ça !

Il s'empare du flambeau que l'homme tient à la main et l'approche du corps glacé de Flora. Il n'a pas pour habitude de parler ainsi à ses hommes, mais avec la peur il a perdu le contrôle. Le garde part au pas de course vers les cuisines du château.

Hugo installe Flora dans un coin, en position assise. La soupe arrive, Flora la boit à petites lampées et reprend peu à peu son souffle et ses esprits. Ils restent ainsi en silence de longues minutes, côte à côte, les visages éclairés par la seule flamme.

— Votre fierté a bien failli vous tuer, finit par souligner Hugo.

— Je préfère mourir de fierté que de lâcheté.

— Vous persistez ! Je ne vois pas en quoi accepter de l'aide serait preuve de lâcheté. Votre état est l'aveu même que votre raisonnement ne tient pas.

Flora sourit et baisse la tête. Il a raison, elle le sait, mais elle ne l'admettra pas.

— Vous ne tiendrez pas l'hiver ici, renchérit Hugo.

— Qu'en savez-vous ?

— Vous êtes une femme. Vous êtes fragile.

— Je pense que même les femmes peuvent avoir des ressources insoupçonnées.

— Mais, enfin, rendez-vous à l'évidence ! Si je n'étais pas venu, vous seriez morte dans la nuit.

— Oui, sans doute. C'est ainsi que vous faites mourir les petites gens dans vos cachots, pendant que vous vous glissez confortablement dans vos draps soyeux, le soir.

— Nous n'avons que peu de prisonniers, l'hiver. Ils sont pour la plupart relâchés contre rançon.

— Sauf les paysannes qui ont profané les sacro-saintes vignes du comte !

— C'est vous qui avez refusé l'arrangement qu'on vous proposait.

— Je n'allais pas laisser un autre payer pour moi et m'acheter !

Elle marque un point.

— Mon père agit du mieux qu'il peut. Nous avons beaucoup à faire en ce moment pour assurer la protection de tout le territoire, se justifie Hugo pour garder la face.

— Les petites gens sont secondaires. Ils ne sont que des pions dans vos affaires. Vous n'hésitez pas à les sacrifier au profit de vos intérêts.

— C'est faux ! Assez ! Vous recommencez !

Hugo se lève d'un bond, faisant tressaillir le flambeau qu'il tient fermement dans son poing. Il lui fait face. Il est très séduisant, en proie à cet énervement.

— Vous n'imaginez pas les responsabilités qui incombent à mon père, les complots, les risques d'invasion, et tout ce que cela implique. Il peut être dur. Je le sais mieux que personne. Mais lui aussi il fait de son mieux. Je le crois.

Il a les yeux dans le vide. Il n'a jamais tenu un tel discours, à personne.

— Pourquoi étiez-vous au marché, ce matin-là ? relance Flora.

— Pourquoi changez-vous de sujet ?

— Pourquoi ne répondez-vous pas, tout simplement ?

— Ça ne vous regarde pas ! répond brutalement Hugo, qui s'apprête à sortir sans appel, une main déjà sur le fer de la porte, avant de se raviser au dernier moment.

Il a beau vouloir être différent de son père, il a été forgé dans le même métal. Façonné dans cette matière dure, parfois imprévisible et impulsive, particulièrement quand on touche un point sensible. Ses failles et ses faiblesses doivent rester dans l'ombre. Il y a des choses qu'il tient à garder pour lui. Il lâche brutalement le flambeau à terre, et il s'éteint dans un bruit sourd.

Flora se lève d'un bond, mais ne dit rien.

— C'est ce que vous voulez vivre pour le reste de votre vie ? demande Hugo, la voix soudain lente et mystérieuse, toujours face à la porte.

Il laisse un temps de pause, dans ce cachot obscur. Il se retourne et s'adresse directement à elle à présent.

— Le silence, le froid, la mort. C'est ce que vous voulez ? C'est ce que vous voulez ?

Elle le sent approcher d'elle à pas lents. Elle se dérobe avant qu'il ne l'atteigne. Elle retient sa respiration et file à l'opposé de la pièce le plus discrètement possible. Elle le devine tâtonnant dans la pénombre. Elle se sent soudain comme une proie. L'excitation se mêle à la frayeur. Privée de la vue, ses autres sens en éveil, elle tente de capter les mouvements de son prédateur. Elle entend le froissement du tissu de sa cape, le cliquetis discret de son épée quand il s'avance. Puis, soudain, plus un bruit. Il a peut-être capitulé. Flora respire, dos au mur. Mais Hugo bondit sur elle et la saisit fermement par les épaules en la plaquant plus fermement sur les pierres froides. Elle sent sa barbe naissante lui effleurer la joue. Son torse viril se plaque contre ses seins, l'épaisse cuirasse frotte contre le délicat et fin tissu de sa robe. Il lui murmure :

— Alors, vous sentez-vous toujours aussi forte et aussi fière ?

Elle ne répond pas. Son corps se détend, ses épaules se décrispent, ses mains s'ouvrent et l'intérieur de ses entrailles se contracte. Elle tente de le repousser en agrippant ses larges hanches. Hugo ne bouge pas d'un pouce.

— Vous pensez vraiment être forte ?

Elle sent le souffle d'Hugo plus rapide près de son oreille. Il lui frôle la nuque et les cheveux de ses lèvres. Le corps de Flora capitule encore un peu plus. Avec une lenteur délicieuse, Hugo effleure les contours de son visage en répétant « la plus forte ».

— Le plus fort n'est pas toujours celui qu'on croit, lui glisse Flora.

À ces mots, il la plaque plus fortement contre le mur. Elle laisse échapper un gémissement.

— Je vous tiens, dit-il en pressant le bassin contre le sien.

Il lui passe la main dans les cheveux. Il lui attrape la nuque et la lui fait plier légèrement, comme pour la soumettre davantage. Il pourrait la lui briser avec deux doigts tant elle est fine. Il a envie de l'embrasser. Elle est prise. Elle pose les mains sur ses épaules et fait mine d'essayer de le repousser une ultime fois. Mais son corps semble avoir définitivement rendu les armes. Plus elle le repousse, plus il se serre contre elle, et plus elle capitule, dans un délicieux abandon coupable. Il approche les lèvres des siennes. Elle le sent. Elle attend, à présent. Elle retient sa respiration dans l'impatience et l'appréhension de cet instant, l'improbable rencontre du feu et de la glace. Elle s'accroche plus fortement à lui.

Au moment de passer à l'acte, il se dégage brutalement.

— Dès demain, je demanderai à vous faire transférer au poste de palefrenière. J'ai besoin de quelqu'un pour s'occuper des chevaux.

Cette idée lui vient comme une fulgurance. Il sait que son père n'approuverait pas. Pour le moment, il n'est pas censé administrer les affaires en prenant de telles libertés, son paternel tenant à être le seul décideur. Mais qu'importe. Il fera en sorte que son père n'en sache rien. Il le faut. Hartmann, s'il l'apprenait, prendrait cela comme un affront et une ultime manière de braver son autorité et de contredire ses ordres, qui pourrait même conduire Flora tout droit à un châtiment plus grand encore. Mais c'est la seule échappatoire possible. Hugo n'a pas le choix, s'il ne fait rien, elle mourra, et cette seule perspective lui est insupportable. Il la plaque une nouvelle fois contre le mur dans un élan incontrôlé.

— Tâchez cette fois de ne pas faire preuve d'une fierté excessive et d'accepter pour sauver votre peau. Il faudra me faire confiance et obéir si vous voulez survivre dans ce château.

Ses mains puissantes caressent les courbes délicates de ses flancs dans un frisson délicieux. De feu et de glace… Il la relâche à nouveau soudainement.

Flora entend la porte s'ouvrir puis se refermer dans un claquement sourd. Plus rien.

Hugo s'adosse au mur à l'extérieur de la cellule. Il s'en est sorti. Il se passe la main dans les cheveux, puis sur le visage. Il lui faut un moment pour reprendre sa respiration et ses esprits, sa tête appuyée au mur de pierre épais et frais. Il l'a échappé belle. Il doit se contenir davantage, à l'avenir. Il s'éloigne à pas maintenant décidés du dédale souterrain pour regagner sa chambre.

Le silence et le froid sont de retour. Ils contrastent avec la présence et la chaleur qui ont empli la pièce ces quelques instants. C'est un sentiment de solitude qui rend à présent visite à Flora. Un manque, un désir creux en son âme. La brèche s'ouvre un peu plus, à l'intérieur de ses entrailles, un sentiment d'excitation et d'appréhension. Une envie d'être encore près de lui. Des pensées envoûtantes et obsédantes qui dansent comme des ombres au mur.

Cette nuit est la dernière dans ces bas-fonds sinistres et cette perspective la soulage.

Chapitre 10

Comté de Lichtenberg, au château

Il n’est pas toujours évident de distinguer ce qui est de son ressort. Il a souvent entendu : « Occupe-toi de tes affaires. » Mais pour Louis de Lichtenberg le monde est un endroit menaçant et dangereux. Il doit constamment rester sur ses gardes, ce qui le conduit parfois, à son insu, sur des territoires qui ne sont pas les siens. Par loyauté et par devoir, il se sent toujours investi de grandes missions pour protéger son clan.

Il a prestement décacheté la missive à peine réceptionnée. Il la lit rapidement. Un instant suffit pour qu’il comprenne l’enjeu de la situation. Il pressent déjà ce qui anime les différents protagonistes, et la peur l’entraîne immédiatement dans de nombreuses suppositions à propos de situations plus dramatiques les unes que les autres. Il se dirige vers le bureau de son frère. Il est certain de l’y trouver, toujours occupé à ses expériences. Il frappe et entre sans attendre de réponse, rompu au comportement de son aîné.

— Jacques, avez-vous pris une décision concernant le comté de Wangenbourg ? lance-t-il, essoufflé de sa course dans les couloirs de leur grand château.

— Louis, de quoi me parlez-vous ? répond Jacques. Ne pourriez-vous pas faire comme tout le monde, frapper et attendre avant d'entrer ? Vous me prenez de court, je suis très occupé.

— J'ai reçu une missive dans laquelle le comte de Wangen dit vous avoir envoyé une lettre, il y a déjà quinze jours, le réprimande gentiment Louis.

— Vraiment ? Mais qu'est-ce que quinze jours, quand on travaille sur l'éternité ! répond Jacques, encore occupé à la fabrication de son élixir de longue vie.

— Jacques, je vous en prie, écoutez-moi !

— Vous me prenez pour un fou, Louis, je le sais. Pourtant, un jour, je trouverai ce que personne n'a encore jamais trouvé. Je verrai ce que personne n'a jamais vu. Et je vivrai aussi plus longtemps que personne n'a jamais vécu.

— Certes, mais en attendant pouvez-vous voir ce que tout le monde voit et vous occuper de ce dont il y a à s'occuper ! Cessez vos préparations grotesques et revenez à la réalité de ce qui se passe en ce moment même !

La voix de Louis s'est faite plus pressante, teintée d'anxiété. Jacques s'interrompt. Il connaît son frère. Quand ce dernier prend ce ton-là, mieux vaut l'écouter. Et il est vrai que Louis a l'air grave.

— Je vous écoute, dit-il, à présent tout tourné vers son cadet.

— La missive, Jacques, la missive ! L'avez-vous lue ?

— Non, d'ailleurs, je ne crois pas l'avoir reçue.

— Je vous suggère de vérifier.

Jacques retourne le bric-à-brac de son bureau. Des objets plus fantaisistes les uns que les autres volent dans tous les sens. Louis lève les yeux au ciel face à un tel désordre. Il ne comprend pas comment on peut gérer les affaires d'un comté dans un environnement aussi encombré que celui-ci. Il prend son mal en patience. Sous un bocal de champignons séchés, Jacques trouve une enveloppe jaunie, délavée et tachée de toutes sortes de substances bizarres et odorantes, dont il vaut sans doute mieux ignorer la provenance. La lettre n'est pas décachetée.

— Ah ! Voilà, c'est peut-être cela ? s'écrie-t-il, triomphant.

Louis le regarde d'un air réprobateur, tout cadet qu'il est. Il n'y a pas à fanfaronner.

Jacques la consulte en silence.

— Et… ? Je ne vois là rien d'alarmant.

— Ils attendent une réponse.

— Ne rien faire. C'est une perte de temps. Ils peuvent bien se débrouiller.

— Sauf votre respect, Jacques, cela pourrait mettre le comté en danger.

— Je ne vois pas comment.

Il est si piètre stratège qu'il faut même lui expliquer ces choses-là.

— Si Volmar de Geroldseck conquiert le comté de Wangenbourg, nous ne ferons peut-être plus le poids face à lui. Vous vous souvenez qu'il est un de nos vassaux et que ses prises d'initiative doivent être soumises à notre autorisation ?

— Je vous en prie, épargnez-moi l'historique, je connais tout cela autant que vous !

— Dans ce cas, vous comprenez l'intérêt de nous allier aux Wangen, pour que Volmar se tienne tranquille.

— Pour le moment, rien de concret n'est en œuvre, il me semble ? Ce ne sont que des suppositions.

— Officiellement c'est exact, mais je crains qu'officieusement la guerre ne soit déjà déclarée. Il nous faut faire preuve d'un peu de finesse et d'intuition. Il nous faut anticiper.

— Écoutez, Louis, cessez de vous tracasser ! Vous voyez le mal partout. Je souhaite temporiser pour le moment. Cela ne nous empêchera pas d'intervenir plus tard. Je travaille à des projets de grande envergure, que je ne souhaite pas interrompre, dit Jacques en tournant la tête pour regarder sa machine à voler. Et on ne peut pas intervenir sur des suppositions. Accuser à tort un de nos vassaux peut nous être hautement préjudiciable.

— Votre position est déjà fragilisée, sachez que cela pourrait ne pas pardonner.

Louis a été cassant dans son propos, dans l'espoir de provoquer un choc chez son frère.

— Que voulez-vous dire par *fragilisée* ?

— Vous le savez très bien.

— Non, je l'ignore. Pouvez-vous être plus précis ? demande Jacques, piqué.

— Vous le savez. Votre remariage avec une… enfin… avec Barbara. Beaucoup de notables désapprouvent votre choix. Si le comté se trouvait dans l'insécurité, j'ai peur qu'ils ne se rangent du côté de l'ennemi, et que nous soyons bien isolés pour assurer notre protection. On ne peut pas se passer de leur appui.

— Eh bien, je suis prêt à prendre le risque. Pour cela et pour le reste.

— Nier la situation ne l'arrangera pas d'elle-même. Un jour, il faudra faire front. Je ne voudrais pas que l'on se voile la face et se retrouve dans une situation inextricable. C'est reculer pour mieux sauter, à mon sens, que de différer une prise de décision.

— Je fais face plus que personne, Louis. Je fais face en affirmant mes choix et mes convictions, réplique Jacques fermement. J'aime Barbara et je l'ai épousée. Aujourd'hui, je choisis la paix et la temporisation, en attendant des faits. Maintenant, laissez-moi.

— Comme vous voudrez, Jacques. N'oubliez pas que

des vies sont entre vos mains, celles de vos gens, les nôtres, et celle de votre Barbara.

Louis quitte le bureau en espérant avoir touché son frère à un point suffisamment sensible pour qu'il fasse du chemin. Même s'il désapprouve la décision prise, il reste loyal et dévoué à son frère. Mais, si cela venait à prendre des proportions plus importantes, il n'hésiterait pas à outrepasser ses fonctions, dans le seul intérêt du comté.

Il en est capable. Il l'a déjà fait secrètement par le passé.

Chapitre 11

Comté de Geroldseck,
un endroit tenu secret dans la campagne

— Merci pour vos informations, cher ami. Nous sommes prêts. Nous allons les écraser. S'ils cherchent des alliés, c'est qu'ils nous craignent, et c'est plutôt bon signe. Nous n'arriverons que plus facilement à prendre le dessus. Merci. Merci pour vos précieuses informations, qui ne font que conforter mes intentions. Cela me conforte aussi dans l'idée qu'il faut attaquer le plus vite possible. Frapper fort, pour qu'ils n'aient pas le temps de se liguer contre moi.

Volmar de Geroldseck a parlé d'une voix monocorde. Il lui semble être visionnaire et se représente déjà son écrasante victoire. C'est comme si c'était fait. L'homme qui se tient en face de lui n'est qu'une preuve supplémentaire que Dieu est avec lui. Tous les éléments sont favorables pour qu'il remporte la bataille, et que les Geroldseck soient enfin réhabilités au rang de comtes.

— À votre service. Je tiens à vous rappeler que notre rencontre doit rester secrète. On ne doit jamais savoir, précise l'homme.

— Ne vous en faites pas. C'est entendu comme cela

et découle de l'évidence, cher ami. Je paye suffisamment cher vos renseignements pour vous laisser entrevoir la valeur qu'ils ont pour moi. Pourquoi commettrais-je l'irréparable, qui m'en priverait ?

Il sort de sa poche cinq cents kreuzers, et les place dans la paume de son interlocuteur. Ce dernier veut se retirer, mais Volmar de Geroldseck le retient fermement par le bras.

— Je veux absolument tout savoir. Maintenant que vous avez choisi votre camp, ne vous avisez pas de me tromper ou de me cacher des choses. Un double jeu ne vous sera pas permis. Car c'est vous qui le payeriez cher.

Il relâche son emprise.

— Je suis votre obligé, seigneur.

— Vous serez récompensé comme convenu, dignement, pour votre engagement et votre loyauté, lorsque nous gagnerons.

— J'agis pour les intérêts communs.

— Mais bien évidemment, mon ami. En votre âme et conscience, vous faites le bon choix, n'en doutez pas. Il est sage de se ranger du côté des plus forts. Maintenant, disparaissez, avant que votre absence ne soit remarquée.

Chapitre 12

Comté de Wangenbourg, au château

Qu'est-ce qu'un homme libre ?

Josserand est occupé à la lecture, comme à son habitude, afin de parfaire ses connaissances. Il est archer de métier, mais il sait aussi lire et écrire. Calme et posé, la main souple et habile, il a toujours considéré ces deux activités comme complémentaires. Orphelin, il a été recueilli dans son enfance par les moines, qui l'ont instruit en échange de travaux quotidiens au monastère d'Obersteigen, qui se situe non loin du château. Ce monastère a été érigé pour venir en aide aux voyageurs qui empruntaient « la route du Sel », pour se rendre bien plus au nord, à Château-Salins. Un voyage long et fatigant à travers les montagnes pour rapporter la précieuse marchandise, qui peut être périlleux. Porter secours aux nécessiteux et aux pèlerins est le but de cette communauté de chanoines. Josserand y a côtoyé la nature humaine.

Appelé, en grandissant, à se mettre au service du comte Hartmann de Wangen pour son habilité et sa sagesse, il a su garder une profonde compassion pour l'humanité en général. Il a le cœur bon et généreux. La nature humaine le passionne, il en nourrit un élan bienveillant. Il se livre aujourd'hui à la réflexion d'un extrait de la Bible sur la liberté. « Tout est permis, mais tout n'est pas utile. Tout est permis, mais tout n'édifie pas. »

Hugo frappe à la porte du bureau et entre sans attendre de réponse. Il sait que cette porte lui est toujours ouverte. Josserand détache les yeux de son ouvrage et le regarde avec attention.

— Si je te connaissais moins bien, je te parlerais de la pluie et du beau temps mais, à voir ta tête, tu as quelque chose d'important à me dire.

Hugo esquisse un sourire. Si Josserand a fait son éducation, il est aussi son ami. Ce dernier tente de décrypter les non-dits.

— Les hommes sont presque prêts. Nous attendons, maintenant. Comme un couperet prêt à tomber à n'importe quel moment. Vivre avec une échéance si funeste est insupportable, se désole Hugo.

— Il y a encore la possibilité d'une issue heureuse, tempère Josserand.

— Tu es bien optimiste, mon ami.

— Peut-être. Mais ce n'est pas de cela que tu es venu me parler. Quel est l'objet de ta visite ? s'enquiert Josserand, impatient d'en arriver au fait.

— Je souhaite hâter l'entraînement des hommes, afin qu'ils améliorent leurs techniques.

— Viens-en au fait.

— Tu es impitoyable ! Voilà, j'y viens. J'ai décidé de nommer un nouveau palefrenier. Le dernier a été promu chevalier après son initiation. Actuellement, ce sont les hommes qui préparent leurs chevaux pour l'entraînement. En ce temps de guerre latente, il me paraît important qu'une personne attitrée les soulage de cette tâche, afin qu'ils se concentrent sur l'essentiel.

— C'est une excellente idée. À qui as-tu pensé ?

— À une prisonnière.

— Pardon ?

— Tu as bien entendu.

— Quelle prisonnière ?

— Celle que mon père a fait enfermer pour un crime horrible.

— Lequel ?

— Ses vaches ont grignoté par mégarde les vignes du comté, raille Hugo.

— Une femme ?!

— Oui.

— Qu'en dit ton père ?

— Il n'est pas au courant.

— Il me semble que la première chose à faire est donc de lui en parler.

— Non.

— Pourquoi ?

— Il ne le comprendrait pas et refuserait.

— Certainement. C'est donc là une raison suffisante pour ne pas le faire.

— C'est pour cela que je suis venu te voir.

— Je ne suis pas comte.

— Je le sais. Je suis venu te demander ton aide.

— Tu ne me demandes pas de l'aide, tu me demandes de trahir mon seigneur.

— Bien sûr que non !

— Quoi, alors ?

— Jc te demande de m'aider, *moi*.

— Il me faut choisir entre ton père et toi ? Déshabiller Pierre pour habiller Paul ?

— Non, Josserand, je te demande de faire appel à ton bon sens et à ta charité.

— Je ne peux pas. Je suis désolé.

— J'étais pourtant venu te voir en ami.

— Ne joue pas sur ce terrain-là, Hugo.

— Tu es un homme de parole. Le seul en qui j'ai toute confiance. Mon père surveille mes moindres faits et gestes en ce moment. À part toi, il n'y a personne d'autre à qui je puisse confier une telle mission.

— Tu tires sur la corde sensible. Tu me connais trop bien. Mais qu'attends-tu de moi exactement ?

— Que tu l'installes dans le logis juste à côté de l'écurie. Que tu la déguises en homme, pour qu'elle puisse travailler incognito et passer l'hiver à peu près au chaud. Et surtout que tu veilles sur elle.

— Pourquoi elle ?

— Parce que, si on ne le fait pas, elle va mourir.

— Tu as le cœur trop bon.

— Peut-être. Mais je sais que toi aussi.

— Tu me jures que c'est la seule raison, Hugo ?

— Quelle autre raison pourrait-il y avoir ?

— Je suis un homme et je ne connais que trop nos faiblesses face aux femmes.

— Je ne vois pas de quoi tu parles.

— Ne fais pas l'innocent, va. Tu es en âge de t'ouvrir à ce genre de choses. Tu es un homme.

— Il n'y a pas d'autre raison, répète Hugo.

— Tu me le jures ? Tu agis uniquement par charité ?

Hugo le regarde dans les yeux.

— Je te le jure.

Josserand dodeline de la tête. Hugo poursuit son argumentaire :

— Je dirai aux gardes que mon père a décidé de la libérer. Ils seront bien aise d'avoir une cellule en moins à surveiller et ne chercheront pas plus loin.

— Et si ton père la demande ?

— Voilà pourquoi nous la garderons juste pour l'hiver.

Mais je suis sûr que mon père l'a déjà oubliée. Il est bien trop préoccupé par ses affaires extérieures. Je mettrais ma main à couper qu'il ne demandera plus à la voir et que pour lui cette affaire est réglée. Mais si c'était le cas, en la gardant au château, nous pourrions toujours la lui présenter. Tu veilleras sur elle juste un petit moment. C'est l'affaire de quelques mois. Pas plus. Mon père n'en saura rien. Et nous la laisserons filer à la fin de l'hiver, quand l'affaire sera tassée et avec certitude aux oubliettes.

— Dans ce cas pourquoi ne pas la laisser partir tout de suite ?

— Ça ne serait pas juste. Après tout, elle voulait purger sa peine et réparer les dégâts. Je lui offre l'occasion d'effacer sa dette. Nous serons quittes après ça. Personne ne s'intéresse à un palefrenier. Les hommes sont bien trop occupés, ils prennent et reposent leur monture sans leur jeter un seul regard, le plus souvent. Elle sera un peu à l'écart, et en sécurité. Si je venais à partir avec les hommes, il me faut quelqu'un de confiance, ici, dans la confidence. Et je n'ai que toi.

— Comme tu as bien tout pensé…

— On n'y verra que du feu.

— Le feu de l'enfer où on ira brûler, si ton père l'apprend. Je t'ai moi-même formé à l'art de la rhétorique. Il me semble aujourd'hui que mon œuvre se retourne contre moi. J'espère ne pas le regretter.

— Si quelque chose arrivait, je dirais que je t'ai forcé la main. J'en prendrais l'entière responsabilité.

— Cela fera tout de même de moi un complice.

— Tout ira bien.

— Puisses-tu dire vrai !

— Je te remercie pour ton amitié. Elle m'est précieuse, dit Hugo en lui posant la main sur l'épaule.

— L'amitié est le bien le plus précieux de ce monde.

Puissé-je ne pas le regretter, mais tu sais que tu pourras toujours compter sur moi.

Ils s'étreignent dans une amicale accolade.

— Ne tarde pas, les nuits sont fraîches. Il faudrait l'installer le plus tôt possible.

Hugo tape sur l'épaule de son ami et sort du bureau.

Josserand regarde la porte se fermer en tripotant sa plume. Il n'a plus la tête à écrire, autant qu'il s'y mette tout de suite.

Le soir même, Hartmann de Wangen a organisé un de ces repas mondains dont il a le secret, afin de fédérer ses vassaux autour de lui. Le genre de moment qu'Hugo a en horreur. Son père s'oblige à cette gymnastique sociale une fois par mois, pour asseoir son pouvoir. Il ne semble pas non plus y prendre beaucoup de plaisir, mais il s'y contraint. Une immense mascarade d'une hypocrisie sans nom. Le repas sera plantureux. Comme à son habitude, Hugo fait un détour par les cuisines pour saluer Rosalie. Elle sait qu'il traîne déjà des pieds.

— Allez, Hugo, courage ! Ça sera vite passé, et j'ai fait ta terrine préférée !

Hugo la remercie. Elle a toujours une attention pour lui et le mot pour le revigorer.

C'est avec du baume au cœur qu'il pénètre dans la grande salle. Les convives sont déjà arrivés, l'allure droite et fière. Ils ne tiennent pourtant pas longtemps leurs masques et leurs postures. Une fois le buffet installé et le mot d'accueil d'Hartmann déclamé, ils se jettent sur la nourriture avec animalité, comme des porcs affamés.

Hugo observe de loin cet affligeant spectacle. Les uns et les autres se garnissent la couenne. Ils se battent pour saisir les plus grandes tranches de pain, puis les chargent à les faire plier de ratatouille, pâté, jambon, dans des associations plus improbables que savoureuses. On arrache les cuisses de poulet, et on prend à peine le temps de les rogner jusqu'au bout. On saisit déjà une aile de pigeon, alors qu'on a encore le gosier plein. On ruse et on joue des coudes pour obtenir les meilleurs morceaux et se dépêcher d'en amasser des quantités. On dévore les poissons. On prend de pleines poignées de légumes craquants. On engloutit sans mastiquer. On se dévore les uns les autres.

Il y a bientôt autant de denrées sous le buffet que dessus. Une fois tout ce monde la panse bien pleine, les ragots et les médisances vont bon train.

Hartmann s'entretient avec ses vassaux venus de Singrist, Allenwiller, Salenthal et les environs.

— Alors, messires, comment vous portez-vous dans la vallée ? Quelles sont les nouvelles ? demande-t-il en comte soucieux.

— Plutôt bonnes, même si certaines rumeurs disent que nous ne sommes peut-être plus trop en sécurité…, répond le sieur de Cosswiller, un homme au corps et à la moustache aussi larges que ses ambitions.

Il a tendu la perche.

— Allons, allons, ne craignez rien, j'ai la situation bien en main, répond Hartmann en leur proposant de reprendre un verre de vin.

— Nous n'en doutons pas. Mais, vous savez, les rumeurs sont ce qu'elles sont, et les petites gens sont toujours disposés à les croire. C'est toujours un prétexte pour semer le trouble et se révolter contre vous. Nous en sommes les premiers garde-fous.

Le groupe opine et acquiesce.

— Rassurez-vous, j'ai la situation en main, répète Hartmann.

— Des paysans mécontents sont venus frapper à ma

porte, l'autre matin. Ils prétendent avoir été pillés dans la nuit.

— Il s'agit d'un cas isolé, sans doute.

Mais le groupe s'engouffre dans la brèche, et chacun raconte alors des faits, tous plus terrifiants les uns que les autres. En quelques minutes, ils dressent un tableau alarmant de la sécurité du comté. Hartmann ne sait plus comment relancer la discussion sur des sujets plus rassurants.

— Ah, tiens, voilà mon fils Hugo. Viens par là, Hugo ! Viens.

Hugo se promène solitaire parmi la foule. Il regrette que son père l'ait vu. Celui-ci se sert trop souvent de lui comme faire-valoir et secours.

— Dites donc, Hartmann, c'est devenu un homme. Quel grand gaillard !

Hugo est introduit dans le cercle. Il esquisse un sourire forcé.

— C'est lui qui entraîne nos hommes, dit Hartmann en lui tapant sur l'épaule. Soyez assurés qu'en cas d'attaque ils sauront faire le nécessaire. C'est un combattant redoutable. Le meilleur des Wangen, je peux le dire !

Hugo est surpris par ce compliment pour le moins inopiné ; son père en est habituellement plutôt avare.

— Nous n'en doutons pas, seigneur. Nous voulons le mieux pour nos fiefs et nos campagnes.

— Excusez-moi, mais ce que vous êtes résonne tellement fort que je n'entends pas ce que vous dites.

Les convives marquent un silence d'incompréhension. Hartmann blêmit. Hugo poursuit :

— Voyez-vous, votre voix dit une chose, vos mimiques et votre gestuelle en disent une autre. De sorte qu'on a du mal à croire vos affirmations.

— Mais enfin, Hugo, qu'est-ce qui te prend ?

— Excusez-moi, dit sèchement Hugo, qui sort du cercle.

— Je suis désolé, messieurs, les affres de la jeunesse. Je vous ressers une coupe de vin, propose Hartmann pour faire diversion.

Le comte, bien décidé à recadrer son fils sans attendre, le rejoint à l'extérieur.

— À quoi tu joues ?

— Justement, moi, je ne joue pas.

— Nous avons besoin de leur aide et de leur appui.

— Quelle hypocrisie monstrueuse !

— Non, c'est la réalité. Un point c'est tout. On ne fait pas toujours ce que l'on veut.

— Bien sûr, vous me le dites chaque jour.

— Maintenant, va t'excuser auprès du sieur de Cosswiller.

— Non, jamais.

— Tu veux être un homme, très bien, alors comporte-toi comme tel. Tu es allé trop loin. Il y a les libertés que l'on se donne et les limites que l'on se fixe. Pour ma part, je te destituerai de tes fonctions, si tu poursuis ainsi.

Hartmann tourne les talons et rejoint ses invités. Hugo campe sur sa position. La soirée s'achève dans la discorde.

La nuit porte conseil.

Et le jour revient après la nuit.

La liberté lui sera donnée un jour, mais lequel ? En ce petit matin, peut-être. Celui où on croit que tout est encore calme. Celui où on croit que rien ne se passe encore.

L'attente est longue pour Flora. Il lui a promis de revenir la chercher. Peut-être l'a-t-il oubliée. Peut-être qu'elle n'aurait pas dû y croire. Les questions se bousculent dans sa tête. A-t-elle rêvé tout cela ? Après tout, avec le délire, le froid, c'est de l'ordre du possible. Elle cherche sur sa robe le parfum délicat d'Hugo, qui s'estompe avec le temps. C'est ça, cela devait être un rêve. Ou bien il a changé d'avis.

Pourtant, elle croit entendre des pas le long du couloir et une voix qui résonne. Un délire encore, sans doute. Elle tend l'oreille. Les pas se dirigent vers la porte, sa porte. Qui s'ouvre. Face à l'homme qui entre dans sa cellule, elle a du mal à cacher sa déception.

Josserand voit Flora pour la première fois. Difficile de rester insensible aux charmes de la jeune fille. Il craint qu'Hugo ne se méprenne sur ses propres intentions. Mais c'est trop tard, il a donné sa parole. D'ailleurs, il ne peut, lui non plus, se résoudre à la laisser dans un tel endroit.

— Je suis envoyé par le seigneur Hugo, se dépêche-t-il de dire, devant la mine déconfite de la magnifique demoiselle. Je suis chargé de vous installer dans votre nouveau logis. Il vous en a parlé ?

— Un peu.

— Suivez-moi.

Elle semble peu bavarde. Cela l'arrange plutôt.

— Mais, avant de sortir, mettez cela sur votre tête. Il ne faut pas qu'on vous reconnaisse.

Il lui tend une longue cape avec un capuchon.

— Pourquoi ne faut-il pas qu'on me reconnaisse ?

— Il ne vous a pas expliqué ?

— Si… Enfin non… Je ne sais pas… Je croyais…

— Bon, il ne vous a pas tout dit. Sortons de là. Cet endroit est sinistre. Je vous expliquerai tout ça dehors, à l'air libre.

Flora coopère. L'homme lui inspire confiance. Il a les yeux doux, la barbe et les cheveux gris. Propre sur lui, et le regard rayonnant de bonté. Il a l'air d'un honnête homme.

Ils sortent à pas tranquilles mais prudents du souterrain. Elle est étonnée de ne croiser aucun garde sur son chemin. Il semble qu'on se soit arrangé pour que personne ne soit au courant. Elle est enfin dehors. La clarté du jour, même si le soleil est à peine levé, lui brûle les yeux. Elle respire profondément l'air pur. Enfin ! Un bien-être. Ses pieds nus sur le sol. Une légère brise. Un rappel de sa vie d'avant. Le monde est bien encore là. La lumière la rappelle à la vie. Des choses simples dont on ne se réjouit plus quand on les goûte tous les jours. Elle sort d'une prison sans doute pour entrer dans une autre. Mais ici il lui semble que c'est déjà un peu la liberté.

Les écuries du château sont plutôt spacieuses. Elles sentent bon la paille et le foin. Il y a en permanence une trentaine de chevaux au château. Josserand et Flora passent par la travée centrale, de part et d'autre de laquelle se répartissent les animaux. Une pièce entière est dédiée au stockage du matériel de monte : filets, harnais, selles, lanières et harnachements en tout genre. L'odeur si agréable du cuir travaillé.

Au fond de l'écurie, Josserand ouvre une petite porte qui donne sur une pièce de dimensions modestes mais lumineuse. Une grande fenêtre ouvre sur le mur des remparts. Elle a une vue magnifique sur la forêt. La pièce est confortablement meublée, un vrai lit, un bureau, une table et une chaise, ainsi qu'un fauteuil. Les draps sont sans prétention, mais les couvertures épaisses pour se prémunir des températures négatives en perspective. L'âtre est large et chaleureux, et il y a de quoi cuisiner. On a d'ailleurs pris soin d'allumer un feu pour son arrivée. Flora est touchée par cette délicate attention. Elle remarque une tenue d'homme suspendue dans un coin. Elle pose un regard interrogateur sur Josserand.

— Voilà, il faut que nous parlions de cela.

— Oui, il le faut. Si vous croyez que je vais porter ces vêtements.

Josserand se crispe. L'air pur semble avoir redonné du caractère à la jeune fille. Il va falloir qu'il use de toute sa diplomatie.

— La condition à votre sortie, c'est qu'on ne vous reconnaisse pas. Il faudrait… enfin… La proposition serait que vous soyez habillée en homme.

— Alors, en plus d'être prisonnière, il faut aussi que je renie mon identité ?

— C'est la seule solution que nous ayons trouvée.

— C'est hors de question !

— Nous avons pensé également que vous serez plus tranquille ainsi. Les hommes qui viennent ici chaque jour risquent de vous importuner, s'ils savent que vous êtes une femme.

— C'est vrai, admet Flora après un temps de réflexion. Je n'y avais pas pensé.

— Vous couvrirez vos cheveux avec ce bonnet.

— Vous pensez que ça suffira ?

— Le poste de palefrenier est habituellement occupé par un très jeune garçon. Avec votre silhouette et votre visage juvénile, personne n'y verra rien. En plus, votre logis, au fond des écuries, est très peu visible. Contentez-vous de faire votre travail et tout se passera bien.

— Mais si on me découvre ?

— Il n'y a pas de risques. Faites ce que je vous dis, et tout se passera bien, répète-t-il. Pour nous tous, il vaut mieux que tout se déroule comme prévu. Hugo m'a assuré que vous serez relâchée à la fin de l'hiver, c'est donc l'affaire de quelques mois. Je passerai chaque jour pour veiller à ce que vous ne manquiez de rien et vous apporter de quoi manger. En échange, Hugo veut que vous nous donniez votre parole de ne pas vous enfuir. Cela nous mettrait tous en porte à faux. Il a insisté sur ce dernier point.

Flora réfléchit. Elle n'a pas vraiment le choix. En

même temps, elle doit bien admettre qu'elle leur est plutôt reconnaissante de leur proposition.

— Vous l'avez. Vous avez ma parole.

— Bien…

Josserand s'incline.

— Maintenant, si vous le voulez bien, passez votre tenue. Je vous indiquerai ensuite vos différentes tâches.

Le travail à l'écurie n'est pas trop épuisant, finalement. Tous les matins, Flora nourrit les bêtes. Ce n'est pas très différent du soin apporté aux vaches. Les cavaliers vont et viennent. Elle prépare les destriers. Josserand a dit vrai. Les chevaliers sont tellement préoccupés par leur monture qu'ils ne s'intéressent que peu à elle. Elle serre les dents aux remarques tantôt cassantes, tantôt dénigrantes que les hommes lui adressent, la traitant d'« incapable » pour l'une ou l'autre broutille. Elle trouve rapidement son rythme. Elle reste une prisonnière, mais dans des conditions plus qu'agréables, meilleures même que celles qu'elle connaît chez elle.

Une fin de matinée, alors qu'elle pense pouvoir se retirer dans son logis jusqu'en début d'après-midi en attendant le retour des cavaliers, Hugo passe la porte de l'écurie.

Un frisson la parcourt. Ils ne se sont pas vus depuis qu'il l'a fait sortir de sa geôle. Il la regarde à peine. Elle s'étonne de son attitude qu'elle juge contradictoire à ses actes. Mais elle encaisse. Il s'adresse à elle sans la regarder, comme les autres, et comme s'il ignorait sa véritable identité.

— Je prends Flèche, il a besoin de sortir. Pouvez-vous me le préparer ?

Flora s'exécute. Il note ses doigts agiles et délicats. Elle s'est très vite adaptée à ses nouvelles fonctions et a retenu les différentes étapes. Elle pose la selle et attache la sangle sous le poitrail. L'étalon, plutôt nerveux de nature, semble docile à souhait quand elle lui enfile le filet, lui passe le mors dans la gueule et met en place le chanfrein.

— Vous vous plaisez ici ? lui demande-t-il.

— Autant que peut se plaire une prisonnière.

Elle a brisé la glace.

— Le gîte et le couvert sont tout de même plus agréables, reconnaissez-le, dit-il avec un sourire à la faire fondre.

— Oui, c'est vrai. Ça sent le foin, la paille et le crottin, et il y fait bien chaud. Mais c'est une prison tout de même. Le vent et l'air de la liberté me manquent.

— Je comprends. Il fallait y penser avant.

— Ma mère me manque, je voudrais la voir.

— C'est impossible, tranche Hugo.

— Pourquoi ?

— J'ai fait ce que j'ai pu pour vous. Je ne peux pas plus.

Il semble ferme dans ses propos. Sans doute qu'il dit vrai. Il a déjà outrepassé les ordres de son père. Elle se doute bien que sa présence ici cache quelques secrets inavouables.

— J'étouffe. Je voudrais sortir. Rien qu'une fois. Voir autre chose. Vous savez ce que c'est d'avoir sous les yeux le même décor tous les jours ? J'ai peur de sombrer dans la folie, à force.

Son ton suppliant attendrit Hugo, il ne l'a encore jamais entendue parler comme ça.

— Oui, je le sais.

Il repense à son enfance. Son père le forçait à étudier avec Josserand de longues heures dans son bureau. Heureusement que son mentor était plus souple et qu'il lui laissait du répit en cachette. Flora n'a pas tort. Mais il a peur d'en faire davantage et de dépasser plus encore les limites. Pendant qu'il prend un plaisir coupable à regarder Flora préparer sa monture, il réfléchit.

— Vous savez monter à cheval ?

— J'apprends vite, répond-elle, sûre d'elle.

Une lueur s'allume dans ses yeux verts, elle entrevoit le sens caché de la question. Hugo comprend qu'elle ne joue pas et qu'elle a vraiment besoin de sortir. Il ne se sent pas de revenir sur sa proposition.

— C'est ce qu'on va voir. Prenez Désir, il est plutôt calme, il devrait convenir.

Il désigne l'étalon dans le fond de l'écurie, celui qu'aucun cavalier ne prend jamais. Mais qu'importe. Flora va pouvoir sortir. Tout lui va. Elle est prête à tout. Une balade la réjouit. Pleine d'entrain, elle apprête le cheval.

Hugo conduit Flèche hors de l'écurie et il grimpe dessus. Flora doit s'y reprendre à plusieurs fois avant de se hisser sur son cheval, bien plus haut qu'elle. Dehors, aux yeux de tous, elle est un homme. Par conséquent, ce n'est pas à Hugo de l'aider à se mettre en selle. Il la regarde, amusé, se cramponner pour atteindre le dos de la bête. Arrivée à son but, elle se redresse fièrement, comme si de rien n'était, en cavalière confirmée.

Les sabots claquent. Le pont-levis s'abaisse. À eux la liberté !

La forêt, depuis les hauteurs du château, est magnifique en ce temps d'automne. Elle a revêtu ses couleurs d'or. Flora tente de prendre exemple sur Hugo, une posture digne. Elle observe son attitude, sa façon de tenir les rênes, de talonner avec fermeté et douceur, de porter le regard au loin.

Hugo sourit devant la facilité déconcertante avec laquelle elle maîtrise sa monture. Il salue la souplesse de son bassin. Cette balade s'annonce revigorante.

Ils empruntent un chemin en sous-bois. L'odeur de l'humus emplit les narines de Flora. Il lui semble qu'elle se ressource enfin. Les glands sont tombés en abondance. Ils doivent faire le régal des animaux sauvages, en ce moment.

— Où allons-nous ?

— À la Mossig, répond Hugo. Les chevaux auront sans doute soif en cours de route.

— La forêt est merveilleuse, commente Flora.

— Vrai ! Les sapins ont la couleur de vos yeux.

Il se frapperait pour ce compliment si trivial, mais c'est trop tard, il lui a échappé. Ce qu'il peut être idiot et maladroit !

Flora sourit.

— Les sapins sont les seuls à garder leurs aiguilles en hiver.

Les sabots des chevaux se frayent un chemin en poussant de part et d'autre les feuilles, dans des craquements délicats.

— Savez-vous pourquoi les résineux ne les perdent jamais ?

— Non.

— Ma mère me racontait cette histoire quand j'étais petite. Je croyais que tous les Wangenbourgeois la connaissaient.

— Racontez !

— Si vous voulez. Il y a longtemps de cela, lorsque l'hiver arrivait, tous les arbres perdaient leurs feuilles. Tous les oiseaux partaient vers des pays plus chauds. Sauf un, une fois, parce qu'il avait une aile cassée et ne pouvait pas voler. Il chercha alors partout un endroit pour se tenir au chaud. *Peut-être que les arbres de la forêt m'abriteront* ? pensait-il. Mais aucun arbre ne souhaita l'accueillir, à part le sapin. Le petit oiseau s'installa sur une branche touffue, bien à l'abri du vent. Cette nuit-là, le vent du nord vint jouer dans la forêt. Il s'amusa à souffler son haleine glacée sur les feuilles et à les faire tomber. Le sapin lui dit qu'il abritait un petit oiseau. Alors, le vent l'épargna. C'est depuis ce temps-là que le sapin garde ses aiguilles en hiver.

Hugo reste quelques instants silencieux, les yeux rêveurs.

— Je ne la connaissais pas, c'est une belle histoire.

— Votre mère ne vous en racontait pas ?

— Non. Je ne l'ai jamais connue. Elle est morte en me mettant au monde.

— Je suis désolée, dit Flora.

— Je croyais que tous les Wangenbourgeois le savaient, raille-t-il.

Elle baisse la tête. Elle ne répond pas, se sent un peu coupable de marquer si peu d'intérêt pour la situation des seigneurs du comté.

— Ce n'est rien, relance Hugo. Venez, on va faire la course, la Mossig n'est plus très loin !

— La course ?

— Oui !

Il part déjà sur Flèche. D'un coup de talon, il s'élance au grand galop à travers la forêt.

Avant qu'elle ait le temps de répondre, Désir, son cheval, part à pleines foulées sur le chemin étroit pour suivre les traces de son camarade. Elle voit Hugo s'arrêter au loin et lui faire de grands signes. Mais Désir continue son galop, trop content de rattraper puis dépasser son homologue. Flora fait son possible pour rester en selle et maintenir cette nouvelle allure, qu'elle ne connaît pas. Elle dépasse Hugo, qui lui hurle des paroles qu'elle n'a pas le temps de saisir. Désir fonce.

C'est alors qu'une harde de sangliers descend de la montagne. Désir s'affole et prend peur. Le bruit sourd de la compagnie qui dévale l'effraye. Il s'emballe davantage. Il part dans un triple galop, droit devant lui. Flora tire sur les rênes, mais l'animal ne veut pas s'arrêter. Il n'en fait qu'à sa tête. Devant l'insistance de sa cavalière, il finit par stopper, se cabrer et la flanquer par terre dans une violente ruade.

Flora est éjectée sur le bas-côté, et Désir reprend en solitaire sa course effrénée. Les sangliers passent leur chemin. Fort heureusement, ils prennent soin d'éviter Flora, toujours au sol. Hugo arrive rapidement. Il descend de cheval et s'agenouille auprès d'elle. Par chance, les feuilles ont amorti sa chute.

— Flora, vous m'entendez ? demande Hugo.

Flora reprend connaissance et murmure, encore un peu sonnée :

— C'est la deuxième fois que vous vous agenouillez près d'une paysanne.

— C'est surtout la deuxième fois que je vous sauve la vie ! lui répond-il avec son plus beau sourire.

— C'est vrai, reconnaît-elle.

Hugo la regarde. Il passe les mains dans sa chevelure en bataille pour enlever délicatement les brisures de feuilles d'automne. Il lui baise le front, une paupière, l'autre, le bout du nez, une joue, puis l'autre. Il la regarde encore. Ils sont libres. Ils sont seuls dans la forêt. Le temps est magnifique pour une journée d'automne. Les yeux bleus dans les yeux verts. Une seconde d'éternité. C'est un autre monde qui s'ouvre.

Il est comme aimanté par elle, et son visage se rapproche. Il pose un baiser délicat sur ses lèvres. Elle lui répond par un baiser. Leurs lèvres dansent ensemble, leurs langues se mélangent dans un tourbillon enivrant. L'alchimie de leurs deux salives embrase leurs corps. Hugo l'embrasse avec plus d'intensité et rapproche son torse. Il caresse la nuque folle dans les feuilles, celle dont il rêve secrètement chaque nuit. Il caresse ses formes, ses rondeurs et ses creux. Il fait courir sa main sur les chemins plus ou moins interdits, de plus en plus vite et de plus en plus fort. Il saisit la chemise de Flora, sa chemise d'homme bien trop grande pour elle. Il découvre la naissance de ses seins. Il en baise le sillon délicat. Il gravit les collines de ses lèvres. Il lui semble faire une délicieuse promenade.

Elle est là, allongée, offerte à lui. Étendue comme une reine sur un matelas de lumière. Son corps s'est rendu depuis longtemps. Il baise les mains délicates, la peau fine. Elle savoure ce moment coupable, hors du temps, comme s'il n'appartenait pas à la réalité. La tête lui tourne ; encore étourdie par la chute, elle ne sait trop quoi penser. Son esprit aussi a capitulé. Il lui semble qu'elle n'est plus qu'instinct et sensations.

Hugo ne peut s'empêcher de revenir à ses seins et de tirer complètement la chemise, afin de libérer complément sa poitrine. Deux fruits rebondis, mûrs, gorgés du soleil d'été, qui s'offrent dans toute la générosité de l'automne, où la nature donne sans compter. Il les goûte à pleine bouche. Il en mordille les bouts.

Elle laisse échapper un gémissement. Hugo a touché un point sensible. Le bassin de Flora commence à onduler instinctivement sous les sollicitations. Par ces sensations nouvelles, elle sent sa féminité se dévoiler et s'ouvrir au creux de son ventre. Elle se sent prête à accueillir, mûre pour recevoir. Une rosée perle au bord de son intimité comme un flot délicat. L'instant a des airs de premier matin du monde.

Hugo semble d'instinct sentir son changement d'état. Il continue sa route en dénouant la ceinture de son pantalon d'homme, dont il sait qu'il cache un précieux trésor de féminité. Sa langue glisse entre ses cuisses et goûte le précieux nectar, mis au monde pour la première fois. Il pousse un grognement de satisfaction et d'appétit, mêlé de jouissance. Son pouce vient se poser sur un point précis et sensible. Le bassin de Flora ondule de plus en plus. Elle est animée d'un mouvement de va-et-vient incontrôlable. Elle est en chemin, en chemin dans cette forêt. Elle ne sait pas où il mène, mais il est tellement agréable qu'elle ne veut pas s'arrêter, elle en pressent une arrivée, un dénouement heureux.

Ses mains ne savent où se poser, elle finit par les glisser dans les cheveux d'Hugo. Il grogne une nouvelle fois de plaisir. Il lui plaque le bassin contre le sol de ses mains. Cette immobilité, à la grande surprise de Flora, redouble son plaisir. Elle ne peut plus bouger. Elle en a pourtant très envie, mais elle ne peut à présent qu'accueillir, dans la soumission la plus complète, les sollicitations du visiteur à la langue et aux doigts agiles. Elle sent son souffle chaud, l'humidité de sa langue. Leurs essences qui se mélangent.

Les yeux tournés vers le ciel, le corps plaqué au sol, elle a le sentiment de s'élever de terre comme la sève des arbres. Hugo accélère encore ses caresses, et elle atteint un point de non-retour. Elle s'élève de plus en plus, jusqu'à atteindre la cime des arbres. Elle jaillit, propulsée vers le ciel, et ferme les yeux pour apprécier la fin de l'envol. Elle se laisse emporter dans un battement lumineux, les yeux vert feu, pour retomber en poussière d'étoiles.

Hugo la caresse doucement. Il pose la tête sur son ventre.

Flora a la tête qui tourne. Il se redresse, la regarde dans les yeux. Une seconde d'éternité. Les cheveux ébouriffés, la bouche humide, il est lui aussi rayonnant.

La nuit est en train de tomber. Il lui propose de rentrer. Il a bon espoir que Désir a retrouvé par lui-même le chemin du château.

Il aide Flora à se redresser, puis à grimper sur Flèche. Elle plaque les mains autour de son torse. Elle se serre contre lui. Ils rentrent au pas. Lui aussi semble vouloir profiter encore un peu de ce moment. Mais le retour est silencieux.

Il s'arrête non loin du château.

— Nous arrivons, dit-il.

Flora comprend l'allusion. Elle descend de cheval pour marcher à côté de lui. Le pont-levis se baisse. Elle se souvient à cet instant-là de qui elle est. Une prise de conscience sur ce qu'elle représente. Une paysanne déguisée en homme qui marche pour retourner dans sa prison à côté du futur comte de Wangen sur son étalon. Ces pensées lui remettent les pieds sur terre.

De retour à l'écurie, elle s'attelle avec pragmatisme à tout remettre en ordre. Froide. En silence. Désir est bien rentré. Elle adresse à peine un regard à Flèche. Insatisfaite, blessée, frustrée aussi, elle regagne sa chambre sans un mot ni une attention pour Hugo.

Il regarde la porte de Flora se fermer, impuissant.

Il pensera à elle toute la soirée. Cette nuit-là, il ne pourra plus se satisfaire de ses pensées. Il a goûté à la vie, à l'envie et à la liberté. Et il n'a qu'une aspiration, y retourner et continuer ce qu'il a entrepris.

Chapitre 13

Comté de Lichtenberg, en campagne

La vie d'un amour n'est pas faite que de moments faciles.

Jacques de Lichtenberg et Barbara d'Ottenheim sortent de l'église Saint-Jacques-le-Majeur de Reipertswiller. Saint Jacques, apôtre qui résonne de façon si symbolique pour Jacques, car il fut le premier à verser son sang pour le Christ. Ces lieux ont vu l'heureuse célébration de leur mariage, quelques mois plus tôt. C'est ici qu'ils se sont unis dans la simplicité, l'amour et le bonheur, devant Dieu. Un souvenir heureux.

Mais ils y ont également connu un moment plus douloureux, de nombreuses années auparavant. Ils ne l'ont pas oublié. C'est pour cela qu'ils sont là aujourd'hui.

La vue depuis le promontoire est plutôt couverte. Main dans la main, ils se dirigent en contrebas de l'église. Ils passent le petit portillon de bois qui mène vers le cimetière.

À la demande de Barbara, ils y viennent presque chaque semaine. Leur pèlerinage est donc bien rodé. Mais, ce jour-là étant la date anniversaire, ils y passeront sans doute un peu plus de temps. Leurs pas crissent sur les petits graviers. Ils ne sont plus qu'à quelques pas. La pierre tombale est des plus simples, pour ne pas attirer l'attention. C'est ici, dans le plus grand des secrets, que sont enterrés leurs enfants. Barbara laisse échapper un sanglot. Malgré toutes ces années, la blessure est encore profonde. Elle ne parvient pas à faire le deuil. Une nouvelle grossesse aurait peut-être atténué la douleur. Mais aucun enfant n'est venu depuis. Maintenant il est trop tard. Et c'est un deuil supplémentaire à faire.

Elle pose la tête sur l'épaule de Jacques. Il referme ses bras protecteurs sur elle. Il a le visage dur, mais le cœur blessé, lui aussi. Il aurait tellement aimé avoir un enfant, un héritier ! Un fils ou même une fille l'aurait comblé de bonheur. Mais la vie lui a agité un doux rêve sous les yeux pour le lui reprendre aussitôt, dans toute sa cruauté. Plus qu'à sa descendance, il pense qu'il aurait partagé avec eux son amour passionné de la vie. Dieu en a décidé autrement.

Il était encore marié avec la comtesse de Walpurge, à l'époque. Une union froide et stérile. Barbara et lui se fréquentaient en secret et, lorsqu'elle est tombée enceinte, ils se sont tous les deux réjouis de cette future naissance.

Un jour, il a été appelé pour une affaire urgente, loin du château. Par une funeste coïncidence, le travail s'est déclenché au même moment pour Barbara. C'est le frère de Jacques, Louis, qui s'est rendu à son chevet avec les sages-femmes les plus expérimentées. Barbara a accouché non pas de un mais de deux enfants, ce jour-là, des jumeaux, garçon et fille, tous deux mort-nés, comme il est fréquent de le rencontrer dans ce type de grossesse. À son retour, Jacques a trouvé Louis, la mine défaite, lui annonçant la triste nouvelle.

Il s'en voudra toute sa vie de ne pas avoir été présent. Depuis, il a renoncé à faire passer les affaires du comté avant sa famille et lui. Il s'est repassé tant de fois cette journée en pensée, en se disant que s'il était resté il aurait peut-être pu sauver les enfants ! Au moins un. Ses enfants. Leurs enfants.

Il s'éteindra. Le dernier des Lichtenberg. Quand il mourra, il sera enterré ici, avec sa femme et ses enfants. Il fera placer sur sa tombe un blason brisé. Il réaffirmera ses convictions et son amour pour eux, quel que soit l'avis des nobles de son fief. Ils sont ce qu'il a de plus cher.

Il serre un peu plus Barbara dans ses bras.

Elle dépose deux roses rouges sur la pierre froide, en essuyant ses larmes.

Dans les épreuves, ils ont su tenir. Dans l'adversité, ils ont su rester solidaires. Tous les deux face à la vie et au monde. Ils vont. Amoureux et plus forts encore, ils reprennent la direction du château.

Chapitre 14

Comté de Wangenbourg, au château

C'est la guerre.

Quand Hugo ouvre les yeux, après cette nuit agitée, son esprit est en pleine bataille intérieure. Sa conscience se bat contre une part de lui-même qui lui était inconnue jusqu'alors. Qu'a-t-il fait ? C'est inconvenant. Son comportement n'est pas tolérable. Il est allé trop loin. Il s'était pourtant juré de ne plus succomber aux charmes de Flora. Mais, dans ces moments, c'est plus fort que lui, une chose inexplicable le fait agir contrairement à ses principes.

On toque violemment à la porte. C'est Josserand.

— Votre père vous demande, c'est urgent. Il nous attend dans la salle du conseil.

Avant qu'il ne réponde, son ami ressort aussitôt de la pièce.

Hugo enfile son manteau long et ample par-dessus son pourpoint et ses chausses. Il flotte dans l'air de ses pas rapides, qui lui donnent une amplitude encore plus importante. Il rattrape Josserand dans le corridor.

— Que se passe-t-il ?

— Une invasion, la guerre, le jour que tu redoutais.

— Quoi ?

— Volmar de Geroldseck a fait une incursion sur nos terres, du côté d'Allenwiller. Des informateurs ont chevauché toute la nuit et sont arrivés éreintés, pour nous en informer dès l'aube.

Ils entrent dans la salle du conseil. Hartmann et Anton sont déjà en train de s'entretenir.

— Asseyez-vous. L'heure est grave. Nous devons agir vite, entame Hartmann de Wangen, solennel.

— N'avons-nous pas d'autre solution ? demande Josserand, qui pressent déjà l'issue de la discussion.

— Il me semble que nous avons assez attendu, et qu'il faut nous rendre à l'évidence. Les troupes de Geroldseck vont progresser dans les campagnes à grande vitesse si on ne les arrête pas immédiatement. Nous devons les stopper avant qu'elles n'atteignent le château et que nous ne soyons en situation de siège. Il va terroriser et raser tous les villages sur son passage. Convoquez le ban et l'arrière-ban ! Chevauchez la campagne, rassemblez nos vassaux et les combattants ! Que tous se réunissent dans le château pour le début d'après-midi ! Hugo, tu mèneras les hommes. Vous partirez le plus tôt possible. Anton et Josserand, vous resterez ici. J'ai besoin de vous à mes côtés et de garder quelques hommes au cas où…

— Ne pouvons-nous pas attendre encore quelques jours ? Sommes-nous sûrs de la véracité des propos de ces hommes ? s'enquiert Josserand.

— Mon ami, je connais tes penchants pacifistes. Mais je crains que, dans certains cas, il n'y ait rien à faire. Certains ne comprennent que le langage du coup pour coup.

Effectivement, il est dur pour Josserand d'entendre cela.

— Nous avons attendu jusqu'au bout. Il nous faut maintenant faire face à la situation. Je ne vais pas rester les bras croisés, à regarder mon fief se déliter sous mes yeux.

— Je peux renvoyer une lettre au sieur de Lichtenberg,

maintenant que nous lançons l'attaque ? Peut-être changera-t-il d'avis ?

— Ça ne servira à rien. Autant nous faire passer pour des faibles qui supplient. N'en dites rien, se réveille Anton subitement.

— Faites, Josserand. Faites. Même si, comme Anton, je doute que cela serve à grand-chose, déplore Hartmann.

— Je vais lui dire que nous l'attendons toujours pour un accord, déclare Josserand, qui essaye de se persuader de l'utilité de sa démarche.

— Maintenant, laissez-moi quelques instants seul avec mon fils.

Les deux hommes s'inclinent et sortent de la pièce.

Hartmann et Hugo se font face, assis autour de la table familiale en bois massif. Celle qui a vu défiler tous les Wangen, en ces temps plus ou moins glorieux.

— Te sens-tu prêt ?

— Je le suis, père, répond Hugo en se levant.

C'est une évidence. À côté de lui, debout, dans toute la vitalité de sa jeunesse, Hartmann fait figure de vieillard. Au pied du mur, il le saisit pleinement en cet instant. Son fils est grand, fort, vif et très intelligent.

— Sois sur tes gardes. Fais attention à toi et surtout ne commets aucune imprudence. Pense à ta vie avant celle de tes hommes.

— Peu m'importent vos conseils, père. D'abord, parce que je sais ce que j'ai à faire, ensuite parce que je ne partage pas votre point de vue.

— Ta vie est plus précieuse que la leur. Si tu disparais, je n'aurai plus personne.

— La vie de tout homme est précieuse.

Hugo s'apprête à sortir, mais Hartmann le retient une ultime fois. Il ne veut pas que son fils parte sur un différend. Qui sait ce qui peut arriver ?

— J'ai confiance en toi.

Hugo le regarde, déstabilisé par ces mots qu'il n'a jamais entendus dans la bouche de son père. N'ayant jamais communiqué avec lui de cette façon, il ne sait que répondre. Il quitte la salle, sans un mot.

Hartmann aurait aimé une attention de son fils, pour une fois.

Le château s'agite de tous les côtés. Hugo tient à être auprès des hommes, afin qu'ils ne cèdent pas à la précipitation ni à la panique.

Josserand frappe à la porte de Flora.

Elle sursaute. Personne ne vient si tôt, habituellement. Elle prend une voix masculine.

— Un moment !

— C'est Josserand.

Elle ouvre, vêtue simplement d'un drap autour du corps.

— Que se passe-t-il ?

Josserand entre dans la pièce.

— Vous ne devriez pas ouvrir comme ça.

— Je savais que c'était vous.

— Il n'empêche. Vous devriez vous méfier. Dépêchez-vous, habillez-vous et préparez tous les chevaux : les troupes partent au combat aujourd'hui même.

— Non, ce n'est pas possible, mais… Hugo… Oh… non…

Josserand la regarde en fronçant les sourcils. Flora comprend qu'elle en a trop dit. Elle se ressaisit en prenant un air détaché.

— Hugo saura mener les troupes. Je me mets au travail dès maintenant.

Josserand n'est pas dupe. Mais il n'a pas le temps de s'occuper de cela.

Les soldats enfilent leurs lourdes armures : plastrons, gantelets, cuissardes et casques. Les cuisinières préparent quelques victuailles et des gourdes de vin, afin qu'ils puissent tenir les premiers jours. Les hommes poussent des cris décidés pour se donner du courage. On affûte les armes. On se charge de différents porte-bonheur, on pratique quelques rituels avant de partir. Les prêtres font leurs ablutions.

Certains attendent ce moment depuis longtemps. D'autres auraient préféré qu'il n'arrive jamais. Flora fait de son mieux pour préparer rapidement les chevaux. Chacun vient chercher son destrier. Les épouses pleurent à chaudes larmes. Les enfants braillent. C'est l'ordre et le désordre. La joie et le malheur. On ne sait plus s'il faut se réjouir ou pleurer que ce jour arrive enfin.

L'armée est prête, rassemblée dans la cour basse, attendant que l'on baisse le pont-levis. Elle attend son meneur, son chef, Hugo de Wangen.

Hugo a lui aussi enfilé son plastron. Il pénètre dans l'écurie. Au bout de l'allée, il paraît encore plus imposant et robuste. Flora contemple celui qu'elle ne reverra peut-être plus jamais. Il a le regard résolu. Elle sait qu'il fera face, mais qu'il n'a aucune envie d'aller au combat. Sa bravoure ne fait aucun doute. Il a la capacité de mener les hommes. Mais il pense à toutes ces vies qui pourraient être épargnées. Il détache son cheval. Flèche se tient dans l'allée. Docile aussi.

Hugo se tourne vers Flora. Elle s'est approchée de lui, malgré elle. Sa main de fer l'attire tout contre lui. Elle pose la tête contre sa poitrine, espérant que la cuirasse sera assez costaude pour le protéger. Il la serre tellement fort contre lui, presque à l'étouffer. Il lui retire son bonnet, pour libérer sa tignasse, et lui attrape les cheveux pour faire le plein de son parfum. Ne pas oublier. Cela lui donnera la force. La force de se battre, comme un homme peut le faire. La force de tenir. La force de survivre, pour ce regard. Confronté à la mort, qu'importe si ce qui le fait tenir est avouable ou non, ce qu'il veut, c'est s'en sortir. Son sexe dur se dresse sous l'armure de métal, impuissante à le protéger de son désir pour elle.

Flora prend sa tête entre ses mains. Tout le monde l'attend, dans la cour basse du château. Et s'il mourait ? S'il ne revenait pas ? Son sexe tape plus fort. Cette pensée enflamme son désir. Il rend déjà les armes. Il se met à l'embrasser fougueusement tout en retirant cuirasse et plastron avec précipitation.

Le cœur de Flora tambourine dans sa poitrine à l'idée qu'ils puissent être surpris. Hugo jette par moments de rapides coups d'œil autour de lui. Flora sent son sexe dressé. Il est au bord du gouffre, alors autant sauter ! Il retire le bas de son attirail pour libérer son membre palpitant. Peut-être pour la première et la dernière fois. Il la pousse contre les quelques bottes de foin entreposées là. Il entend le bruit de ses hommes qui l'attendent dans la cour basse.

— On pourrait nous voir, dit Flora.

— Qu'importe, si je dois mourir demain.

Cette phrase achève d'embraser le désir de Flora. Dans l'urgence, il déchire sa chemise, se jette sur ses seins. Il la dévore. Elle se laisse aller. Elle gémit déjà, tout en essayant de se contenir, de peur d'être entendue. Elle jette des coups d'œil discrets aux alentours. Mais les sollicitations d'Hugo la ramènent bien vite à son désir. Ils n'ont pas beaucoup de temps. Il retire déjà sa tunique de palefrenier, la laissant nue dans le foin. Ses cuisses sont déjà humides.

Son sexe est le seul point de contact sensible et délicat avec lequel il caresse à présent son corps. Tout le reste est enfermé dans son armure de métal. Il fait jouer son membre le long de la brèche. Elle gémit, elle le presse, elle en a très envie aussi. Il finit par la pénétrer avec douceur et fermeté. Elle s'accroche à lui. Elle retient ses gémissements. Puis il la pénètre avec urgence, de toutes ses forces de vie. Il savoure l'intensité et la chaleur de l'endroit pour la seule fois peut-être. Dans ce souffle de vie, il s'attache au bassin de Flora. On l'attend toujours. Il entend les cris et les appels de ses hommes. Il redouble d'intensité et accélère ses coups de reins. Chaque impact qu'il donne est une jouissance pour Flora. Dans toute la vivacité de leur étreinte, il savoure l'existence, il va de plus en plus loin et de plus en plus fort, avant que tous deux s'abandonnent et se laissent mourir l'un dans l'autre.

La vie dans son cycle d'action et d'inaction, de vie et de mort, de paix et de guerre.

Il se redresse et lui adresse un dernier regard. Les yeux bleus dans les yeux verts. Une seconde d'éternité, dont il espère qu'elle le protégera. Il réajuste son armure. Puis il sort avec Flèche. Flora le suit jusqu'au seuil de l'écurie.

Hugo monte à cheval. Il s'avance vers la cour basse puis le pont-levis. On s'écarte pour le laisser passer. C'est le silence, à présent. Les soldats brandissent leurs armes. Tout le monde retient son souffle et attend les ordres, le cri de guerre qui lancera l'assaut.

Il s'arrête une dernière fois. Son ultime regard au loin est pour Flora. Elle lui sourit.

Il brandit à son tour son épée dans les airs, au métal cinglant et froid dans ce début d'hiver. Sa voix puissante et grave interpelle les hommes :

— Pour Wangenbourg !

La foule lui répond d'un seul cri. Flora en a des frissons dans tout le corps. Que Dieu le garde ! Que Dieu le protège !

Le pont-levis s'abaisse. Et c'est toute une armée qui se met en branle. Pour Flora qui le voit s'éloigner, c'est tout un monde qui part pour la défense d'un comté, pour la liberté, et peut-être un peu pour l'amour.

Quand les derniers hommes sont sortis, le pont-levis est aussitôt relevé. Il semble que les gens soient alors comme des oiseaux en cage. Nous sommes finalement tous enfermés. Des proies qui attendent, impuissantes, leur sort, ayant remis leur pouvoir à d'autres. Notre champ d'action est plus que limité.

Flora grimpe sur le chemin de ronde et les regarde s'éloigner dans la campagne. Volmar de Geroldseck a choisi les conditions les plus difficiles pour son attaque. Le sol est par endroits gelé. Les plus résistants gagneront, ou les plus forts, à moins que ce ne soient les plus convaincus…

Après ce départ, Flora trouve les journées au château bien longues. Elle n'a plus aucune occupation. Tous les chevaux sont partis. L'hiver est bien là. La nature est figée. Rien ne bouge alentour. Tout est en sommeil. Elle guette au loin, espère entendre le bruit de quelques sabots qui reviendraient. C'est encore trop tôt sans doute, mais elle compte tout de même qu'ils ne soient pas trop longs.

La neige se met à tomber, posant ici un manteau délicat et protecteur, là-bas un autre, sans doute bien plus lourd à porter. Les batailles ne durent jamais trop longtemps, mais celle-ci semble faire exception.

Un jour, alors qu'elle se meurt d'ennui et qu'elle ne tient plus en place, elle se décide à sortir de l'écurie. Son habit d'homme bien ajusté et ses cheveux soigneusement recouverts de son bonnet et de son capuchon pour plus de sécurité. Puis elle se risque à se faufiler dans les couloirs du château. C'est le début de l'après-midi, tout le monde est assoupi après un déjeuner trop copieux, dans une oisiveté forcée. Il n'y a pas grand-chose à faire de toute façon, à part attendre.

Discrètement, à pas lents, elle cherche le bureau de Josserand. Elle lui a soutiré quelques indices lors de leurs précédentes conversations, et elle est à présent bien décidée à lui rendre une petite visite. Elle arrive devant une porte en bois. Elle espère qu'elle ne s'est pas trompée. Elle frappe. Elle entend la voix claire de Josserand lui répondre. Gagné !

Il est surpris de la voir.

— Mais que faites-vous là ?

— Josserand, je m'ennuie à mourir.

— Vous êtes inconsciente ? Est-ce que quelqu'un vous a vue ?

— Non, personne. Rien ne bouge ici, tout le monde est endormi et se meurt d'ennui.

— On ne vous a jamais dit qu'il faut se méfier de l'eau qui dort ! Ça pourrait être dangereux pour vous et pour moi.

— Vous voulez vraiment que je vous dise ? La solitude et l'ennui me paraissent à cette heure bien plus dangereux qu'être surprise dans votre bureau.

— C'est tout à fait puéril et irresponsable comme remarque.

— Josserand, c'est atroce, il n'y a rien à faire.

— Occupez-vous ! Un point c'est tout !

— À quoi ?

— Je ne sais pas. Nettoyez l'écurie, l'intérieur et l'extérieur, par exemple.

— Je l'ai déjà fait trois fois cette semaine !

— Alors, graissez les cuirs !

— Très drôle ! Ils sont avec les chevaux.

— Ah, oui, c'est vrai... Eh bien, eh bien... Débrouillez-vous !

Josserand cherche une idée pour se débarrasser de l'intruse. Pendant ce temps, Flora s'est assise à son bureau. Elle regarde le livre ouvert, la plume, l'encrier et la feuille posée.

— Non ! Ne touchez à rien. Ôtez-vous de là !

— Vous écrivez, dit Flora, les yeux brillants. C'est ce que vous faites de vos journées ? Vous écrivez et vous lisez ?

— Oui, un peu.

— Vous savez lire et écrire !

Flora le fixe, les yeux pleins d'admiration.

— Je croyais que vous étiez archer ?

— Je le suis. Un archer qui sait lire et écrire.

— Ça doit être formidable ! Vous pourriez m'apprendre ?

— Non... Je... Flora, n'insistez pas. Je n'ai pas le temps.

— Menteur ! Il n'y a rien à faire ! Avouez-le !

Elle scrute les pages de caractères, les yeux grands ouverts.

— Apprenez-moi, je vous en prie. Je vais mourir d'ennui, sinon.

— On ne doit pas vous voir ici, Flora.

— Je ferai attention. Personne ne verra rien. Et puis, on croit que je suis palefrenier. N'auriez-vous pas le droit d'occuper un palefrenier ?

Elle s'est approchée de lui, le visage implorant. Il comprend pourquoi Hugo a cédé, quelque temps plus tôt. On ne peut rien refuser à cette femme-là.

Il admet que ça l'aidera à passer le temps, qu'il trouve long également. Par ailleurs, il a beaucoup aimé s'occuper de l'éducation d'Hugo. Il a des aptitudes naturelles à l'enseignement et déplore qu'Hartmann n'ait pas eu d'autres enfants. Mais c'est bien trop risqué, et il a promis à Hugo de veiller sur elle. Le risque à courir peut être grand, si on la découvre. Elle est plus en sécurité à l'écurie, à l'abri de tous.

Flora devine ce qui se joue en lui.

— Sinon, je me montre au comte et je lui raconte tout ! affirme-t-elle.

— Mais c'est du chantage !

— Parfaitement ! répond-elle d'un air insolent.

— Vous ne feriez pas ça !

— Sérieusement ? Je m'ennuie tellement que j'en suis capable, ne me mettez pas au défi. Cela mettrait un peu de piquant dans cette routine hivernale assommante !

— Vous êtes folle !

— Et vous, un vieux croûton grincheux !

— Et insolente, par-dessus le marché !

Flora le regarde d'un air décidé, les bras croisés, et lui fait face. Un sourire amusé aux lèvres. Josserand soupire. Ces jeunes auront sa peau !

— Tous les matins.

— Oh oui, merci !

Elle déborde d'enthousiasme, elle sautille sur place.

— Pas un instant de plus.

— D'accord. D'accord, acquiesce Flora.

— Vous serez parfaitement à l'heure, sinon j'arrêterai immédiatement.

— Je serai une élève sérieuse, n'en doutez pas.

Elle se redresse et se tient à présent bien droite, toute à son écoute.

— Vous viendrez pendant que le comte prend son petit déjeuner vous resterez jusqu'au déjeuner, où vous repartirez. Ce sont là les meilleurs moments pour circuler en toute sécurité.

— Je serai transparente. Oui. Discrète et transparente !

— Vous étudierez chez vous tous les après-midi et ferez tous les travaux que je vous demanderai.

— Assurément, dit Flora en se tenant toujours droite comme un I.

— Je vous enseignerai l'écriture, la grammaire, la rhétorique, la dialectique et le quadrivium – arithmétique, géométrie, astronomie, musique.

— Formidable ! dit Flora en battant des mains. J'ai hâte. Je ne vous décevrai pas.

— Puissiez-vous dire vrai ! Car, avec l'âge, je n'ai sans doute plus la même patience. Maintenant, sortez d'ici et tâchez de ne pas vous faire voir.

— Merci beaucoup, Josserand, vous êtes…

— Non ! Ne me dites pas ce que je suis. Je ne le sais que trop…

Il se laisse tomber sur la chaise de son bureau, non sans un soupir de contentement et d'enthousiasme, lui aussi.

Comme convenu, Flora se rend tous les matins dans le bureau. À l'heure dite, elle prend une chaise, s'installe face à Josserand, qui lui fait les leçons telles qu'il les a apprises chez les chanoines.

Flora se passionne pour tous les domaines. Un nouveau monde s'ouvre à elle.

Josserand est agréablement surpris par ses facultés. Il est évident qu'elle a des facilités et des dispositions particulières pour l'étude. Esprit vif, elle comprend très rapidement et termine par moments ses phrases ou ses raisonnements. Sa curiosité naturelle et son esprit de synthèse lui permettent d'établir des ponts entre les différentes matières. Il la découvre aussi pleine de créativité et de remarques pertinentes. Elle peut même le mettre en difficulté sur son propre terrain en le faisant réfléchir différemment, et en abordant des questions auxquelles il n'avait jamais pensé. Cette stimulation intellectuelle lui fait le plus grand bien.

Il retrouve un peu Hugo dans certains de ses raisonnements. Il sourit devant l'impulsivité de la jeunesse, qui la fait sauter aux conclusions avant d'avoir compris le problème. Il a toute sa sagesse à lui enseigner.

Elle a, comme Hugo encore, un grand sens de la justice, une intolérance pour les mauvais traitements, mais aussi la même soif d'absolu et d'intensité. La tête en alerte, le cœur en éveil, l'envie au ventre et la curiosité affûtée, elle savoure chacun de ses enseignements. Un plaisir nouveau pour elle, inespéré.

Ils apprennent également à mieux se connaître à travers leurs enfances respectives. C'est l'occasion pour Flora de confier à Josserand les secrets de la fabrication du fromage. Ils montent ensemble un atelier clandestin. Flora est contente de pouvoir lui apporter une contrepartie. Dans les caves du château, dans des conditions beaucoup plus confortables que chez elle, elle se remet à fabriquer des fromages à croûte lavée. Et ses journées sont ainsi finalement bien rythmées.

Josserand la trouve particulièrement douée pour les lettres. Il la découvre chaque jour, l'émotion au bord des lèvres et la pensée aux frontières de l'infini. Elle dévore avec entrain *La Chanson de Roland,* et des vers par centaines, avalant toutes les chansons de geste relatant les exploits guerriers. Elles la font penser à Hugo qui se bat quelque part, là-bas. Elle espère qu'il va bien. Elle le voit à l'image de ces héros, sauf et victorieux. Sa préférence se porte ensuite sur la littérature courtoise et ses formidables histoires d'amour, comme l'histoire de Tristan et Iseult, même si la fin tragique des deux amants la laisse en peine. Elle découvre également avec ferveur François Villon[1]. Un génie. Elle trouve les vers magnifiques et apprécie la façon dont il traduit le trouble et la violence quotidienne des gens, avec engagement et poésie. Il s'attache à dénoncer les problématiques du temps avec beaucoup de tact.

Josserand est ravi de mettre en œuvre tout ce qu'il peut pour nourrir l'appétit de cet esprit curieux qui engloutit avec ardeur et talent tout ce qu'il lui apporte. Flora a une présence au monde hors du commun, elle utilise tous ses sens pour embrasser le monde.

C'est pleine d'énergie qu'elle repart chaque midi du bureau de Josserand. Parfois distraite et la tête encore dans les nuages, elle ne s'aperçoit pas qu'on l'observe. Anton, tel un vautour, a découvert l'arrangement. Il ne lui a pas fallu longtemps pour s'apercevoir du manège, lui qui est toujours à l'affût de ce qui se passe, et plus encore quand il s'ennuie. Il garde jalousement pour le moment cette information précieuse. Qui sait, elle lui sera peut-être utile un jour. Il est évident que cela se fait dans le dos du comte de Wangen. Il finira par découvrir le fond de vérité de cette affaire. Mais l'expérience lui a appris à rester patient, par prudence. Après tout, si Josserand veut perdre son temps à instruire un simple palefrenier, c'est son problème. Il ne voit rien de mal à cela. À moins qu'il n'y ait autre chose. Il se laisse simplement le temps. Tout vient au moment opportun. Il gagnera alors une place de choix auprès d'Hartmann et verra grandir enfin la confiance de son comte envers

1. Même si l'histoire se déroule en 1453, l'autrice prend la liberté d'un léger anachronisme en se référant ici à François Villon, qui n'a alors que vingt-deux ou vingt-trois ans tout au plus à ce moment-là. *Les Lais* ne seront composés qu'en 1456-1457 et *Le Testament* entre 1456 et 1462.

lui. En attendant, il épie. Tout vient à point à qui sait attendre. Il les garde à l'œil.

À chacun sa façon de tromper l'ennui. À la guerre comme à la guerre.

Chapitre 15

Comté de Lichtenberg, au château

Nous sommes au matin de Noël.

Un pli décacheté traîne sur son bureau. Cette fois-ci, Louis l'a intercepté à temps, avant qu'il ne croupisse sur la table de travail de Jacques et qu'il ne tombe dans l'oubli. Sans aucune hésitation, il en a lu le contenu, qui ne lui était pourtant pas directement destiné. Mais, pour la réponse, c'est une autre affaire. Il hésite. Il sait que ce n'est pas politiquement correct. Cela dit, il fait partie de la famille, et c'est aussi d'affaire de famille dont il est question. Lire est une chose, répondre implique davantage. Il ne se sent pas de se lancer à nouveau dans une grande discussion avec son frère pour le convaincre. Il ne veut que le meilleur pour son fief. Il sait que, ce matin, Jacques et Barbara sont partis pour Reipertswiller comme à leur habitude. Il est seul au château. Le moment est idéal pour faire cela tranquillement. Il ne faut pas croire qu'il a la falsification facile. Il hésite. C'est un cas de conscience pour lui. Il prend sa plume. Il culpabilise. Il la repose. Une bataille intérieure. Il se frotte le visage entre les mains. Le doute persiste. Il se lève et regarde dehors. Une hésitation. Il revient à son bureau. Un élan freiné.

Il pourrait peut-être prier et attendre un signe. Mais, si cela prenait du temps, il serait peut-être trop tard. Il n'a pas vraiment le temps. Il se décide.

Cher comte de Wangen,

J'ai bien reçu votre lettre, qui m'apprend que le sieur Volmar de Geroldseck a envahi vos terres du côté d'Allenwiller, et que vous avez été contraint d'envoyer vos troupes à la bataille. Sachez que je le déplore. Pardonnez mon délai de réponse. J'ai souhaité tempérer, dans l'espoir d'une heureuse issue. Peut-être tout comme vous, mais sans succès, face à ce seigneur belliqueux. Ainsi, je vous propose de convenir d'une entrevue, afin que nous puissions échanger sur la conduite à tenir face à lui. Nos intérêts peuvent être communs, je n'en doute pas. Je suis prêt à vous rendre visite sur vos terres. Votre moment sera le mien.

Attendant de vos nouvelles. À vous lire.

Jacques de Lichtenberg

Louis a signé. Il reste quelques instants face à la feuille. C'est fait. Convaincu d'œuvrer pour le mieux, il ferme le courrier. Il saisit la bougie et fait couler quelques gouttes sur le papier, puis appose fermement le cachet des Lichtenberg, qui laisse son empreinte, gage d'authenticité.

Il appelle un messager, qu'il paye pour son silence et sa course, qu'il espère rapide. Il est soulagé. Après tout, ce n'est pas la première fois qu'il se substitue à son frère pour le protéger, et sous doute pas la dernière.

Béni soit le jour de Noël. Un miracle est si vite arrivé.

Chapitre 16

Comté de Geroldseck, au château

La pensée est créatrice. Telles sont les paroles du Christ. Elle aurait pu entrer dans les ordres, mais son frère a refusé, sans doute pour la garder comme son jouet, l'utiliser le moment opportun. Elle espère très fortement que ce jour ne viendra jamais. Elle espère qu'il gagnera, qu'il obtiendra ce qu'il souhaite et qu'il la laissera enfin tranquille, en paix.

Kunégonde de Volmar est assise à sa table. Rien ne lui plaît plus que la solitude. Occupée à son activité favorite, elle l'accomplit avec rigueur et nonchalance. Aucune passion, aucun enthousiasme ne trouble cette âme, trop vite fanée par le temps, rompue à la vie, lassée par toutes choses. L'enluminure est à Kunégonde ce que la bougie est à la nuit. Un passe-temps qu'elle pratique, imperturbable, en attendant son heure. Elle est son refuge et sa protection. Elle aime quand les choses sont figées, une bonne fois pour toutes ; elle aime avoir le contrôle sur la situation et que rien ne bouge. Si elle le pouvait, elle habiterait dans un château, seule, sans domestiques, qui parfois l'agacent par leurs simples respirations.

C'est avec un plaisir d'autant plus grand qu'elle s'exécute en ce moment même, car son frère est parti depuis plusieurs semaines maintenant. Devant la fenêtre de son bureau, elle regarde l'horizon. Elle peut rester enfermée des jours sans voir personne. Noël est passé en toute tranquillité. Là aussi, elle a échappé, en l'absence de son frère, au traditionnel banquet. Elle n'a pas fait l'effort d'inviter qui que ce soit, préférant la solitude. Elle a rappelé à l'ordre ses gens, qui se sont montrés un peu trop joyeux, cette nuit-là. Chacun est resté chez soi. Et c'était bien comme ça. Triste et maussade, telle est la vie aux yeux de Kunégonde.

Mais, ce matin, on l'a fait appeler dans la cour du château. Un homme a été désigné pour avertir la dragonne du retour de son frère. Volmar de Geroldseck est en chemin. C'est l'âme en peine qu'elle quitte son ouvrage. Chaque humain lui paraît répugnant dans ses attitudes et ses comportements. Elle croise les domestiques sans leur adresser un regard, fermée, irritable. Il lui semble que chaque fleur a été mise sur son chemin pour lui nuire, que chaque caillou cherche à entraver sa route, chaque branche à la faire plier. Dans l'espace feutré de sa chambre, elle se sentait tellement en sécurité ! Elle n'avait pas à souffrir les voix insupportables des autres.

On piaille dans le château pour connaître l'issue de la bataille. La vie est un combat, et il faut à tout moment lutter pour sa propre survie. Elle ne demande pas grand-chose. Simplement qu'on la laisse à ses enluminures. Les belles couleurs n'existent que dans ses créations. Tout ce qui l'entoure n'est que brouillon et imperfections. La vie est mal faite.

Le pont-levis s'abaisse. Elle est déjà lasse. Son frère rentre. Seul. Il passe la porte sans un mot. On entend juste le cri des corbeaux. On attend. On attend encore.

On a du mal à y croire. Mais ses hommes ne le suivent pas. Aucun. Volmar de Geroldseck rentre seul. Vaincu.

Le temps est morose. L'existence est mal faite. C'est la défaite. Ici.

Chapitre 17

Comté de Wangenbourg, au château

Attendre. Attendre et ne pas savoir ce qui va se passer, s'en remettre au destin, à l'avenir et à la vie. Attendre et espérer. Espérer si fort qu'il devient douloureux d'attendre. Mais préférer attendre, malgré tout, pour ne pas être déçu. Car attendre, c'est aussi continuer à croire que les souhaits se réaliseront un jour.

Flora trompe le temps et écrit ces quelques vers en pensant à lui.

« À toi, Hugo, mon chevalier parti en guerre
Sache que la paysanne ici toujours espère,
Rien de nous ne s'oublie et rien ne se perd
Je ne rêve que de l'union de nos deux chairs. »

Elle prie chaque jour, en espérant que le temps la rapproche des retrouvailles :

« Dieu, ramenez-le sain et sauf. Faites que nous puissions nous retrouver. Mais ramenez-le surtout en pleine santé. C'est le principal. Pour le reste, je m'arrangerai. »

Elle se demande s'il la trouvera changée quand il reviendra. Pourvu qu'il pense encore à elle ! Elle se souvient de cette belle journée d'automne. Elle la rêve, encore et encore. Ses entrailles lui rappellent par moments les délicates sensations qu'il lui a procurées. Elle a repensé à ce moment tellement de fois, à la saveur de son départ mêlé de plaisir et de douleur. Le moment de son retour, elle l'a rêvé tellement de fois aussi !

Hugo grimpe la colline sur son cheval, suivi de ses hommes. Il a le regard brillant, celui de la victoire. Il est heureux et impatient. Il traverse le village ; les paysans le saluent et l'acclament sur son passage. On le fête. On est fier de lui. Il gravit le chemin escarpé du château. On baisse le pont-levis. Il rentre triomphant. Il embrasse son père. On le célèbre. Mais il ne s'attarde pas. Il s'éclipse discrètement pour aller à l'écurie. Il attache Flèche dans son box et frappe à la porte de Flora.

Elle est encore couchée, et nue. Elle se lève et ouvre. Il se jette sur elle. Il la baise à pleine bouche et à pleines mains. Il l'entraîne vers le lit. Il froisse ses cheveux et les draps sous l'appui de ses caresses. Elle le touche, elle fait courir les mains sur tout son corps. Il enlève sa cuirasse, sa lourde armure. Il se sent déjà un peu plus léger. Il dépose les armes devant elle. Elle prend garde d'éviter les blessures et les égratignures, il serre les dents. La douceur de ses caresses atténue la douleur et panse ses plaies. Ils s'enroulent ensemble dans le drap blanc. Leurs corps nus l'un contre l'autre. Elle le sent enfin près d'elle. Elle a envie de se frotter à lui. Il a envie d'entrer en elle. Ils sont enfin ensemble, sans titre ni statut.

Juste homme et femme, deux âmes, nues.

On frappe. Est-ce un rêve ou la réalité ? On frappe encore, avec plus d'insistance. Ce n'est pas un rêve. C'est bien la réalité. Flora se réveille tout à fait. Elle se redresse. Le jour est peut-être venu ? Sa prière va être exaucée. Le soleil est à peine levé. C'est lui. Ça ne peut être que lui. Qui viendrait, sinon, à une heure si matinale ? Encore dans ses folles pensées, dans un rêve éveillé, Flora ose rêver les yeux ouverts. Elle se précipite pour ouvrir la porte, vêtue, comme elle l'a rêvé, d'un simple drap autour du corps. La porte s'ouvre à la volée. Elle le voit déjà devant elle.

Elle revient brusquement au réel. La chute est rude. Le choc violent.

À sa grande stupeur, un homme petit et rabougri se tient face à elle. Il sourit de contentement. Il jubile intérieurement. Il adore son métier d'intendant. Il a un vrai talent pour se tenir au courant de tout et déceler chez chacun la moindre faille, le moindre secret. Anton frappe ses mains l'une contre l'autre. Il s'applaudit lui-même. Il savait que creuser davantage cette intrigue serait fort intéressant.

— Tiens, tiens, mais que fait une femme dans le logis du palefrenier ?

Il avance vers elle. Flora recule. Elle est apeurée. Interdite. Elle ne sait pas quoi dire. D'ailleurs, elle ne sait pas si elle doit parler ou non. Elle est d'autant plus gênée qu'elle n'est absolument pas dans une tenue convenable pour recevoir un homme.

— Dites-moi, depuis combien de temps êtes-vous ici ? demande Anton, qui commence son interrogatoire.

— Je ne sais plus.

— Comment vous appelez-vous ?

Flora se tait.

— Laissez-moi deviner… Vous allez me répondre que vous ne savez plus, c'est ça ?

Flora déteste mentir, mais elle devine qu'elle a affaire à un piètre personnage. D'instinct, elle sent qu'elle doit demeurer sur ses gardes.

— Ça fait un moment que j'observe vos allées et venues dans le bureau de Josserand.

Flora le regarde, horrifiée. Il est au courant pour ça

aussi. Elle est perdue. Ils sont finis. Elle va retourner en prison, et pour toujours. Elle ne reverra plus Hugo.

Anton poursuit :

— Je comprends mieux, maintenant. Il n'y a pas que la passion de l'étude qui a animé ce cachottier de Josserand, pendant toutes vos séances !

Le sous-entendu est clair. Flora se dit qu'il vaut mieux ne pas démentir, et ainsi l'orienter sur une fausse piste. Elle choisit de le laisser parler. Cela pourra peut-être sauver Hugo. Mais tous les intérêts des uns des autres se mêlent dans sa tête. Elle ignore si elle doit attendre pour parler, ou s'enfuir en courant.

— Ce cher Josserand, il cache bien son jeu, le vieux bougre !

Flora baisse la tête.

— Est-ce que vos faveurs s'étendent à tous les conseillers, dites-moi ? Car il se pourrait bien que je sois aussi intéressé, poursuit Anton en s'avançant vers elle, le regard lubrique.

Flora saisit le chandelier à sa portée. Elle ne se laissera pas faire.

— Ah. Manifestement non. Ce cher Josserand a l'exclusivité… Quel veinard… Mais peut-être que vous pourriez faire un effort. Vous ne croyez pas ?

Il se rapproche.

— Quelle pourrait être la contrepartie ? Oh… mais je sais ! Mon silence, évidemment ! Mon silence en échange de vos faveurs, pour que vous puissiez continuer vos petits allers-retours matinaux dans le château. Cela me paraît un échange honnête, non ?

Flora assure sa prise sur le chandelier des deux mains. Elle est prête à se défendre. Quel qu'en soit le prix. Elle ne se laissera pas faire.

Anton cherche un moyen de la déstabiliser. Il ne veut pas en venir aux mains. Il est bien plus rusé et préfère faire preuve de stratégie. Il jette un coup d'œil sur la table de Flora. Ses yeux acérés tombent immédiatement sur le sonnet qu'elle a écrit.

— Oh ! mais que c'est intéressant !

Flora blêmit.

— *Hugo, mon chevalier parti en guerre.* Alors, comme ça, vous en pincez pour un futur comte ? C'est pour cela que vous étudiez, peut-être ? Madame se voit déjà comtesse ? ricane Anton.

Flora rougit. Elle sent la colère monter. Il est allé trop loin. Elle est décidée à l'assommer avec le chandelier. Ça serait un acte grave, irréparable même, mais il a dépassé les bornes et semble ne pas vouloir s'arrêter.

— Alors, comme ça, madame a des prétentions ? Laissez-moi vous donner un conseil : arrêtez tout de suite. Ça ne marchera jamais. Vous n'êtes pas du même milieu, c'est un rêve absurde… En revanche, si vous avez des ambitions, on pourra peut-être s'arranger, tous les deux ?

Il recommence à s'avancer vers elle. Il ne la prend pas au sérieux, de toute évidence. Il ne la croit pas capable de porter la main sur lui.

— Vous savez, je suis seul, moi. Je pourrais peut-être faire de vous une noble tout à fait honorable. Vous ne manqueriez de rien. Vous auriez tout ce que vous voudriez. Je deviens plus riche de jour en jour. C'est un rêve honorable, un objectif à votre portée, moyennant modeste contrepartie, évidemment.

Il est bien trop près d'elle, à présent, la bouche baveuse et hideuse à demi ouverte, les yeux lubriques et brillants. Elle s'apprête à lui porter un coup fatal.

— Arrêtez !

Josserand se tient sur le pas de la porte. Anton fait rapidement volte-face, tel un funambule d'une remarquable agilité, pour s'adapter à son nouvel interlocuteur.

— Tiens, tiens, voilà le principal intéressé.

— Laissez-la tranquille ! ordonne Josserand.

— Oh… On dirait que je touche là un point sensible ? Vous avez bien caché votre jeu, Josserand, je ne vous croyais pas encore aussi vigoureux !

Flora jette un coup d'œil complice à Josserand, lui signifiant que leur secret a été gardé. Le lien entre eux est établi. Un lien d'une autre nature que celui que suspecte Anton. Un lien de cœur, qu'il ne peut pas comprendre. Sans un mot, ils sont en phase.

— Mêlez-vous de vos affaires, Anton ! tonne Josserand, qui se tient droit et ferme.

— Je pense au contraire que monsieur le comte serait ravi de savoir que vous hébergez une femme aux frais du fief pour votre… confort personnel !

— Elle rend de nombreux services et s'occupe des chevaux, comme le ferait un autre.

— Bien sûr ! Elle s'occupe surtout de vous, tout en rêvant à Hugo de Wangen.

Anton pense là attiser sa jalousie. Mais Josserand ne réagit pas à l'attaque. Il en accuse le coup, mais pour d'autres raisons que celles imaginées par Anton. Ce dernier, toujours aussi fourbe, poursuit :

— Soyez sans crainte, je ne vous dénoncerai pas. Enfin, pas tout de suite. Le secret est trop beau. Et je passerais encore pour le vilain, pour avoir dénoncé une simple affaire de charmes. Le dévoiler crûment me ferait perdre tout pouvoir. Ne pas le révéler, en revanche, me procure un certain pouvoir. Sur vous. Et sur elle. Tâchez, à l'avenir, d'être plutôt clément avec moi et de vous ranger plus vite à mes avis, si vous ne voulez pas perdre toute crédibilité face à Hartmann.

Cette manière familière de désigner le comte surprend Josserand. Décidément, il ne perd rien pour attendre, celui-là. Mais il doit bien s'admettre à demi vaincu pour le moment. Les intérêts des uns et des autres sont trop liés pour qu'il réplique. Il choisit donc de prendre sur lui.

— Je ferai de mon mieux.

— Bien, voilà une sage décision.

Anton se tourne vers Flora.

— Je le ferai, à condition que vous la laissiez tranquille, précise Josserand.

Anton le regarde à nouveau. Il prend un temps de réflexion. Les intrigues du comté l'ont toujours bien plus intéressé que les femmes. Pour preuve, son célibat. Même si la vue de Flora a rallumé en lui des sensations qu'il croyait oubliées, il n'en perd pas de vue ses intérêts principaux.

— C'est entendu. Mais à la moindre contrariété, je vous préviens, elle y passera aussi ! concède-t-il, trop content d'avoir trouvé un levier puissant sur Josserand.

— Maintenant, disparaissez de cette chambre ! Ils sont de retour.

— Qu'est-ce que vous dites ? s'étonne Anton.

Une information aussi capitale ne peut pas lui avoir échappé. Pas à lui !

— Vous m'avez bien entendu. Vous n'avez pas toujours la primeur des informations. Surtout quand votre esprit est occupé à fouiner dans de petites mesquineries. Vous m'avez bien compris. Ils ont été aperçus. Ils approchent du château. Ils sont de retour.

La nouvelle est trop importante. Anton ne prend pas le temps de répondre. Il sort de la chambre et fixe une dernière fois Josserand, pointant sur lui son index crochu d'un air menaçant.

— N'oubliez pas notre accord !

Puis il s'éloigne, à pas rapides.

Flora s'écroule sur son lit, dans tous ses états. La tension se relâche d'un coup. Un flot d'émotions l'envahit. Elle ne sait si elle doit se réjouir ou pleurer, tant les contradictions se mêlent en cet instant.

— Je suis désolée... Je suis désolée... Je ne voulais pas... J'étais endormie. On a frappé, j'ai ouvert. J'ai cru que c'était...

— Ce n'est rien, Flora. Ce n'est pas votre faute, la rassure Josserand.

— Si, bien sûr ! Si je n'avais pas ouvert, si j'étais restée sur mes gardes, comme vous me l'aviez conseillé, je...

— Si vous n'aviez pas ouvert, il aurait trouvé un autre moment et un autre moyen. Ce type est une fouine, rien ne l'arrête. Ne vous faites pas de mal avec ça.

— Mais si, s'obstine Flora, au désespoir. Tout est ma faute !

— Ne vous reprochez rien, je vous assure. Cela n'en vaut pas la peine.

— Il va vous faire du chantage. Il va vous rendre la vie impossible.

— Je m'en débrouillerai. L'important est que cela reste bien entre nous. Hugo est de retour, et je le crois capable de le tuer pour ce qu'il vous a fait ce matin. Alors, gardons cet événement pour nous, si vous le voulez bien. Il rentre de plusieurs semaines de bataille, il aura peut-être l'esprit sensible et impulsif, et je veux à tout prix éviter un drame supplémentaire, vous comprenez ?

— Oui, Josserand, je comprends, je comprends bien, lui assure Flora en séchant ses larmes. Merci pour votre intervention. Sans vous, il...

— N'y pensez plus... Tout se finit bien. Je m'occuperai de ce fourbe, j'ai l'habitude. Maintenant, habillez-vous, ils arrivent.

— Oui.

— Vous allez avoir beaucoup de travail avec le retour

des chevaux. La vie va reprendre son cours et tout cela sera vite oublié. Sans compter que vous serez bientôt libérée.

— Merci, Josserand… Merci. Pour ça et tout ce que vous avez fait pour moi.

— Je vous en prie. Habillez-vous vite, j'entends le pont qui s'abaisse !

Josserand la laisse à son intimité. Flora se prépare à la hâte. Il s'éloigne de l'écurie, pensif. Il est bien moins rassuré qu'il l'a laissé paraître à Flora. Cette situation ne présage rien de bon. Il pressent qu'elle ne se sera pas sans conséquence. Il connaît Anton et sait qu'il est capable des pires horreurs. Cette altercation ternit le retour des troupes. Mais, comme Flora, il doit se ressaisir, car la journée va être chargée.

Les hommes passent le pont-levis, victorieux. Les armes au poing, comme ils étaient sortis, ils poussent des cris et se mêlent à la foule dans des étreintes plus ou moins brèves et musclées. De loin, Flora les observe. Elle a du mal à se laisser gagner par l'enthousiasme général. D'autant plus qu'elle n'a toujours pas vu Hugo. Son regard balaye pourtant les arrivants sans relâche. Mais elle ne le voit pas. Elle a rêvé ce moment tellement de fois, et rien ne se passe comme elle l'avait imaginé !

Les femmes sont heureuses de revoir leurs hommes. D'autres semblent attendre encore. Elles cherchent, elles aussi, le visage, le regard de celui qu'elles attendent depuis des semaines.

Soudain, Flora entrevoit l'aigle, sur le blason bleu des Wangen. C'est Hugo. Enfin ! Il passe le dernier le pont-levis. Il est de ces chefs qui s'assurent d'abord que leurs hommes sont en sécurité avant eux-mêmes. De ceux qui poussent le dernier, pour le mettre en premier. Le pont-levis se ferme derrière lui. L'expression de son visage ne traduit en rien la victoire. Il sait que son arrivée annonce à des épouses qu'elles ne reverront pas leur mari, à des enfants qu'ils ont perdu leur père. Il a les traits tirés, le regard dur. Ils ont pourtant évité le siège du château, la majorité des hommes vont bien et sont de retour, sains et saufs. Pas tous. Les troupes de Volmar ont été mises en déroute. Mais tous les hommes ne sont pas rentrés, certains ont péri pour Wangenbourg, et il lui est donc impossible de sauter de joie.

Hartmann vient à lui. Hugo le regarde, amer.

— Tu as réussi, Hugo. Mon fils, tu as réussi.

Hugo secoue la tête. Il aurait aimé rentrer avec tout le monde et ne pas croiser le visage de celles qui découvrent leur veuvage.

— Allons, allons, tu as besoin de repos. Tout ira bien. C'est tout à fait normal.

Les hommes amènent à l'écurie les chevaux affamés par leur long trajet. Flora ne sait plus par où commencer. Ils lui abandonnent leur monture dans une joyeuse désorganisation. Les chevaux profitent de cette baisse de vigilance pour n'en faire qu'à leur tête.

Elle a à peine aperçu Hugo. Il n'a pas pris le temps de lui accorder une seconde d'attention. Elle s'en veut de ses mauvaises pensées vis-à-vis de lui, après tout ce qu'il a fait, mais elle est déçue, c'est plus fort qu'elle. Il doit être épuisé, mais cela ne l'empêchait pas de lui adresser un regard. Juste un regard, à travers lequel elle se serait sentie exister. Il l'a peut-être oubliée. Durant tout ce temps, elle a peut-être été la seule à avoir espéré. Une simple paysanne. Il lui faut se rappeler qui elle est. Revenir à la réalité. Anton n'a pas tout à fait tort. Mieux vaut rester réaliste. La déception est grande pour les rêveurs. La perspective d'une mort prochaine a peut-être fourvoyé son esprit. Maintenant qu'il est tiré d'affaire, il n'y a plus aucune raison qu'il s'intéresse encore à elle. Cette certitude douloureuse à présent lui poignarde le cœur.

Quand tout le monde est parti, elle s'approche de Flèche et lui caresse l'encolure. Il a dû assister à tout, lui. Si seulement il pouvait lui parler ! Si seulement il pouvait lui dire ! Elle redouble de caresses, lui apporte l'eau la plus fraîche et la ration la plus savoureuse. Il reçoit ses faveurs. Mais il reste muet. Sans attention à son égard, lui non plus.

La journée passe rapidement, et c'est déjà le soir. Dehors, elle entend les hommes fêter leur victoire au coin du feu. Une fête est organisée pour leur retour, on ripaille et on boit.

Hugo est avec eux. Hartmann l'interpelle de loin et lui fait un signe de la main. Il se lève et s'approche de son père.

— Le souper est prêt dans la grande salle, Hugo, nous n'attendons plus que toi.

— Je reste là.

— Quoi ?

— Tu as bien entendu, je reste là.

— Hugo, nous ne nous sommes pas vus depuis longtemps.

— Ça peut bien attendre encore un peu, on n'est plus à cela près.

— Mais j'ai besoin que tu me racontes ce qui s'est passé.

— Bien, dans ce cas, viens t'installer près du feu, avec nous.

— Tu ne vas tout de même pas rester ici avec ces... ces...

— Ces quoi ?

— Eh bien... ces... ces hommes.

— Quel est le problème ?

— Ta place est en haut, au banquet, avec nous ! Pas en bas à traîner avec eux.

— Ces gens d'en bas ont plus que contribué à notre victoire ! Sans eux, vous ne seriez pas en haut à ripailler grassement, ce soir.

— Mais regarde-les !

Hartmann de Wangen désigne le groupe qui descend force litres de vin, rit à gorge déployée. On se vautre déjà par terre en vociférant des mots grossiers.

— Je préfère rester avec eux.

Hartmann n'approuve pas ces familiarités, cependant il ne tient pas à entrer en conflit avec son fils. Pas ce soir. Il finit par hocher la tête et se résigner.

— Comme tu voudras.

Il lui faut se rendre à l'évidence, son fils est devenu un homme, capable de mener des troupes, de prendre des décisions et de remporter des victoires. Pour ce soir, il peut bien le laisser faire.

Hugo s'en retourne près du feu, sous les cris et les acclamations de ses hommes. Le vin coule à flots. On lui en sert un plein gobelet. Laïr, le plus puissant de ses hommes, est toujours le meneur quand il s'agit de faire la fête.

— On les a bien rossés, ces Geroldseck, pas vrai, sieur Hugo ? dit-il en levant son verre.

— Hé, Geroldseck, cul sec ! ! ! dit un autre en vidant d'un trait son breuvage.

— Haha, s'esclaffe le groupe d'une seule voix.

À chaque boutade, les hommes partent dans un éclat de rire tonitruant.

— Geroldseck, on leur a cloué le bec !

— Haha.

— Hé, hé, hé. Geroldseck, vous êtes à sec !

— Haha.

Et on se ressert généreusement en boissons.

Hugo est heureux de voir ses hommes ainsi détendus.

Même s'il sait que cette victoire n'est que temporaire. Volmar reviendra à l'assaut, quand il aura repris des forces. D'une façon ou d'une autre. Il ne le voit pas renoncer si facilement à ses velléités. Cette seule pensée l'empêche de profiter pleinement de ce moment.

Flora est épuisée de tout le travail qu'a demandé le retour des troupes. Tous les chevaux sont à présent nourris et à leur place. Elle a réussi à remettre de l'ordre et à se faire respecter de tous ces étalons que le retour au bercail avait débridés. Elle décide de sortir un peu devant l'écurie pour prendre l'air. Elle s'assied sur le pas de la porte. Elle appuie sa tête lourde sur le mur de pierre et respire l'air frais, savourant ce moment de repos tant mérité.

— Hey toi, viens donc boire un canon avec nous ! l'interpelle un des hommes, qui l'a aperçue au loin.

— Bah oui quoi ! Tu as aussi fait ta part, après tout ! renchérit un autre.

Elle fait un geste de la main en signe de refus. Mais les hommes, déjà pris de boisson et un peu trop joyeux, insistent lourdement.

— Allez quoi ! Ne nous oblige pas à venir te chercher par la peau des fesses !

— Ahahaha !

Et on rit à nouveau de bon cœur à ces mots.

— Le palefrenier avec nous ! Le palefrenier avec nous ! Le palefrenier avec nous !

Flora finit par se lever. Tout en réajustant sa tenue d'homme, elle tente de prendre une démarche assurée et masculine. Elle est acclamée par le groupe.

Elle vient s'asseoir avec eux. On applaudit et on lui sert un plein verre de vin sous les yeux réprobateurs d'Hugo, assis juste en face d'elle. Elle hoche la tête en signe d'impuissance. On lui tape dans le dos.

— Allez, bois, petit ! C'est bon pour le cœur !

Flora trempe les lèvres au bord du gobelet. Hugo lui fait les gros yeux. Elle toussote à la première gorgée.

— Haha ! Eh bien, c'est ta première fois, ou quoi ? demande l'un.

— Bien novice, celui-là !

— Heureusement qu'on t'a laissé ici, petit ! Taillé comme tu l'es, tu te serais fait mettre en pièces, pas vrai, sieur Hugo ? l'interpelle Laïr.

Hugo opine de la tête avec un sourire attendri.

— Faut qu'on te raconte nos exploits ! Que t'en prennes de la graine et du coffre pour plus tard ! continue Laïr en se tapotant la panse. Surtout les exploits de sieur Hugo ! Il en a fait des bonnes ! Il lui en a fait baver, au Volmar ! En ce moment, l'autre doit en avoir le cafard ! Héhéhé !

— Haha !

Tous repartent dans un même rire.

Flora sourit et hausse les épaules en signe d'acceptation. Mais Hugo intervient :

— Non, non. Inutile de raconter ça. Aucun intérêt.

Il ne tient pas à étaler ses faits et gestes. Pour lui, la victoire est collective. Il secoue vigoureusement la main en signe de refus.

— Allez quoi ! Sieur Hugo, z'êtes trop modeste, y'en a des bonnes à raconter quand même. Allez, juste une !

— Non, n'insistez pas !

— Celle de la plaine de Birkenwald, parce que, quand même, elle est extra ! Allez, juste celle-là !

— Oui, allez, sieur Hugo ! Allez ! Allez ! Allez !

Le groupe est reparti à l'unisson. Impossible de l'arrêter. Hugo connaît ses hommes quand ils sont lancés.

— Bon, si vous voulez, je ne peux pas vous en empêcher, de toute manière, finit-il par capituler.

— Youhouuuuuuu ! répond le chœur.

Laïr a toujours eu la langue bien pendue ; il aime raconter des histoires, avec un goût prononcé pour l'exagération. Hugo, qui sait que cela lui fait plaisir, le laisse donc parler.

— Alors, vois-tu, petit, on était postés dans le village de Birkenwald, et on attendait les troupes de Geroldseck. On nous avait dit qu'elles devaient arriver par le nord. Des informateurs ultra-secrets, je peux rien te dire de plus là-dessus. Et, comme rien ne se passe jamais comme prévu, elles sont arrivées par l'est. Tu penses bien qu'on n'était pas prévenus, ni préparés à ça. Mais on a plus d'un tour dans notre sac ! Moi surtout, je démarre plus prompt qu'une bourrique à qui on aurait piqué le cul, dans ces cas-là ! En plus, on venait juste d'installer le campement et on s'apprêtait à ripailler. Sieur Hugo a monté le plan. Il a grimpé tout en haut de la colline, à Marmoutier, et il a allumé un grand feu pour faire croire qu'on était nombreux là-bas. Il a monté un camp factice. Nous, on est restés sans un mot dans la cuvette de Birkenwald. Quand les imbéciles se sont précipités sur la colline, croyant qu'on y était, on les a pris à revers, par-derrière. *Bim ! Bam ! Boum !* Les quatre fers en l'air ! Ils se sont sauvés comme des gorets apeurés ! Héhéhéhéhé ! Pas mal, hein ?

— Oh oui ! Waouh… Quelle… Formidable ! Ce que vous leur avez mis ! s'extasie Flora, qui essaye de prendre une attitude et une voix masculines, en lui donnant un petit coup de coude.

Laïr, encouragé, poursuit :

— Oui et les villageois étaient tellement contents qu'on les délivre et qu'on les débarrasse de ces affreux, tu penses ! Tout Marmoutier en fête ! Ce qu'on a festoyé, le soir ! Hein, sieur Hugo ? Ce qu'on a bu !

On ressert ici aussi du vin. Ce n'est pas l'idée que Flora se faisait des batailles.

— Ce soir-là, on a tous dormi bien au chaud chez

l'habitant, et pas forcément tout seul ! dit Laïr, naïvement joyeux. Et sieur Hugo chez le plus prospère des paysans du village, qui avait une fille… Vous l'auriez vue ! Une pomme fraîche tombée de l'arbre, qu'on a envie de croquer tout de suite ! D'ailleurs, la pomme, vous l'avez croquée, hein, cette nuit-là, sieur Hugo ? lance Laïr, enhardi par le vin.

Hugo lui adresse un regard noir à faire dessoûler le plus ivre des hommes.

— Oh ! pardon, sieur Hugo, je ne voulais pas être indiscret, excusez, c'est le vin…

— Haha ! ! !

Le groupe rit devant la mine déconfite de Laïr, le plus vaillant sur le front, mais qui s'est dégonflé d'un coup. Puis il reprend des couleurs, et les conversations vont à nouveau bon train. On passe à autre chose.

Flora baisse les yeux. Son cœur se serre et commence à taper dans sa poitrine comme jamais, à rythme soutenu. Un tambour de guerre. Elle n'entend plus que cela, et les sangs qui lui tapent de colère dans les tempes. Elle regarde le verre qu'elle a dans ses mains et le vide d'un trait sous le regard ahuri d'Hugo. Ce dernier, tout fin stratège et combattant qu'il est, sent que la situation va déraper et lui échapper.

On commence à jouer de la musique et à chanter. Les hommes sont à point, et les femmes se joignent à la fête. La nuit est tombée. Ça danse et ça chante au coin du feu et à la lumière des torches.

Flora a redemandé du vin. Elle boit. C'est bon pour le cœur, à ce qu'il paraît.

Les anecdotes de combats continuent tard dans la nuit. Mais Flora reste bloquée sur celle de l'hébergement des troupes à Marmoutier. Hugo ne la lâche plus des yeux, à présent. Elle ne le regarde plus. Elle se détache et part loin, le vin aidant. Elle accompagne de bon entrain les hommes qui chantent des chansons paillardes à pleine voix. Après tout, ils la prennent pour un des leurs.

« Buvons la vigne,
La voilà la jolie vigne,
La voilà la jolie vigne au vin,
La voilà la jolie vigne. »

Une farandole se forme dans la cour du château. La fête devient folle et joyeuse. Elle sent toujours le regard d'Hugo sur elle. Mais elle se perçoit surtout comme invincible. Dans cette foule, il ne peut pas l'approcher. Il ne peut pas la toucher. Elle est un homme aux yeux de tous. Et lui, le futur comte. Il y a ce qui est correct et ce qui ne l'est pas. Leur identité véritable n'est pas le masque de façade qu'ils portent. Il ne peut qu'observer et attendre. Pris à son propre jeu.

Pour elle, c'est la vengeance de tout ce qu'elle a attendu de lui pendant tout ce temps. Tout ce qui n'est jamais venu. Tout ce qui ne viendra jamais. Tout ce qu'elle a rêvé en vain. Tout cet espoir que quelques paroles maladroites ont réduit à néant. Il lui semble qu'elle n'a plus rien à perdre.

Elle se lève soudain. Hugo la sent hors de contrôle. Elle se mêle à la farandole et part en sautillant au rythme de la musique, en chantant à tue-tête.

« Il était une femme qui s'appelait Suzon,
Et qui aimait rire avec les garçons. »

Hugo sent la colère monter en lui, la détresse aussi. Il cherche la meilleure attitude à adopter sans trop attirer l'attention.

Quand la farandole repasse près de lui, il ne la voit plus. Il se lève pour s'approcher, bien déterminé à la retrouver. La panique se saisit de lui. Dans la pénombre, ses yeux ont du mal à distinguer les visages et les corps qui dansent comme les flammes du feu. Elle réapparaît au second tour, la chevelure lâchée et débridée. Il devine ses seins sautillant avec impertinence et provocation sous sa chemise d'homme.

Il la saisit au passage par le bras et l'entraîne à l'écart de la foule.

— Lâchez-moi, vous me faites mal !

— À quoi jouez-vous !

— À rien ! Lâchez-moi !

Elle lui adresse un regard foudroyant de ses yeux verts qui lui ont tant manqué, et dont il n'a oublié aucune des nuances.

« Il était deux amants
Qui s'aimaient tendrement
Qui voulaient voyager
Mais ne savaient comment. »

Elle se dégage de son emprise et veut reprendre sa course folle, mais il la rattrape une nouvelle fois, la saisit plus fermement. Il essaye de la raisonner.

— On risque de vous reconnaître, arrêtez !

— Foutaise ! Tout le monde est ivre ! Tout le monde s'en moque, et vous aussi !

— Ne jouez pas avec moi, Flora, vous savez que ce n'est pas vrai.

Ses yeux bleus se sont assombris. Elle aime cette intensité dans son regard. Elle se sent vivante, tellement vivante. Quelque chose se réveille.

— Je ne joue pas ! Lâchez-moi !

— Non, je risque gros, si l'on vous découvre.

— Bien sûr que non ! Nous dirons que je me suis échappée, et tout sera ma faute. De toute façon, c'est toujours la faute des paysannes, jamais celle des seigneurs. Vous le savez bien. Les paysannes sont des coupables emprisonnées et les seigneurs des hommes libres. C'est un conte que vous connaissez, celui-là, hein ?

Elle est ivre, ses paroles dépassent sa pensée.

— Ce n'est pas un jeu, arrêtez ça tout de suite, vous le regretteriez.

— Mais qui joue avec qui ? Qui ? C'est plutôt vous qui aimez jouer. C'est bien connu, ça… On accuse les autres de ses propres pensées. Vous, vous jouez ! Particulièrement avec les femmes, vous aimez ça, à ce que j'ai entendu ! s'indigne Flora.

« Joue avec moi, tu joues avec moi.
Oh ! Que je te déteste et que j'aime ça. »

— Hey beauté ! Viens danser avec moi ! l'interpelle un jeune homme qui passe à ce moment-là dans la farandole folle.

Elle s'apprête à y aller, le regard plein de défiance.

— Non ! gronde Hugo. Elle ne viendra pas danser.

Il lui rattrape le bras encore une fois.

— Oh pardon, sieur, excusez, désolé, j'vous avais pas reconnu, sieur ! crie le gars en s'éloignant, soûl et dodelinant de la tête.

Demain, il ne se souviendra de rien.

Hugo entraîne Flora plus loin encore, à l'écart de la foule. Ils sont à présent dans une semi-pénombre, contre le mur d'enceinte. Là où personne ne pourra les voir et les interrompre.

— Vous allez rentrer et arrêter immédiatement ! dit-il en lui serrant fortement les poignets.

— Vous me faites mal, lâchez-moi ! proteste Flora sans le regarder.

Il la saisit alors par la taille.

— N'oubliez pas que vous êtes encore ma prisonnière ! Vous devez obéir !

Il ne voulait pas jouer sur ce terrain-là, mais elle l'y oblige. Il ne sait plus comment la raisonner. Et, surtout, il ne sait plus comment l'aborder, après tout ce temps passé. Il ne sait rien de ce qu'elle a vécu en son absence.

— Comment voulez-vous que je l'oublie ? Ces murailles me le rappellent chaque jour.

— Alors rentrez chez vous, c'est un ordre !

— Non !

— Vous êtes en colère.

— Bien sûr que je suis en colère, vous avez tout fait pour m'exaspérer !

— Il ne s'est rien passé avec cette paysanne, Flora.

Il en vient enfin au fait.

— Cela ne me regarde pas.

— Il ne s'est rien passé, ni avec elle ni avec une autre, répète-t-il en la regardant droit dans les yeux.

« Et il lui disait ce qu'il voulait,
Et elle était libre, et elle y croyait. »

— Vous faites ce que vous voulez ! De toute façon, cela m'est égal !

— Si vous le dites…

— Je ne pourrai jamais savoir la vérité, alors…

— Il ne vous est jamais venu à l'esprit que j'avais besoin de savoir ? demande Hugo.

— Savoir ? Savoir quoi ?

Elle redresse la tête. Le regard toujours méfiant et alerte, suspendue à ses lèvres et en proie à l'incompréhension, elle attend ses explications.

— Savoir si, tout ce qui vous intéresse, c'est mon titre et mon statut.

Flora reste silencieuse un moment. Elle se décrispe. Lui seul a la capacité de désamorcer cette fureur, quand elle monte en elle.

Il la lâche. Elle se détourne. Elle s'apprête à retrouver la foule à pas lents. Elle commence à s'éloigner.

— Ma parole donnée, dit-il pour la ramener.

Elle s'arrête, sans se retourner. Elle fixe toujours la foule, au loin.

— Ma parole donnée, sur un lit de feuilles d'automne.

Il n'a donc pas oublié. Elle fait volte-face. Ils se regardent. Une seconde d'éternité. Enfin. Celle qu'il fallait. Celle qui remet les choses en perspective. Elle court vers lui pour se jeter avec fougue dans ses bras. Sous l'effet de l'alcool, tout semble aller plus vite. Leurs mains se caressent avec urgence. Ils ont ce besoin impérieux de se redécouvrir. Leurs bouches s'embrassent avec une faim pressante. Ils s'étreignent avec nécessité.

« En revenant du camp d'Châlons
Brindezingue, la faridondon !
J'ai rencontré Marie-Suzon
Tortille, broquille
Marchande de guenilles. »

Des baisers et des caresses impérieuses, qu'ils ont gardés si longtemps, dans l'attente de pouvoir se les donner un jour. Sans se détacher l'un de l'autre, longeant les murs pour ne pas être découverts, ils se dirigent vers l'écurie. Flora se surprend de tant d'initiative. Dans une danse sensuelle, se frottant et se retournant contre chaque obstacle rencontré, ils arrivent devant la porte du logis. Flora déverrouille le loquet. Ils entrent.

À peine passé le seuil, Hugo la saisit par la taille et lui enlève sa tunique. Il n'a qu'une idée en tête, reprendre là où ils s'étaient quittés. Il lui embrasse les seins. Ses mains larges et épaisses caressent sa taille fine et délicate. Il la serre un peu plus fort contre lui, sa tête plongeant dans la chevelure de feu. Elle bascule la tête en arrière. La pièce tourne autour d'elle. Elle tremble de plaisir. Il la saisit et la porte jusqu'à la table, dans le coin de la pièce. Il l'assoit devant lui, lui baise la nuque. Il lui ébouriffe les cheveux et descend le long de ses flancs. Ce petit meuble est à la bonne hauteur. Son coude heurte un objet. Il tourne la tête et aperçoit des feuilles manuscrites, du papier, ainsi qu'un encrier et une plume. Il s'écarte.

Elle le ramène à lui en lui embrassant le cou.

— Ce n'est rien. Ce n'est rien.

Elle redouble de baisers. Il ne bouge pas.

— Je reconnais cette écriture, c'est celle de Josserand, qu'est-ce que ça fait ici ?

— Je t'expliquerai plus tard. Viens.

Hugo recule à nouveau, les bras crispés, le visage soudain fermé.

Faut-il qu'il la torture autant, alors qu'elle n'a rêvé que de lui et de son corps en son absence ?

— Non. Maintenant, dit-il en se tenant face à elle, les poings serrés, le regard franc, droit dans ses chausses.

— Il m'a prêté tout cela. Il m'a enseigné ce qu'il savait. Voilà, c'est tout. C'était l'hiver, il n'y avait rien à faire, alors j'ai étudié.

Elle lui prend la tête entre ses mains délicates. Ce geste le radoucit. Elle lui baise le front, puis le visage, approche sa bouche de son oreille, et lui murmure :

— Une parole donnée, sur un lit de foin…

Il plonge le nez dans sa nuque, et un frisson le parcourt. Il empoigne à pleines mains la tignasse de feu, toujours pleine de surprises étonnantes, enivrantes, excitantes, et lui donne un long baiser, avant de se reculer à nouveau. Il colle le bassin au sien. Elle sent son désir pour elle. Elle caresse son torse musclé et puissant, puis lui retire sa tunique pour faire courir ses mains sur lui. Comme elle l'imaginait, il est encore un peu blessé et éraflé. Elle peut enfin panser ses plaies de ses baisers.

Il lui enlève sa chemise et retrouve ses seins. Enfin. Il les empoigne à pleines mains et la culbute sur la table. Elle est allongée sur le dos. Il lui retire son pantalon. Elle est à présent complément nue. Une femme. Sa main gauche la caresse entre les cuisses, et il entame un nouveau chapitre de leur histoire. De l'autre main, il saisit la plume et lui en caresse les seins. Elle gémit à son contact délicat. Une sensation nouvelle. Il repose la plume, et trempe l'index dans l'encrier. De son téton gauche, qu'il pince, il trace une ligne droite vers son bassin. Il fait de même avec le téton droit. Elle gémit encore. Il reprend de l'encre et apporte la touche finale en traçant une barre horizontale reliant les deux lignes. Il la veut sienne. Elle est à lui. Il reste à la regarder, nu, plein de désir.

Flora se redresse, les seins rebondissant. Elle regarde le H qu'Hugo a tracé sur elle.

— Très beau, monsieur le comte. Permettez que j'en fasse autant.

Toujours sous l'effet de l'alcool, elle saisit l'encrier.

— À mon tour, à présent, puisque vous voulez jouer à ça !

Hugo est surpris. Josserand lui aurait donc bien appris. Il va pouvoir le constater.

Après avoir tracé deux barres horizontales, elle renverse le contenu de l'encrier sur ses doigts, et elle le caresse à pleines mains du haut du téton gauche jusqu'à la naissance de son sexe. Un endroit sensible qui, une fois touché, fait pousser à Hugo un râle de plaisir. La main de Flora continue alors d'explorer son sexe, à un rythme soutenu, comme les va-et-vient du regard du lecteur sur les lignes d'un récit, lorsqu'il est avide de connaître le dénouement. Elle le presse, un peu plus vite et un peu plus fort.

Ce chapitre est clos. Déjà. Déjà et enfin, car l'attente a été très longue pour lui.

Il reprend force et vigueur pour écrire une nouvelle histoire. Flora n'attend que cela, pouvoir se sentir complète, fusionner avec lui. Hugo la porte jusqu'au lit. Il l'embrasse. Elle l'attend. Il lui caresse les cheveux. Elle lève les mains au-dessus de la tête et gémit dans un abandon total. Il la regarde. Les yeux verts dans les yeux bleus.

— Pas ici, pas comme ça, nous avons tous les deux trop bu. Le moment n'est pas opportun.

Elle s'étonne. Elle ne comprend pas et reste perplexe. Elle voit bien que le corps d'Hugo indique le contraire. Elle cherche à l'attirer à elle.

— Restez au lit demain, les lendemains de vin peuvent être difficiles.

Il pose un baiser sur son front. Et il se rhabille. Contre toute attente, Flora s'endort presque instantanément.

Quand elle ouvre les yeux, elle a le sentiment que sa tête est prise dans un étau. La bouche pâteuse, les yeux collés, elle a du mal à se sentir réveillée. La cour du château est un sacré chantier. La soirée a été bien arrosée. On a chanté et dansé jusqu'au petit matin. On décuve dans tous les coins.

Hugo est attablé avec son père dans la grande salle pour le petit déjeuner. Poulet aux champignons et fromages garnissent la table. Le silence est religieux. Hartmann ne parle pas. Il semble ne pas encore avoir digéré l'absence d'Hugo au souper, la veille au soir.

Les lendemains de bataille sont plutôt calmes, d'ordinaire. La vie va reprendre son cours. Et c'est heureux ainsi. Mais cette victoire laisse un goût d'inachevé. Il semble qu'ils soient dans l'attente du prochain conflit, qu'ils savent inévitable.

On entend des pas dans le corridor. La porte s'ouvre à la volée. Josserand entre au pas de course.

— Il a répondu ! Il a répondu !

— De qui parlez-vous !

— Du sieur de Lichtenberg.

Hugo ne comprend pas.

— Il dit qu'il est prêt à nous rencontrer pour discuter d'une éventuelle alliance contre Volmar de Geroldseck ! Il nous prie de lui dire quand il pourra se mettre en chemin pour venir ici !

— Mais tout de suite, tout de suite ! s'écrie Hartmann de sa voix forte et impérieuse.

Il ne s'attendait pas à une aussi bonne nouvelle ce matin.

— Josserand, envoyez immédiatement une lettre pour lui annoncer que nous l'attendons sous sept jours. C'est juste assez de temps qu'il faut pour préparer la fête ! Et pour eux de venir à nous ! Enfin ! Enfin ! Vous aviez raison, mon ami ! Que nous avons bien fait d'insister !

La nouvelle est d'autant plus heureuse qu'Anton est parti pour un voyage de plusieurs jours le matin même. Il ne sera donc pas là. Josserand en est soulagé. Ils vont pouvoir gérer cette affaire avec toute la latitude qui convient.

Hugo a rarement vu son père autant en joie. Celui-ci le serre dans ses bras en lui tapant dans le dos, un geste pour le moins inhabituel et étonnant. Il semble soulagé par cette nouvelle.

Sans attendre, le château se met en branle pour la venue des Lichtenberg. Tout doit être parfait. Les préparatifs sont colossaux. Avec le retour des troupes, il faut reconstituer les réserves. Les domestiques font feu de tout bois. Hartmann souhaite que ce soit la plus belle des fêtes. Il lance des invitations à ses vassaux. Il pourra d'autant plus asseoir son pouvoir. Il tient à ce que tout le monde sache que le puissant comte de Lichtenberg lui rend visite. Le banquet s'annonce plus prospère que jamais. On a commandé les meilleurs produits du pays. On va mettre les petits plats dans les grands. Du gibier en tout genre afflue au château pour être transformé en pâtés et terrines, rôtis grillés ou braisés. Légumes variés, crus et fermentés. Généreuses miches de pain à volonté. Fromages, dont le munster du pays. Truites fumées et poisson en gelée. Tourtes et tartes à la viande. Fruits des vergers du comté. Douceurs et gâteries. On ne manquera de rien.

Flora participe aux préparatifs. Hartmann tient à ce que le château soit nettoyé et rangé dans ses moindres recoins, y compris les écuries, si le sieur de Lichtenberg vient à les visiter.

Bientôt, tout est prêt. Il ne reste qu'à attendre, une fois de plus.

Attendre. Attendre encore et encore. Le doute au corps. L'espoir au cœur. L'impatience dans les membres. Le moment opportun n'est plus très loin.

Chapitre 18

Comté de Geroldseck, au château

Lutter. S'acharner. Arrêter. Persévérer. Se résigner. Continuer quand même. Une attitude en entraîne parfois une autre. Tout est affaire de choix. Chacun fait comme il le peut, avec ce qu'il est et ce qu'il a.

— Vous êtes un incapable ! tonne Volmar de Geroldseck.

— J'ai fait tout mon possible, monsieur le comte.

— Non, vous avez échoué ! Et vous allez être puni pour cela !

— Mais…

— Comment osez-vous vous présenter encore à moi !

Il est dans une rage folle, comme personne ne l'a jamais vu. Il lui faut un coupable, un responsable. Et cela ne peut pas être lui.

— Misérable que vous êtes ! Tout est votre faute !

Volmar accuse ouvertement Loth.

— Je vous avais prévenu que l'attaque était peut-être un peu prématurée.

— Tu oses insinuer que c'est moi le fautif ?

— Non, ce n'est pas exactement cela, c'est juste que…

— Tu m'exaspères, Loth ! Tu as échoué ! Je t'avais dit qu'il me fallait les meilleurs ! Ils ont tous lâchement péri.

Des gueux ! Des couards qui se sauvent devant l'ennemi ! Voilà avec quoi tu m'as laissé partir sur le front ! Des incapables ! Comme toi ! Des incapables, entraînés par un incapable !

— Je suis désolé.

— Tu es *désolé* ? Et tu penses t'en tirer comme ça ? D'un simple *désolé* quand tu as, toi aussi, bafoué et piétiné le nom des miens, en ajoutant un échec de plus au tableau des Geroldseck ?

— Laissez-moi une autre chance, peut-être que…

— Tes hommes n'ont eu qu'une chance !

— Je pourrais…

— Tu subiras le même sort ! Il n'y a pas de raison ! C'est une question d'équité ! J'y tiens ! Tu as échoué ! Tu iras croupir le reste de ta vie dans un cachot du château, à méditer sur ta médiocrité. Voilà ta place. Tu en as assez fait. Je préfère en finir avec toi. Emmenez-le !

Loth baisse la tête. Résigné, il n'a plus la force de lutter. Quatre hommes l'entourent et le saisissent à contrecœur. Ils obéissent aux ordres. Loth est conduit dans les sous-sols. On referme la porte sur lui. Cette perspective le laisse finalement plus heureux que celle de se battre en vain. Il s'écroule. Il mourra pour l'exemple. Pour avoir été là au mauvais moment.

Volmar de Geroldseck s'est levé. Il réfléchit à d'autres moyens. D'autres stratégies. Il trouvera. Il est prêt à mourir, s'il le faut. Il a dédié sa vie à la restitution de ce qu'il estime être l'honneur des siens. Et il y arrivera, quel que soit le prix à payer et les sacrifices à faire.

Kunégonde de Geroldseck paraît à cet instant. C'est l'heure du déjeuner. Volmar l'a oublié. Dans cet état de rage, il peut ne pas manger, nourri par la seule énergie de sa colère.

— Vous en faites, une tête, mon frère. Ressaisissez-vous, je vous avais bien dit que vos entreprises étaient vaines !

Il serre les dents. Il se doutait que sa sœur ne le raterait pas sur le sujet.

— Un léger contretemps. Rien de plus. Un petit détour. Tout est prévu et calculé.

Kunégonde soupire.

— Vous avez toujours été buté. Et la vie ne vous a encore malheureusement rien enseigné.

— Je ne vois pas ce qu'elle aurait à m'apporter.

— Je me souviens de vous, petit. Je vous revois bâtir un château avec les pierres que vous trouviez autour des remparts. Ayant presque achevé votre ouvrage, vous en avez voulu une plus grosse, pour faire un donjon large et imposant. Vous vous êtes acharné des heures durant, essayant de la soulever de vos petits bras d'enfant, incapable d'envisager d'autres moyens, plus... subtils... Notre père est arrivé. Il vous a suggéré de la faire rouler. Et la pierre a été en place.

— Je ne vois pas ce que cette occupation stupide a à voir avec mes affaires.

— Vous voyez, vous continuez ! Vous êtes borné. Et ça ne s'améliore pas avec l'âge ! Vous prenez tout de front et de manière brutale.

Kunégonde passe son chemin pour gagner la table à manger. Elle ne tient pas à être utilisée, elle espère que ces conseils feront leur ouvrage.

Une stratégie plus subtile... Volmar se met à réfléchir... Plus sournoise, plus indirecte... Il s'habille et sort. Il n'a pas faim. Il tient à régler cela au plus vite. Il persistera, même s'il doit y laisser sa vie. Il prend son cheval et sort du château au grand galop. Comme à son habitude, il le talonne avec acharnement pour aller plus vite encore.

Il se rend dans la forêt, en un endroit tenu secret,

dont lui seul connaît l'existence. Un endroit à l'abri des regards, au croisement de deux chemins. Un homme est là. Il l'attend depuis un moment déjà. Volmar met pied à terre. Anton, soucieux et soumis, s'avance vers lui.

— Je suis venu dès que j'ai appris la nouvelle.

— L'attaque frontale n'était pas une bonne solution, entame Volmar.

— Vous avez un autre plan ? Notre accord tient toujours ?

C'est là tout ce qui lui importe.

— Nous allons envisager une stratégie plus subtile. Ce Hugo de Wangen est décidément très prétentieux, il me tarde de les faire plier, son père et lui, en les humiliant publiquement sur leur propre terre. Nous allons nous montrer plus fins qu'eux. Et c'est là que vous entrez en jeu.

— Je vous écoute. Je suis tout disposé à servir nos ambitions.

— Augmentez la pression sur les paysans de Wangenbourg, prétextez des dépenses importantes, un trou financier à boucher en raison des efforts de guerre, et faites-leur cracher des impôts. En parallèle, je payerai davantage de mercenaires, afin qu'ils pillent leurs campagnes. On n'est jamais aussi faible que sur son propre terrain. Si la révolte vient de ses gens et de l'intérieur, Hartmann de Wangen n'aura d'autre choix que de faire appel à de l'aide extérieure, pour ramener le calme dans son pays.

— Ça paraît possible. Mais pour Lichtenberg ?

— Il faut vous assurer que Jacques de Lichtenberg ne s'allie pas aux Wangen. De mon côté, je montrerai en apparence ma résignation et ma soumission. Je veillerai à garder une attitude irréprochable. Ils n'auront ainsi aucune raison de se méfier de moi.

— Notre accord tient toujours ?

— Bien sûr. Il est simplement différé. Un fâcheux contretemps. Mais rien d'irrémédiable. Nous allons maintenir nos pressions, Hartmann de Wangen finira par céder.

— Je l'espère aussi.

— Ensuite, nous pourrons jouer la carte de la diplomatie.

— À quoi pensez-vous ?

Volmar caresse distraitement le pommeau de son épée, noir comme le blason des Geroldseck.

— À un mariage pour sceller tout cela.

— Vous ne pensez pas… à moi… tout de même ?

— Évidemment que non ! Vous n'êtes d'aucun pouvoir et d'aucun statut !

C'est douloureux de l'entendre aussi nettement. Anton accuse le coup.

— Je pense à Hugo de Wangen, avec ma sœur… Cette chère Kunégonde… Il est temps qu'elle se rende un peu utile !

— Vous savez qu'Hartmann y réfléchira à deux fois, avant de donner son consentement. Il s'agit de son fils unique.

— Oui ! Mais il sera plus soucieux du bien du comté dans sa fragile posture.

— C'est certain.

— C'est là que vous entrerez en jeu, cher ami. Vos pouvoirs de persuasion ne font aucun doute. Je suis sûr que vous avez plus d'un tour dans votre sac, et que vous saurez l'influencer.

— Il est vrai que certaines affaires récentes pourront m'y aider.

— Là ! Vous voyez ! Vous réussirez.

— Est-ce que cette intervention, qui me demandera bien évidemment beaucoup de tact, sera plus conséquemment récompensée ?

— Vous êtes bien gourmand, mon ami, et pourtant si maigre en apparence !

— J'ai la possibilité d'intercéder en votre faveur, mais cela va me demander du temps et certains sacrifices personnels qui méritent rétribution.

— Soit ! Dans ma grande générosité, je te donnerai le double de ce qui était convenu. Si tu réussis !

— Très bien, très bien.

— Mais fais vite ! Il nous faut battre le fer tant qu'il est chaud, et surtout ne pas leur laisser de répit, tu entends ?

— C'est compris. Je m'en vais poursuivre mes actions de ce pas.

— Va ! Et hâte-toi !

Sans un regard de plus, chacun repart de son côté, après s'être assuré de ne pas avoir été suivi.

Chapitre 19

Comté de Lichtenberg, au château

« Cacher n'est pas mentir. » C'est ainsi que les deux frères s'arrangeaient avec leur conscience quand ils faisaient des choses interdites, des choses que leurs parents ne devaient jamais savoir.

Jacques ouvre la lettre. Sur le moment, il ne comprend pas. Il n'a jamais dit au comte de Wangen qu'il viendrait lui rendre visite. Il s'en souviendrait. Il se gratte la tête. À moins que la préparation de ses potions et de ses élixirs ne lui tourne les sens. Ou encore que sa chute récente avec sa machine à voler ne lui ait endommagé le cerveau. Tout de même, c'est un peu fort, d'autres choses lui auraient échappé aussi, dans ce cas… Une vérification s'impose. Il faut qu'il tire cela au clair et il a sa petite idée sur le sujet. Il s'en va chercher son frère.

Après avoir parcouru toutes les pièces du château, il trouve enfin Louis dans la salle du conseil, contiguë à la grande salle, rien moins qu'attablé à la place qui lui est d'ordinaire attribuée, celle du décideur, du chef, du comte en titre.

Louis est surpris de voir Jacques entrer. Il se lève d'un bond. Habituellement, ce dernier ne se promène jamais entre les repas, tout occupé à ses travaux et expériences dans son bureau. Il pressent donc que quelque chose d'important vient de se passer. Il veut se justifier à propos de sa présence ici, mais Jacques ne lui en laisse pas le temps.

— Louis, je viens de recevoir une lettre du comte de Wangen.

Louis grimace. Pour une fois que son frère ouvre une lettre. Ce n'est pas de chance pour lui qu'il s'agisse de celle-ci. Il aurait dû être plus vigilant et l'intercepter.

— Il m'annonce qu'il nous attend et qu'il est ravi que nous ayons accepté de leur rendre visite pour envisager une éventuelle alliance. Soit il est bien prétentieux et prêche le faux pour me faire venir… soit quelqu'un lui a envoyé un courrier à ma place…

— Vous croyez ? Qui peut avoir fait une chose pareille ?

— Louis ?

— …

— Louis, je vous connais comme si vous étiez mon propre frère. Depuis toutes ces années, il y a des attitudes qui ne trompent pas.

— Il le fallait, Jacques.

— Qu'est-ce qui a bien pu vous passer par la tête ?

— Je vous prie de m'excuser.

— Pourquoi avoir répondu sans m'en parler ?

— Parce que vous ne m'avez pas écouté lorsque je vous en ai parlé !

— Si, je vous ai écouté, mais j'avais un avis différent du vôtre. Un avis que vous avez choisi d'outrepasser. Vous m'avez menti.

— Cacher n'est pas mentir.

— Ne me rappelez pas ces enfantillages aujourd'hui ! Vous aviez toute ma confiance. Vous avez falsifié ma signature et parlé en mon nom.

Il est rare de voir Jacques si investi dans les affaires du

comté. Dans un sens cela a du bon, mais Louis aurait préféré que cela ne soit pas pour lui faire des réprimandes.

— La situation l'exigeait, se justifie Louis. Le comté a besoin de règles et de directives claires, nous devions nous positionner.

— Je n'en suis pas sûr. D'ailleurs, regardez ! Il semble que la situation se soit arrangée d'elle-même. Il n'y avait donc pas lieu de s'agiter inutilement. Vous vous inquiétez toujours trop, Louis !

— Pour cette fois, oui, Volmar est en échec. Mais il reviendra ! Il reviendra tant qu'il n'aura pas obtenu ce qu'il souhaite ! Il est prêt à tout.

— Cela reste à vérifier.

— Cela relève de vos fonctions d'aller voir vos voisins et de conclure des alliances. Mieux vaut cela que la guerre ! Vous ne croyez pas ? J'ai fait ça pour votre bien et pour nous mettre en sécurité. C'est une simple lettre, rien de bien méchant, Jacques. Et la décision finale vous appartient, de toute façon.

— Vous m'infantilisez ! Y a-t-il d'autres initiatives que vous avez prises pour mon bien sans que je le sache ?

Jacques a le regard dur. Louis l'a rarement vu aussi en colère. Il est d'habitude d'un tempérament plutôt calme. Son cadet baisse la tête.

— C'est encore moi qui décide, et vous avez passé outre à mon autorité. Je suis compréhensif, vous le savez, mais, là, vous avez dépassé les limites. Je suis l'aîné, ne l'oubliez pas, et c'est à moi que revient l'administration du comté, que ça vous plaise ou nous. Vous n'avez pas à vous substituer à moi.

Louis est pris en faute. Mais la situation lui semble bien injuste sur le fond. Il n'aurait pas dû écrire cette lettre, pourtant, il sait qu'il a œuvré pour le mieux.

Pendant que les frères se querellent, Barbara entre dans la grande salle. Elle ne se lasse pas de se promener en ces lieux. Pour Jacques et Louis, ce château fait partie de leur enfance. Ils en ont exploré les coins et les recoins. Ils ne le regardent presque plus. Pour elle, c'est sa demeure depuis quelque temps seulement. Certes, elle vient d'un milieu paysan, elle n'est que peu habituée à la grandeur, l'espace et le luxueux parquet qui recouvre le sol. Mais il semble que ses yeux vert profond saisissent des choses que personne ne voit. Le château a une âme. Quelque chose de particulier et d'unique, elle en est certaine. Il demeure encore mystérieux à ses yeux. Il lui semble qu'il renferme un trésor caché, un trésor de beauté. Rien de matériel. Elle ressent plutôt une lumière intérieure qui émane de chacune de ses pierres. Des vibrations mystiques. Peut-être le cœur et l'amour qu'ont mis les hommes à le construire et à en façonner les murs. Peut-être la voix des ancêtres bienveillants qui l'ont habité pendant des générations. Des frissons lui parcourent le corps à ces pensées. Elle est toute en sensibilité.

La grande salle, particulièrement, ne la laisse jamais indifférente lorsqu'elle y pénètre. La famille Lichtenberg détient le pouvoir depuis très longtemps. Le blason sang et or au lion rugissant orne presque toutes les pièces du château. Les différents portraits accrochés aux murs, dont celui de son époux, Jacques, dit le barbu à la crinière de feu, témoignent d'un pouvoir rayonnant et solide.

Elle regarde par les fenêtres. Le château est parmi les plus grands de la région, plus de cinquante chevaux y sont logés en permanence. Il dispose également de sa propre chapelle pour les célébrations courantes. Plus d'une centaine de gens sont logés là toute l'année. Elle songe à se retirer, mais elle entend les éclats de voix de Jacques et Louis dans la pièce adjacente. Elle s'approche pour saisir la nature de leur altercation. Elle reste cachée derrière la porte quelques instants. Puis, elle se décide à leur rendre une visite, un peu de douceur et de diplomatie féminine ne leur fera peut-être pas de mal. Même si Louis n'a pas toujours été tendre avec elle – elle sent bien qu'il ne la porte pas dans son cœur –, il a au moins su par le passé se montrer serviable avec elle. Elle frappe et ouvre timidement. Le visage de Jacques s'illumine, celui de Louis se ferme. Louis n'aime guère quand elle s'immisce dans les affaires du comté. Pour lui, c'est une affaire d'hommes, qui se règle en famille de sang, d'autant plus qu'elle se range souvent à l'avis de son époux. C'est une évidence.

— Je venais voir comment va mon cher époux, dit-elle timidement, n'osant pas annoncer le véritable objet de sa venue.

— Tout va bien ! Tout va bien, ma chère épouse ! Sauf quand il se trouve que mon frère, ici présent, falsifie ma signature ! Par conséquent, nous sommes attendus dès que possible au comté de Wangenbourg !

— Mais c'est formidable !

Le visage de Barbara s'illumine à son tour. Louis est surpris : décidément, les femmes lui demeurent un mystère.

— Je viens de vous dire que mon frère a falsifié ma signature, parlé en mon nom, et vous trouvez cela formidable ! Mais c'est un complot ! Que se passe-t-il dans ce château ? Est-ce que les choses tournent encore rond ?

— C'est que j'ai tout de suite songé qu'il serait merveilleux d'y aller, se réjouit Barbara.

— Vous n'y pensez pas ! Nous n'allons pas partir ainsi, à la hâte !

— Et pourquoi pas ? Jacques, c'est une formidable occasion, argumente Barbara.

— Non, c'est hors de question ! Sans compter que ce serait donner raison à mon traître de frère.

— Le mot est un peu fort, Jacques ! proteste Louis.

— Un peu fort ! Un peu fort !

Jacques s'énerve à nouveau.

— Jacques, qu'est-ce qui vous prend ! Voyez comme vous êtes tendu ! Vous d'un naturel si calme… Vous ne croyez pas qu'un voyage vous ferait le plus grand bien ? Changer d'air. Vous avez tellement travaillé, ces derniers temps. Et nous ne sommes pas sortis de l'hiver. Ce serait une merveilleuse occasion de voir du pays.

— Voilà que vous êtes deux contre moi, à présent ! Effectivement, Barbara, j'ai beaucoup de travail, et je ne peux pas m'interrompre comme cela dans mes travaux.

— Dans ce cas, nous irons sans vous ! déclare fermement Barbara, tout en regardant Louis.

Louis est étonné par le ton décidé et l'aplomb de sa belle-sœur, et il ne dément pas. Il est prêt à envisager cette option. Contre toute attente, il ne pensait pas qu'elle puisse lui être d'un tel secours.

— Vous n'oseriez pas, Barbara !

— Si, j'oserais ! Parfaitement ! Vous savez, Jacques, que je suis peu sortie de ma campagne. Ce voyage me réjouirait vraiment. Il me permettrait de voir autre chose, de découvrir un autre monde.

Jacques marque un temps de silence, plongé dans ses pensées. Il envisage toutes les possibilités. Il se caresse la barbe comme à son habitude quand une problématique le tracasse. Il finit par céder.

— Bien, ma foi, puisque mon frère et ma propre femme se liguent contre moi. Je ne peux que me ranger à vos avis.

Barbara jubile, sous l'œil amusé de Louis et de Jacques. Elle a un enthousiasme enfantin.

— En route pour Wangenbourg, alors ! Faites vos malles ! concède Jacques, grand seigneur.

— Merci, Jacques ! Vous êtes un amour !

Elle l'embrasse et adresse un clin d'œil à Louis, qui la salue d'un hochement de tête.

Il s'en tire bien, sur ce coup-là, et grâce à elle. Il se surprend à être attendri par cette femme. Barbara d'Ottenheim. Il ne lui a pas tout dit, à elle non plus, et ne lui dira sans doute jamais tout. Car elle ne lui pardonnerait pas. Cacher n'est pas mentir. Il s'arrange là aussi avec sa conscience. Mieux vaut ne pas tout savoir.

Chapitre 20

Comté de Wangenbourg, au château

Se ranger à l'avis des autres. Il est un curieux balancier dans la vie. Il semble que l'on oscille toujours entre fidélité à soi et fidélité aux autres. Lorsque l'on est tiraillé dans une bataille intérieure déchirante et qu'il faut choisir entre son propre plaisir et faire plaisir aux autres. On peut se sacrifier pour ne pas les peiner et garder leur amour et leur estime, mais c'est un coût parfois trop grand à payer pour soi. En revanche, c'est un bonheur indescriptible, quand ce que l'on veut l'autre le veut aussi. Quand ce dont il a envie on en a envie aussi. C'est un point de rencontre délicieux, reste juste à trouver le moment opportun.

Les Lichtenberg ont fini par arriver au château de Wangenbourg. Après un voyage de plusieurs jours, les invités, tant attendus de tous, ont passé le pont-levis de château. Un autre monde. Le second que Barbara voit de ses yeux. Malgré l'inconfort du trajet sur les chemins cabossés, elle a dévoré la campagne des yeux. C'est bientôt le retour du printemps. Le renouveau. Et ce déplacement a pour elle un air de nouvelle vie et de nouvelles perspectives.

Ils ont été installés dans des appartements confortables, quoique plus modestes que ceux qu'ils ont chez eux. Puis, on les a conduits dans la grande salle, où la fête a débuté le soir même. Un grand bal, organisé en leur honneur, le plus grand jamais organisé ici, à ce que murmurent les domestiques qui sont sur le pont.

Aux couleurs bleu et argent, la grande salle a revêtu ses plus beaux atours. Les convives évoluent avec grâce. Avec la venue de ces hôtes de marque, invités et vassaux se tiennent tout à fait convenablement. On souhaite faire bonne impression et bonne figure.

Hugo est physiquement présent, mais son esprit est ailleurs. Il aimerait que Flora soit là, à ses côtés. Au moins, ils pourraient rire ensemble de toute cette comédie. Après quelques verres de vin, juste assez pour débrider son esprit, il lui vient alors une idée un peu folle. Il s'éclipse de la salle et revient, quelques minutes plus tard, triomphant. Il se frotte les mains. On continue de ripailler en l'honneur des Lichtenberg. Il se joint avec amusement cette fois-ci à la foule, comme si de rien n'était, et commence à discourir et se prendre au jeu des banalités mondaines. La partie promet d'être exaltante.

Flora est assise à son bureau, comme à son habitude, un manuscrit sous les yeux, qu'elle consulte distraitement. Elle a du mal à se concentrer, ce soir. Son esprit vagabonde au-delà des murs. Elle se demande à quoi ressemblent de telles fêtes. De loin, elle entend quelques notes de musique, des éclats de voix et des rires, qui s'échappent des fenêtres pour arriver jusqu'à ses oreilles curieuses. Elle imagine les gens dans leurs beaux vêtements se faisant des courbettes et discutant de choses passionnantes, toutes ces choses que Josserand lui a enseignées. Elle visualise un grand buffet sur lequel on picore les mets les plus délicats. Hugo est là-bas, avec eux. Elle le voit riant, joyeux, comme il l'est avec elle, évoluant de groupe en groupe avec aisance et un sourire irrésistible, face à des dames sans doute très belles qui doivent le dévorer des yeux.

Cette pensée l'attriste et lui remet les pieds sur terre. Elle lui rappelle qui elle est, d'où elle vient et où elle retournera d'ici peu. Si elle a pu se mêler l'autre soir aux soldats de retour de campagne, elle ne peut pas en faire autant ce soir et se présenter, en palefrenier ou en paysanne, au milieu de la fête. Hugo appartient à cet autre monde. Un autre rang. Il est libre. Pas elle. Elle ne doit pas l'oublier. D'ailleurs, personne n'est venu la voir. Elle a nettoyé l'écurie toute la semaine, or les Lichtenberg n'y ont pas mis les pieds. Ce soir, elle se sent bien seule et bien inutile.

Elle songe à se mettre au lit, et se recouvrir la tête d'un oreiller afin de ne plus entendre aucun bruit. La nuit passera peut-être plus vite ainsi. Demain, elle espère, sa peine sera partie. Il lui tarde à présent que cette fête soit finie.

On frappe à la porte. Flora sursaute. Il est tard et la fête bat son plein. Méfiante, elle ne répond pas. Depuis qu'Anton s'est introduit dans sa chambre, elle est plus que jamais sur ses gardes, et cette peur se mêle ce soir à sa tristesse.

— Ouvrez, madame Flora !

Qui est donc cette femme, qui semble connaître sa véritable identité ?

— Ouvrez, c'est Rosalie !

Rosalie ? Quelle Rosalie ?

— Je suis une amie du sieur Hugo !

Flora fronce les sourcils. Cette femme en sait beaucoup sur elle, sur eux. Mais elle reste méfiante. Tout cela est trop risqué. Elle préfère ne pas ouvrir. Qu'on la laisse en paix, qu'on la laisse aller au lit, c'est tout ce qu'elle souhaite.

— Il m'a prévenue que vous risquiez de ne pas ouvrir ! Il m'a dit de vous rappeler que vous lui aviez donné votre parole, sur les feuilles d'automne qu'il fallait ouvrir la porte, madame Flora.

Cette fois, c'en est trop. Flora en est presque blessée dans son intimité et elle se demande qui est cette femme qui en sait tant sur elle. Une pointe de colère la pousse finalement à ouvrir la porte pour en apprendre plus sur sa visiteuse.

Elle ouvre, et c'est une tornade blanche qui pénètre dans sa chambre.

— Enfin ! Allez, allez, plus vite que ça, vous êtes en retard !

Une femme rondelette, d'une énergie débordante, fait irruption dans la pièce. Elle remue dans tous les sens, et se comporte comme si elle était chez elle. Elle pousse les affaires de Flora et installe une toilette sur son bureau sans prendre le temps de lui expliquer quoi que ce soit. Elle marmonne en même temps, elle a la parole aussi agitée que le corps et l'esprit. Flora a du mal à comprendre, elle essaye de la stopper dans son élan afin de saisir, par bribes, l'objet de sa présence.

— En retard, comment ça ?

— Eh bien, oui, pour la fête ! répond Rosalie, tout en manipulant les étoffes.

— Mais je ne suis pas invitée, tempère Flora. Vous faites erreur.

— Ah si, vous l'êtes ! affirme Rosalie. Hugo de Wangen vous attend, il m'a demandé de venir vous chercher et de vous préparer. Allez, déshabillez-vous !

— Mais…

— Arrêtez de poser des questions ! Il m'a prévenue de cela aussi ! Moi, j'obéis aux ordres. Monsieur m'a dit de venir vous préparer, alors je vous prépare. Plus vite que ça ! Je n'ai pas que ça à faire, moi ! Après, il faut que je retourne en cuisine. Faut voir tout ce que les invités engloutissent, ce soir ! J'avais pourtant préparé…

Et Rosalie repart dans un monologue sur les préparatifs de la fête, qui lui ont beaucoup coûté. En même temps qu'elle déshabille Flora et la frictionne de la tête aux pieds à l'eau froide, elle lui explique comment elle a apprêté une cinquantaine de canards pour le banquet. Elle lui passe un collant et une tunique d'un blanc immaculé sur sa peau lisse. Puis elle l'habille d'une robe rouge. Les manches sont évasées et donnent de l'amplitude à sa silhouette. Elle ajuste la taille. Flora est magnifique. Même Rosalie stoppe un moment son agitation pour la regarder. Elle marque un temps de silence, un exploit pour cette petite bonne femme.

— C'est que cette couleur fait ressortir vos yeux ! Vous êtes rudement belle, dites-moi ! Une comtesse qu'on dirait ! Vous m'direz c'est le but, j'crois bien !

Ce sont des étoffes délicates, des étoffes précieuses, un toucher nouveau et des sensations agréables. Flora n'a jamais porté de tels vêtements. Elle est pleine d'incertitudes et d'hésitations. Elle a le sentiment de ne pas mériter que l'on s'occupe d'elle ainsi. Elle a peur de se prendre pour ce qu'elle n'est pas et, qu'aux yeux de tous la vérité n'en soit plus que criante. Sa chevelure donne du fil à retordre à Rosalie : il faut cacher toute sa crinière sous la guimpe, qui est de circonstance et à la mode du moment. Une chance pour masquer sa véritable identité. Sa chevelure atypique pourrait raviver les souvenirs d'Hartmann, il est préférable d'éviter ça. Quand Rosalie finit par faire entrer la dernière mèche rebelle sous la coiffe, elle pousse un « ouf » de soulagement. Elle s'agite encore un moment autour de Flora pour ajuster les derniers détails, et lui donne presque le tournis. Puis elle stoppe soudain et se dirige vers la porte, toujours aussi décidée et énergique.

— Allez, venez ! Madame Flora !

— Hugo, enfin, je veux dire sieur Hugo ne vient pas me chercher ?

— Non ! C'est qu'il y est déjà, à la fête, lui ! Il m'a dit de vous guider pour le rejoindre. Venez, vous allez passer par l'entrée des grands, comme une comtesse. Vous ferez comme si vous veniez d'arriver.

— Comtesse...

Flora murmure ce mot, elle n'en mesure que trop la portée. Elle voudrait prendre le temps de la réflexion, elle n'est pas sûre de pouvoir faire cela, mais la tornade Rosalie l'entraîne déjà dehors puis vers l'entrée de la grande salle, en la tenant fermement par le bras. Elle gravit les escaliers à toute vitesse. C'est peut-être mieux ainsi, car elle n'a pas le temps de se poser de questions.

Elle arrive devant la double porte. La dernière fois qu'elle est entrée ici, elle était escortée par quatre gardes et a été traînée comme une criminelle. Elle a donc quelques appréhensions. Elle ne sait pas ce qui l'attend. Elle voudrait faire demi-tour. On pourrait remarquer son imposture. Elle appréhende surtout de voir Hartmann. C'est bien Hugo qui lui avait dit l'autre soir de ne pas jouer avec ça. À quoi joue-t-il, ce soir ? À quoi joue-t-il avec elle ? Elle se ravise. Mieux vaut faire demi-tour. Elle prétextera un mal de tête. Elle s'excusera plus tard auprès de lui. Il y aura d'autres occasions, après tout.

— Il faut entrer, madame !

Décidément, Rosalie est toujours derrière elle. Elle ne lui laisse aucun répit et ne cesse de la pousser au train. Elle ne la lâchera pas.

— Non, je ne me sens pas très bien, Rosalie, je crois que je vais rentrer.

— Ah oui ! Sieur Hugo m'a prévenue aussi que vous me feriez peut être ce coup-là !

Décidément, Hugo a tout anticipé. Il lit si bien en elle !

— Allez, et tâchez de sourire et de vous réjouir, c'est heureux ! Vous avez l'air d'un poireau défraîchi, là !

Avant que Flora ait le temps de répondre et de changer d'avis, Rosalie baisse la clenche, et la double porte s'ouvre. C'est trop tard. Elle ne peut plus reculer. Elle est vue.

Elle est comtesse malgré elle.

La silhouette de Flora se dessine, rouge vif sous l'arcade. Elle n'a pas encore fait un pas que déjà les convives ont cessé leurs conversations pour la regarder. Au silence qui s'installe peu à peu, Hugo sait qu'elle est là. Il se réjouit. Il sourit. Son plan a fonctionné. Il s'avance au milieu de la foule fascinée. Il l'aperçoit. Elle est superbe, avec sa coiffe blanche dont les pans fins glissent sur ses épaules un peu nues. La robe rouge au décolleté avantageux met merveilleusement en valeur ses formes. Ses yeux vert émeraude finissent de l'habiller. Elle est parfaite. Elle possède une noblesse naturelle. Il l'a toujours vu en elle.

Quand elle l'aperçoit, elle lui sourit à son tour, non sans appréhension, mais c'est en comtesse qu'elle s'avance vers lui. Josserand a tout de suite saisi la supercherie. Sa main se porte à sa bouche pour retenir un cri. Hugo est allé trop loin cette fois-ci, il le craint. Ces jeunes auront sa peau. Mais ils s'avancent déjà l'un vers l'autre et semblent seuls au monde, seuls dans leur monde. Hugo s'incline devant elle et lui baise la main. Ils se regardent. Une seconde d'éternité. Les convives semblent attendre qu'il la présente. Il se tourne alors vers l'assemblée et annonce :

— La comtesse d'Hanau !

Un « Ah » sonore parcourt l'assemblée et les conversations reprennent à petits chuchotements sur la venue tardive de cette inconnue.

Hartmann s'avance vers eux.

— Eh bien, mon fils, tu es un petit cachottier, dis-moi ! Madame, veuillez m'excuser, loin de moi l'idée de vous offenser, mais sachez qu'il a tenu votre venue secrète jusqu'à maintenant.

— C'est que je suis arrivée à l'improviste, répond Flora en regardant Hugo.

— Vraiment ? s'étonne Hartmann.

— Oui, j'avais depuis fort longtemps proposé à la comtesse de passer me rendre visite, et il se trouve que, justement, elle n'était pas loin, explique Hugo.

Hartmann trouve la coïncidence un peu forte mais, pour l'heure, il doit s'occuper de tous ses hôtes.

— Vous devez être affamée, venez vous restaurer, se dépêche de dire Hugo pour détourner la conversation.

Puis il regarde son père pour lui demander l'autorisation de s'éloigner avec Flora.

Hartmann est surpris du comportement de son fils. La présence d'une femme le rendrait-elle raisonnable et le ferait-elle devenir enfin un homme ?

— Effectivement, je meurs de faim, confirme Flora avec un petit sourire gêné.

— Allez, allez et soyez la bienvenue en mon château, comtesse, dit poliment Hartmann en s'inclinant avec un sourire.

Elle y est. Elle est dans la grande salle, et tout est à peu près comme elle se l'était imaginé.

Pendant qu'Hugo la mène près des victuailles, Hartmann a d'autres choses à penser. Il tente d'aborder avec Jacques de Lichtenberg des affaires plus sérieuses.

— Alors, monsieur le comte, la soirée est-elle bonne ?

— Très bonne, cher ami, je dirais même trop bonne. Nous sommes très bien reçus, répond Jacques en regardant Barbara avec un plein gobelet de vin à la main.

— Avez-vous réfléchi à ma proposition ?

— Laquelle ? demande Jacques distraitement.

Hartmann met cette réponse sur le compte de la boisson et du bruit, et renouvelle plus explicitement sa demande.

— Celle d'unir nos forces contre Volmar de Geroldseck, évidemment !

— Ah ! Cette affaire-là ! Allons, mon ami ! Il est tard, nous en parlerons demain ! Profitons de cette belle soirée que vous avez organisée.

Et il s'éloigne avec son épouse, lui filant entre les doigts comme une carpe. Hartmann reste sur sa faim. Il aurait aimé régler cela ce soir, afin de pouvoir dormir tranquille. Mais Jacques n'a aucune envie de se tracasser avec tout cela. Il est venu davantage pour faire plaisir à son épouse et à son frère.

Musiques et tambours réjouissent les convives toute la soirée. Flora savoure ce spectacle qu'elle voit pour la première fois. C'est les yeux écarquillés qu'elle s'extasie devant chacun des artistes. Elle est très bon public. Hugo la trouve plus que touchante. Elle admire la créativité des trouvères qui interprètent avec brio les chansons de geste, et l'agilité des musiciens qui jouent du tambourin.

On entame aussi quelques danses. Flora et Hugo ne se quittent pas de la soirée. Où qu'ils soient, ils sont bien ensemble. Un peu avec les autres et dans leur monde à eux. Que ce soit parmi le peuple ou les nobles, leur complicité est sans faille.

Soûls et repus, les convives s'en vont, un à un, et viennent les saluer. Jacques et Barbara sont parmi les derniers à partir. Barbara ne peut s'empêcher de leur jeter un dernier regard. Le vin lui tourne la tête. En sortant, elle interpelle Jacques à leur sujet :

— Ils sont beaux, ils ont l'âge qu'auraient eu nos enfants.

— Je sais, dit Jacques froidement.

Il n'aime guère que son épouse le rappelle trop souvent à ce douloureux souvenir.

— Jacques, vous avez vu la jeune femme avec Hugo de Wangen ?

— Oui, tout le monde l'a vue, il me semble. Il est vrai que sa beauté est rayonnante.

— Elle a les yeux verts, comme moi. Quand on s'est regardées, j'ai cru que…

— Des tas de jeunes filles ont les yeux verts, Barbara ! Simple coïncidence. La comtesse d'Hanau, je n'en doute pas, a bien un père et une mère. Cessez de vous faire du mal avec ça, n'y pensez plus.

Jacques a coupé court. Ce n'est pas la première fois que Barbara a ce genre de réaction. Elle voit sa fille ou son fils dans beaucoup de jeunes gens qu'elle rencontre. Et c'est à lui, encore une fois, de la ramener à la réalité. Pour faire diversion ce soir, il a sa petite idée.

— Profitons plutôt de ce moment pour nous réjouir. Regardez la chambre magnifique que le comte a mise à notre disposition. Elle me donne bien des idées…

Jacques lui baise le cou tendrement. Il se fait de plus en plus insistant, grisé par le vin. Barbara reste quelques instants perdue dans ses pensées, puis se laisse emporter.

Hugo et Flora se sont, eux aussi, éclipsés de la soirée. Flora le remercie pour ce moment passé au château. Elle s'apprête à retourner à l'écurie. Il lui retient le bras.

— Comtesse, suivez-moi. Je veux vous montrer quelque chose, lui dit-il d'un ton solennel.

Flora le suit, amusée. Il joue, cela ne fait aucun doute. Hugo ouvre une porte. Il la fait entrer en prenant soin de vérifier que personne ne les a vus. La musique passe en sourdine quand il referme derrière eux. Ici, ils sont en sécurité, ils peuvent redevenir eux-mêmes.

Un feu crépite dans une grande cheminée de pierre. On a allumé des bougies aux quatre coins de l'espace. Un lit trône au milieu de la pièce, face aux vitraux des fenêtres. C'est un grand lit à baldaquin, comme Flora n'en a jamais vu, un lit aux couleurs bleu et argent. L'aigle y déploie ses ailes. Flora est dans les appartements d'Hugo.

— C'est une chambre digne de vous, vous dormirez ici ce soir, comtesse. Et, si vous le voulez bien, je me joindrai à vous.

Flora rougit et baisse la tête. Hugo s'incline un peu plus encore. Elle s'amuse de tant de convenances, après tout ce qu'ils ont déjà vécu.

— Le rouge vous va si bien, dit-il encore en lui faisant son plus beau sourire.

Flora est conquise. Elle ne pense qu'à l'instant présent. Il lui saisit le menton entre ses doigts et pose un baiser sur ses lèvres. Elle l'arrête. Il se demande si c'est le signe d'un refus de sa part. Il ne sait s'il doit rester ou partir.

Flora voit une ombre passer dans ses yeux. Il souhaite plus qu'ardemment que leurs envies et leurs désirs s'accordent, ce soir. Pour lui, le moment est opportun. Il ne reste plus qu'à savoir si elle accepte.

Flora se dirige vers le lit et se place devant le feu. Elle commence à délacer sa robe. Elle se déshabille jusqu'à être complètement nue devant les flammes. Il aime sa folie. Il l'aime imprévisible et audacieuse. Le regard d'Hugo s'allume, aussi ardent que les braises. Elle est plus que provocante.

— Vous êtes encore plus belle ainsi. Ça ne fait aucun doute.

Il attend toujours le geste ou le regard qui lui donnera

l'autorisation de s'approcher d'elle. L'attente lui est à la fois délicieuse et insoutenable.

Elle retire sa guimpe et libère ses boucles, qui tombent en cascade sur ses épaules jusqu'à sa chute de reins. Une crinière de feu.

— Le moment vous semble-t-il le bon, cette fois-ci, monsieur le comte ?

— Oui, il l'est.

Elle relève la tête et le regarde avec intensité. Ses yeux semblent illuminer la pièce. Il en est comme ébloui. Il s'approche d'elle. À mesure qu'il avance, il sent leurs envies s'accorder. Il s'arrête tout près d'elle. Il se met à embrasser ce corps de feu, sans la toucher de ses mains. Il fait jouer ses lèvres sur ses formes. Flora savoure ce moment. Flora ne pensait pas que la vie pouvait jouer ces notes-là et encore moins que ce morceau puisse lui plaire. L'envie est d'une imprévisible harmonie. Ici. Là. Au coin du feu, dans la chambre d'un futur comte. Eux dont l'étreinte a commencé dans les bas-fonds de ce château. Elle fait danser son bassin sous ses baisers et ses caresses. Il se tient à genoux devant elle. Et elle danse comme elle n'a jamais dansé, sur une musique nouvelle, qui l'emporte vers un monde inconnu. Confiante, elle tournoie vers cette nouvelle dimension d'elle-même. La tête lui tourne, elle s'arrête. Hugo se cale sur son rythme. Le temps d'une suspension, le temps de tendre l'oreille pour s'assurer que leurs envies s'accordent bien, et les voilà repartis dans un tourbillon enivrant. Elle l'invite à se lever. Elle le déshabille à son tour. Elle enlève la cape, la ceinture, la tunique, les tours et les atours. Il se tient bientôt nu face à elle. Un homme.

Il la porte et l'allonge sur son lit, ce lit dans lequel il a tant rêvé d'elle. Il plonge les yeux dans les siens. Le bleu et le vert, dans un accord parfait qui résonne dans la pièce comme le début d'une longue mélodie. Une seconde d'éternité, avant l'ultime moment où, enfin, ils ne feront plus qu'un. En la regardant droit dans les yeux, il frotte son sexe contre le sien. Elle bascule la nuque en arrière. Elle gémit. Il est là. Il est en elle, enfin. Elle l'accueille. Elle le laisse se frayer un chemin au creuset de son intimité. Ils sont à présent liés et reliés.

Hugo se redresse sur ses puissants avant-bras. Il commence à osciller du bassin. Il a tellement pensé à ce moment, qui se révèle meilleur que ce qu'il espérait. Dans la chaleur du feu et de leurs corps, il souhaite l'honorer toute la nuit. À chaque coup de reins, il écarte un peu plus les parois étroites de son intimité, pour aller de plus en plus loin. Elle saisit ses fesses fermes entre ses mains. Il la bascule soudain au-dessus de lui. Elle est assise sur son membre. Elle contracte le ventre pour mieux le sentir. Il la soulève et elle l'accompagne. Il voit son visage éclairé par les flammes, ses seins qui ondulent devant ses yeux. Il les saisit des deux mains, il grogne de plaisir. Il accélère la cadence, elle gémit plus fort. Puis il enserre son bassin, se fait plus rustre et plus rugueux, plus dur aussi. Le rythme s'accélère, atteint une cadence effrénée. Alors ils s'offrent l'un à l'autre, du plus profond de leur être, dans une jouissance inouïe.

Elle allonge son corps souple et léger sur son torse large et vigoureux, en caresse les poils. Il lui semble faire crisser des étoiles filantes. Il pose la main sur sa tête, c'est un monde précieux qu'il tient là. Elle lui embrasse la joue, et se frotte contre sa barbe virile.

Un moment après, elle se lève. Il se redresse pour la regarder. Il espère qu'elle restera avec lui.

Elle va se saisir de la cruche d'eau sur le guéridon, devant la fenêtre. Elle boit à pleines gorgées, puis se lèche les lèvres. La vue de son corps suffit à rallumer le désir d'Hugo. Il se redresse en même temps que son sexe, droit, pointé vers le ciel de lit. Il quitte le lit à son tour et se dirige vers elle. Il ouvre la fenêtre. Il est lui aussi en quête de fraîcheur, mais aussi d'ardeur.

Confiant, il la retourne et la plaque contre le mur, sans un mot. Les tétons durs et chauds de Flora découvrent la pierre froide et rugueuse. Le contraste est saisissant. Elle est encore humide et prête, et Hugo la pénètre une seconde fois. À chaque coup de reins, ses seins raclent les aspérités de la pierre. Elle joue de ce contact. Elle tente de trouver prise au mur avec les mains. Une brise lui caresse le dos. Fort sur ses hanches puissantes, il la soulève en la tenant par les cuisses. Il semble alors à Flora qu'elle n'est accrochée à lui que par son sexe. Elle s'élève plus haut qu'elle n'a jamais été. Hugo la cambre tant qu'il peut. Il dévore la courbe de ses reins. Il rue dans la chevelure en flammes. Il y a bien plus qu'une fois, cette nuit-là.

Le soleil est déjà haut dans le ciel quand Hugo ouvre les yeux. Ce n'est pas un rêve, cette fois-ci. Flora est allongée près de lui. Il s'étire de plaisir.

Il entend des éclats de voix au bout du couloir. Le château est encore plein d'invités. La journée promet d'être agitée. On ouvre violemment la porte de sa chambre. Il n'a pas le temps de réagir. Il voudrait cacher Flora, encore endormie à ses côtés, confiante et paisible, mais il n'en a pas le temps.

Son père se tient devant lui, suivi d'Anton, l'œil luisant. Celui-ci est revenu dans la nuit et n'a pas perdu son temps. Josserand est resté sur le pas de la porte, par pudeur. Les éclats de voix, c'était lui. Il a fait son possible pour dissuader les deux autres d'entrer et trouver une autre façon de traiter cela.

Hartmann, furieux, voulait voir de ses yeux et c'est à présent avec un air de dédain qu'il regarde son fils. Le tableau est affligeant. Personne ne parle, tant la gêne est grande, et les sentiments se bousculent. On entend dans le couloir une troupe d'hommes qui s'avancent vers la chambre. Hartmann brise le silence.

— Emmenez-la !

Il ne faut pas moins de vingt hommes pour maîtriser Hugo, tandis que l'on arrache de son lit celle avec qui il vient de passer la nuit. Flora se débat en vain. Josserand baisse la tête, il ne veut pas voir cela.

Blessé à de nombreux endroits, Hugo éponge le sang qui coule de son crâne, pendant que son père continue de lui donner des coups sur la tête, tout en l'assommant de ses réprimandes.

— Inconscient ! Fourbe ! Traître ! Fruit de mes entrailles, qui trahit ta propre chair !

— Père, écoutez-moi, calmez-vous.

— Tu avais ma confiance, Hugo ! Tu avais ma confiance depuis ton retour ! Je me bats chaque jour pour garder la prospérité du comté et toi… ? Toi ? Tu ne trouves rien de mieux à faire que de batifoler avec une… une… une…

— Laissez-moi vous expliquer.

— Il n'y a rien à expliquer ! Tu m'as trahi ! Tu m'as humilié, ainsi que tous nos invités, en faisant croire à tous que cette femme était la comtesse d'Hanau ! L'idiot que je suis ! Est-ce que tu te rends compte de la gravité de ton geste ?

— Ils ne le sauront jamais, ils ne s'occupent que de leur petite personne, de toute façon.

— Mais moi je le sais ! Et c'est déjà bien assez !

— Ce n'est pas si grave.

— Pas si grave ? Pas si grave ? La liste de tes fautes est longue et lourde, mon garçon : sortir une prisonnière des cachots sans mon accord, mentir aux gardes en leur disant que j'avais ordonné sa libération, la nommer comme palefrenier, finir par l'introduire au château comme comtesse d'Hanau et la présenter à toute notre assemblée. Puis la mettre dans ton lit pour couronner le tout ! Un final époustouflant ! Et je ne parle même pas de toi, Josserand !

Hartmann adresse un regard noir à son premier conseiller, qui se tient dans le coin de la pièce. Anton jubile. Il se délecte du spectacle et attend son heure de gloire.

Hugo se sent mal. Son père a tout découvert. Rien ne sert de nier. Maintenant, il va falloir panser les plaies et limiter les dégâts.

— Tu as outrepassé mon autorité et mes ordres ! Je te croyais un homme responsable, tu es encore loin du compte ! dit Hartmann.

— Si je n'étais pas intervenu, elle serait morte, tente de se justifier Hugo pour adoucir son père.

— Qu'est-ce que tu en sais ?

— Êtes-vous déjà descendu dans les cachots de votre château pour voir ce qui s'y passe ?

— Je… Mais… Oui… Enfin… Il m'est arrivé d'y descendre, un jour, oui.

— Je ne vous crois pas. Si vous étiez plus proche de vos gens et que vous y étiez descendu, vous sauriez qu'aucun être humain ne peut survivre là-dedans !

— Les gens enfermés là sont de dangereux individus qui méritent leur sort !

— Vraiment ? Une paysanne qui a, par mégarde, laissé échapper ses vaches dans vos vignes est coupable d'un crime tellement grand devant Dieu qu'elle doit périr, selon vous ?

— Je n'ai pas dit cela.

— Non, vous ne l'avez pas dit ! Mais vos actes et vos décisions l'y conduisaient tout droit !

Il se dresse à nouveau devant son père. Il lui fait face. Il a repris des forces et ses esprits.

— Tu aurais dû m'en parler !

— Vous ne m'écoutez jamais ! Vous ne m'avez jamais écouté !

— Je t'écouterai le jour où tu te comporteras comme un homme responsable !

— Je suis un homme responsable, j'ai conduit nos soldats à la victoire.

— Tout ne se résume pas à un seul fait, Hugo ! Il ne suffit pas d'un acte de bravoure pour être un homme brave. Un comte se doit d'être irréprochable sur tous les points. Pas seulement ceux qui l'arrangent ! Tu m'as désobéi ! Et ce n'est pas le père qui te parle aujourd'hui, mais le comte !

— M'avez-vous seulement parlé comme un père à son fils…

Hartmann accuse le coup.

— Un autre serait enfermé pour une telle attitude. Tu me mets dans une position délicate. Tu m'obliges à faire exception, car tu es mon fils.

— Ne vous donnez pas cette peine pour moi.

Josserand baisse également la tête. Il ne sait pas encore le sort que lui réserve Hartmann de Wangen dans toute sa colère.

— Que comptais-tu faire après cette nuit ? Tu as oublié qui elle était ? Qui tu étais ? demande Hartmann, qui se désole à présent de ce gâchis.

Hugo baisse la tête.

— Le comte de Lichtenberg, votre invité, a bien épousé Barbara d'Ottenheim.

— Oui. Et il en paye le prix, ses notables lui tournent le dos pour la plupart. Mais il peut se le permettre, lui. Son comté n'a pas la même assise que le nôtre, Hugo.

Pour notre part, si nos notables nous tournent le dos, nous sommes finis. Et Volmar de Geroldseck en jouera et ne reviendra que plus fort. Tu n'as pas encore compris cela ? Tu ne peux pas nous comparer. Tu veux voir notre lignée être moquée dans l'histoire et s'éteindre après trois générations seulement sous la guerre civile ? Où veux-tu entrer dans l'histoire et porter haut le nom des Wangen ? Je croyais t'avoir inculqué le sens des valeurs, de l'honneur, de la persévérance. Tu as oublié qui tu es ?

— Je ne le sais que trop, répond Hugo, résigné, devant les arguments massue de son père.

— Alors, si tu sais qui tu es, tu sais aussi que côtoyer cette femme est impossible et perdu d'avance. Tu es mon fils, Hugo. Mon fils unique. Il y a des choses que tu ne peux pas te permettre, de par tes futures fonctions, c'est ainsi. Je constate que tu as encore du chemin à faire. Un futur comte doit se contrôler en toutes circonstances.

Hugo baisse la tête. Hartmann l'achève.

— Mieux vaut arrêter tout de suite. Cette situation est une impasse. Dès demain, elle sera renvoyée chez elle et l'affaire sera close. C'est ce qu'il y a de mieux à faire à présent.

Hartmann jette un regard à Anton.

— Anton, vous y veillerez personnellement.

— Bien sûr, monsieur le comte, répond Anton en s'inclinant de façon exagérément soumise.

— Quant à vous, Josserand, vous êtes momentanément relevé de vos fonctions pour avoir failli à mes ordres. Dans ma clémence, je vous laisse encore habiter au château, mais il n'est pas impossible que, selon votre comportement, je décide de vous en bannir. Prenez ça pour une mise à l'épreuve.

Le regard d'Hartmann se pose avec insistance sur

Josserand, qui ne répond pas, et préfère ne pas en rajouter. C'est déjà bien assez pour aujourd'hui.

— Nous allons nous retirer, à présent. Nous devons voir le sieur de Lichtenberg et tenter de trouver un accord avec lui. Cette affaire nous a déjà bien trop distraits de l'important et de notre objectif initial. Si j'apprends que vous désobéissez encore, je me verrai contraint de prendre des mesures radicales. Ne m'y contraignez pas !

Anton et Hartmann sortent, laissant les deux amis face à face. Anton ne peut s'empêcher de jeter un sourire mesquin et victorieux dans le dos d'Hartmann, avant de quitter la pièce.

Hugo s'est assis sur une chaise, la tête entre les mains. Josserand est resté debout, il regarde l'horizon, par-delà les montagnes. Tout passe. Il voudrait déjà être loin et que toute cette histoire soit derrière eux. Nul ne sait ce que l'avenir réserve, mais il faut se reprendre en main : ils sont allés trop loin.

— Je suis désolé, mon ami, tout est ma faute, déplore Hugo.

— Je suis aussi fautif que toi.

— Si je n'étais pas venu, ce jour-là, te demander de la faire sortir des cachots, de m'aider dans ma décision, rien de tout cela ne serait arrivé.

— Ne te tracasse pas avec ça, mon ami. Nous ne pouvons plus rien y changer. C'est fait. J'ai également fait preuve de faiblesse en acceptant de l'instruire pendant ton absence, je ne suis pas meilleur.

— Alors, nous sommes des faibles tous les deux.

Hugo marque un temps de silence.

— Je ne veux pas la laisser repartir, Josserand.

— Nous n'avons pas le choix, Hugo. Elle vient d'un autre monde. Du monde d'en bas. Elle doit y retourner. Tu as entendu les ordres de ton père.

— Mon cœur se serre rien que d'y penser.

— Même la plus grande blessure d'amour guérit. Tout passe. Pense à l'avenir de ton comté.

— N'y a-t-il pas une autre solution ?

— Je crains que, dans ce cas, il n'y en ait aucune. Si ce n'est de tourner la page. C'était une belle aventure, mais elle doit prendre fin. Tu ne peux pas vivre sans tenir compte des opinons d'autrui et du monde dans lequel tu vis. Il y a des enjeux importants. Ton père n'a pas tort. Il te l'a bien rappelé.

— Il me semble que je ne pourrai jamais m'y résigner.

— Il te faudra du temps, mais tu y arriveras, crois-moi. Il nous faut regagner la confiance de ton père, sans cela nous serons perdus tous les deux. Tout rentrera dans l'ordre. Nous ne pouvons vivre en étant sans cesse en opposition.

— Si tu le dis, commente Hugo, résigné.

— Tu le savais. Tu as dû y penser.

— Oui, bien sûr que je le savais, mais c'était plus fort que moi.

— Ah, soupire Josserand, le cœur a ses raisons. Mais tu es un futur comte, tu dois maîtriser cela.

— Tu peux m'apprendre ?

— Je crains que cela ne s'acquière que par l'expérience. L'homme s'élance dans la vie, avec ce qu'il est et ce qu'il a, il ne possède pas toujours tous les outils mais, qu'importe, la vie le forgera.

— C'est douloureux

— Tâche d'en tirer les bonnes leçons. C'est ainsi que l'on apprend à vaincre ses peurs, ses colères, ce que l'on est. Chaque test de la vie est nécessaire pour que tu puisses régner sur toi-même. C'est ainsi que l'on devient un homme, Hugo.

Les paroles raisonnées et raisonnables de son ami ne sont pas celles qu'il veut entendre. Mais il se rend aujourd'hui à l'évidence, il le savait dès le départ. Il n'a pas voulu en tenir compte. Il s'est cru plus fort. À présent, tous ceux qui l'entourent font bloc, il est peut-être plus sage et plus juste, comme le dit Josserand, de se ranger et d'être fidèle aux siens.

Dans son cachot, encore habillée comme une comtesse, Flora fait les cent pas. Les questions l'assaillent. Et plus que d'ignorer quel sort lui sera réservé, c'est surtout celui d'Hugo et de Josserand qui la préoccupe. Elle a peur qu'ils ne payent le prix fort. Eux qui ont tellement fait pour elle, alors qu'elle n'était qu'une inconnue. Elle craint davantage pour leurs vies que pour la sienne. Elle se retrouve à nouveau où elle est arrivée, dans cette cellule. Si la vie la rejette ici, c'est sans doute sa juste place.

La porte s'ouvre, mais la lueur d'espoir s'évanouit bien vite. Flora tressaille en voyant Anton pénétrer dans le cachot. Un sentiment de panique l'envahit. Elle tente de dissimuler son émotion et de paraître assurée. Il la regarde d'abord longuement avec un sourire de contentement.

— Bien, il semblerait que vous ayez retrouvé votre juste place, dit-il avec satisfaction. Comment vous sentez-vous ?

Flora ne répond pas. Une telle prévenance de sa part ne peut que cacher une funeste intention, inutile de réagir.

— Ah, je vois… Il n'y a plus que nous deux, maintenant. Pas de Josserand pour venir vous sauver, cette fois-ci. Il va falloir répondre. Et surtout obéir. J'ai bien compris votre manège. Petite ambitieuse ! Vous avez cru pouvoir charmer le comte pour accéder au pouvoir.

— Je n'ai jamais eu de telles pensées.

— Il ne suffit pas d'écarter les cuisses pour monter en rang. Vous avez cru que vos charmes suffiraient.

— Vous êtes odieux.

— Oui, certains le disent. Toujours est-il qu'aujourd'hui

je suis nommé premier conseiller et intendant. Me voilà récompensé pour avoir été irréprochable et pour tout le travail fourni, dit Anton en bombant son maigre torse.

— Je n'ai rien fait de mal.

— Vous avez tenté d'user de vos attributs pour parvenir à vos fins. Je pourrais prêcher la sorcellerie et vous faire décapiter, en disant que vous avez usé de potions et de pouvoirs, tant le contexte est improbable. C'est tellement absurde, finalement, qu'un comte s'intéresse à vous ! Vous avez tout d'une diablesse.

— Menteur ! s'exclame Flora, qui a du mal à retenir sa colère.

— Fort heureusement, la supercherie a été découverte. Donc, je n'en ferai rien, poursuit Anton en se prenant pour le comte lui-même. Hartmann de Wangen ne laissera jamais son fils épouser une paysanne.

— Vous ne pouvez pas comprendre.

— Pour cela, il faut le sang, et vous ne l'aurez jamais... Mettez-vous bien ça en tête. Vous êtes une vilaine et vous vous en souviendrez dès demain, puisque vous serez renvoyée chez vous, j'y veillerai personnellement. Hartmann m'a demandé de prévenir votre cher voisin pour qu'il vienne vous chercher. Un certain Gérald Weber, que vous feriez bien d'épouser en passant. Soyez consciente de la grâce que vous fait le seigneur. Vous renvoyer au cul de vos vaches est une faveur, après ce que vous avez fait. Tâchez de vous tenir tranquille à l'avenir et de ne pas ébruiter les faits dans votre campagne. Je vous ferais enfermer pour mensonges et blasphème à l'autorité, si tel était le cas.

Flora serre les poings et la mâchoire. Elle n'a pas d'autre choix que de se plier et se résigner.

— Vous êtes le brouillon avant l'œuvre. Il ne pouvait pas se lier à vous. C'est impossible. Le sieur Hugo mérite quelque meilleur parti. D'ailleurs, il s'est rangé à l'avis de son père. C'est un homme raisonnable. Je crois connaître la prétendante idéale pour lui. Son père donnera sa bénédiction pour cette union. N'attendez plus qu'il vienne vous sauver. Vous n'avez qu'à vous soumettre à l'avis général et reprendre votre misérable vie.

Chapitre 21

Comté de Geroldseck,
sur la route qui mène au Lichtenberg

La route du retour vers le Lichtenberg est plutôt maussade. Les occupants sont ballottés par la calèche aux roues de bois qui ne manquent pas de répercuter les moindres bosses et cailloux du chemin. Les aspérités imprévisibles de la vie, qu'il faut encaisser, les unes après les autres. Aucun ne bronche, mais tous subissent, embarqués dans la même galère.

— Je suis bien content de retrouver mon château, dit Jacques avec un soupir de satisfaction.

Barbara est songeuse. Elle ne répond pas. Louis non plus.

— Eh bien, qu'avez-vous, tous les deux ? Vous étiez si impatients et vous vous réjouissiez tant de ce voyage. Ne vous a-t-il pas mis en joie ?

Barbara le regarde d'un air triste et mélancolique.

— Certaines rencontres m'ont troublée, voilà tout.

— Vous en êtes encore là ?

— Oui.

— Je vous ai déjà dit de ne plus y penser, Barbara. Cessez de vous tracasser. Il est plus que temps de faire le deuil.

— Jacques a raison, Barbara, renchérit Louis.

— C'est plus fort que moi.

Elle retourne à sa contemplation, à sa douleur intérieure que personne ne peut comprendre. Être avec sa douleur, c'est être avec eux, ses enfants chéris. Et, pour l'heure, elle préfère leur compagnie à celle des vivants.

— Et vous, Louis ? Qu'avez-vous pensé de notre escapade ?

— Je suis déçu, Jacques. Vous avez éludé toutes les questions importantes. Nous n'étions pas venus simplement pour ripailler.

— Décidément, vous n'êtes jamais content !

— Vous n'avez pris aucune décision.

— Pas véritablement, c'est vrai, mais j'ai dit que nous allions y réfléchir.

— Réfléchir, temporiser, vous ne faites que cela ! Il faut se déterminer, Jacques ! Le comte de Wangen a organisé cette réception en notre honneur. Croyez-vous qu'il nous ait invités juste pour nous soûler au vin ! Nous avons fait tout ce trajet pour rien. Il n'a jamais caché ses intentions. Nous devions sceller une alliance. Nous allons passer pour des profiteurs et des indécis.

— Je ne vois pas l'intérêt de cette alliance, à part nous précipiter dans une guerre et des querelles qui ne nous concernent pas. Regardez par vous-même. Nous traversons en ce moment même les terres de Volmar de Geroldseck, et tout me semble parfaitement en ordre.

— C'est une façade.

— Simple supposition, encore une fois.

— Non, c'est une réflexion stratégique.

— Vous voyez le mal partout.

— Peut-être et, vous, vous ne voyez que votre atelier, votre machine à voler et vos fioles !

Barbara adresse à Jacques un regard lourd. Louis n'a

pas tort. Il lui arrive même de délaisser par moments sa tendre épouse.

— Je vois que les deux êtres qui me sont le plus chers sont encore contre moi.

— Il est quelque chose que je ne m'explique pas, en revanche. Avez-vous remarqué l'attitude du premier conseiller d'Hartmann de Wangen ? Je m'étonne qu'il n'ait pas essayé davantage de vous convaincre. Il est resté sur la réserve durant tout l'entretien.

— Ce n'est peut-être pas son devoir, tout simplement. Il sait rester à sa place, lui…

— Il y a autre chose.

— Et voilà, comme je le disais, vous voyez le mal partout !

— Je vois des choses que vous ne sentez pas, Jacques.

— Eh bien, rendons visite à ce Volmar, et faisons-nous une opinion par nous-mêmes ! Entendons les deux sons de cloche. Il n'y a pas de raison. Le château de Geroldseck n'est qu'à quelques lieues. C'est l'occasion. Après tout, c'est notre vassal, il nous doit bien l'hospitalité.

— Vous n'y pensez pas ?

Louis est sidéré. Son frère peut être si imprévisible. Et, quand il a une idée en tête, il est difficile de l'en débarrasser. Mais, pour une fois qu'il a une initiative au sujet des affaires du comté, il préfère ne pas l'en dissuader.

Voilà donc le convoi qui part cahin-caha en direction du château du Haut-Barr. La montée est tellement raide que tout le monde doit finir à pied. Le véhicule n'arrive pas à avancer sur la route étroite et très empierrée.

Barbara suit ces messieurs à contrecœur. Elle n'a aucune envie de voir cet endroit, après tout ce qu'elle a entendu à son sujet. Dans le pays, des histoires courent au sujet de ce château. La première concerne le fratricide qu'aurait commis un des ancêtres de Geroldseck, en poussant son cadet au fond d'un puits sans eau. La seconde porte également sur un homme qui aurait enfermé son aïeul dans une cage suspendue aux créneaux du château, en lui donnant pour seule nourriture des viandes très salées, sans aucune boisson. Tout cela dans le but de le faire mourir de soif et de rage. Elle en a déjà la chair de poule.

Alors qu'ils approchent du château, elle reste bien près de son mari et s'accroche à son bras.

Quand on annonce les Lichtenberg, Volmar de Geroldseck croit d'abord à une farce. Mais, devant la mine grave de son domestique, il devine qu'il n'en est rien. Pas préparé à une telle visite, il se passe la main dans les cheveux et réajuste sa tenue. Il demande un moment avant qu'on les introduise, afin de reprendre ses esprits. Il s'attend à tout.

— Mes seigneurs, entrez, entrez ! dit-il en s'inclinant, grand prince. Soyez les bienvenus dans ce château. Je suis votre humble vassal, et vous êtes ici chez vous.

— Nous passions à côté et nous avons pensé vous faire une visite inopinée, explique Jacques.

— Vous avez bien fait, vous êtes toujours les bienvenus, c'est une excellente idée.

— Nous avons eu vent de vos récentes incursions sur le territoire des Wangen. Il semblerait que vous ayez lancé une attaque sans nous consulter, mettant ainsi en péril la bonne entente que nous avons avec notre voisin, déclare Louis sans détour.

— Vraiment ? Mais c'est faux ! Qui a colporté de tels propos ?

Le fourbe, se dit Louis, *il va nier jusqu'au bout.*

— Hartmann de Wangen, lui-même. Nous revenons à l'instant même de Wangenbourg.

Volmar fronce les sourcils. Il n'a pas été avisé de cela.

L'information le contrarie, mais ne doit pas le décontenancer. Il tente de gagner du temps pour trouver une parade.

— C'est donc lui qui vous l'a dit ?

— Assurément, confirme Jacques en prenant le relais. Il a organisé une fête magnifique en notre honneur.

— Très heureux pour vous. Mais ces propos sont absolument faux. C'est le seigneur de Wangen qui m'a provoqué, je n'ai fait que me défendre.

— Il affirme le contraire, insiste Louis.

— Pourtant, c'est la vérité. Je n'ai pas jugé bon de vous avertir pour de telles affaires, vous devez sans doute avoir mieux à faire.

— Exactement, dit Jacques, heureux de trouver un allié. Voyez-vous, je suis pour la paix et que chacun reste tranquillement chez soi.

— C'est pourquoi j'ai tenu à rester discret, réplique Volmar d'un air convenu. Il semble en effet que le banquet organisé n'ait été qu'un stratagème de plus pour vous ranger à son avis. Alors que, de mon côté, je n'ai souhaité aucune agitation, ni vous déranger, monsieur le comte.

— Eh bien, voilà ! Vous voyez, Louis, rien ne sert de s'inquiéter, c'est un simple malentendu.

Louis ne répond rien. Son frère est un niais, il en a aujourd'hui la preuve. Il n'a aucune stratégie, aucune finesse. Il ne soupçonne pas les méfaits dont est capable la race humaine.

— Regardez par vous-même, reprend Volmar de Geroldseck. La cour du château du Haut-Barr est on ne peut plus calme.

Louis jette un regard dehors. Volmar dit vrai. Les chevaux sont tous dans l'écurie, en ce milieu de journée. Et aucun homme ne se prépare à combattre. Il doit bien l'admettre. En apparence du moins, il semble avoir renoncé à ses velléités belliqueuses.

— Pardonnez ce malentendu, dit Jacques, très pressé de finir sur un consensus, même bancal.

— Il est tout à fait normal que vous vous préoccupiez du bien-être du comté. Je suis votre obligé, répète Volmar. Soyez assurés que j'œuvre également en ce sens.

Jacques regarde Louis et Barbara. Il est satisfait et prêt à se contenter de cela. Une partie de son esprit est déjà dans l'impatience de retrouver son bureau et ses projets. Quoi qu'il en soit, il a plus que hâte de rentrer chez lui.

— Bien, il me semble qu'il n'est, par conséquent, pas nécessaire de nous attarder plus longtemps. Je vous remercie pour votre accueil. Quant à nous, nous reprenons le chemin de Lichtenberg.

Volmar de Geroldseck les regarde s'éloigner, soulagé. Sa nouvelle stratégie fonctionne à merveille. Il a été plus que clairvoyant et habile dans sa façon de mener ses affaires. Maintenant que les Lichtenberg ont vérifié par eux-mêmes, ils le laisseront d'autant plus tranquille. La voie est libre. Il lui semble que plus rien ne pourra l'entraver. Il ne lui reste plus qu'à semer le trouble par le truchement des mercenaires et à sceller une discrète union pour asseoir ses positions. Le chemin est tracé, et tout se profile pour le mieux.

Chapitre 22

Comté de Wangenbourg,
au château et à la campagne

Le passé, c'est le passé.

Il y a encore quelques mois, elle ne réclamait que cela. Et pourtant, aujourd'hui, Flora peine à sortir du château. Il lui semble qu'une partie d'elle est morte. Elle est comme un animal trop habitué à la captivité et craintif à la perspective de retrouver l'état sauvage et de ne pas parvenir à y survivre. On la pousse dehors. Elle était entrée confiante et sûre d'elle. Elle ressort bouleversée et très déstabilisée. Elle va retrouver la liberté, pourtant. Elle est dans la cour du château. Vêtue de sa robe de paysanne, déchirée, malpropre, qu'on lui a soigneusement gardée et ordonné de repasser. Elle jette encore un regard à cette demeure qui a été la sienne pendant les mois d'hiver. Ce sont les premières lumières de printemps, pourtant tout paraît mort en elle. Elle va retrouver sa mère, mais cette pensée peine à la réjouir. Elle culpabilise de tant d'égoïsme de sa part. Son séjour au château a peut-être fait d'elle une mauvaise personne, après tout. Il lui semble qu'elle n'est plus la même.

Elle balaye ce lieu du regard une dernière fois. Regarder

en arrière est tellement plus beau que de regarder devant ! Elle espère apercevoir Hugo. Elle pose la main sur son cœur et ferme les yeux, comme pour garder ces moments gravés à jamais. Ne pas oublier. Elle se met en marche et repart comme elle est venue. Personne ne l'observe. Anonyme, comme s'il ne s'était rien passé. Josserand, Hugo, Rosalie ont sans doute reçu des ordres. Mais elle avait espéré qu'Hugo, de par sa position, se frayerait au moins un chemin pour l'entrevoir et lui faire un signe d'adieu.

Elle va retrouver sa vie de dehors. Sa vie d'avant. Et curieusement elle en a peur. Comme si sa vie était ici, maintenant. On lui ordonne de partir. Le pont-levis s'abaisse. Elle s'avance. Il lui semble alors que c'est à son tour de s'élancer au combat. Seule. Sans personne pour la soutenir. Elle a très envie de faire demi-tour. Mais elle doit affronter le monde, son monde, avec le sentiment d'y être à présent étrangère.

Dehors, on l'attend. Gérald Weber se tient au pied d'un arbre, en face du pont-levis. Il fait un geste timide de la main. Flora a envie de pleurer. Elle a envie de faire demi-tour et de retourner dans son cachot pour y mourir. La Flora forte et fière lui semble être en petits morceaux, brisée, privée de ses certitudes et de ses valeurs. Elle craint d'être une proie bien trop facile à présent. Et, pourtant, il lui faut avancer, continuer, se reconstruire. Gérald est là, il l'attend. Elle reste immobile.

Il se dirige vers elle. Il tripote son chaperon dans ses mains. Il ne sait pas quoi dire. Il semble bien gêné. Lui aussi a changé, d'habitude si bavard, voilà qu'il garde le silence, intimidé. Il ne saurait décrire ce qui est différent chez elle. C'est une femme qui s'avance et, lui, il se sent comme un petit garçon.

Flora baisse la tête. Elle ne peut rien dire, à personne.

— On t'attend, finit par déclarer Gérald.

Flora le suit sans un mot, résignée.

Ils descendent la colline pour se diriger vers le village. Les arbres ont repris leur couleur verte. C'est le renouveau après l'hiver. Rien n'a trop changé. Il lui semble qu'elle est partie la veille. La place du village est la même, avec sa fontaine centrale en grès rose, qui coule sans interruption, quelle que soit la saison, quel que soit le temps qu'il fait. On discute sur la place. Son absence est passée inaperçue. Elle voit dans les rues des marchands et des camelots. Dans les champs, on commence à s'affairer, c'est la reprise de la saison. Elle va devoir mettre les bouchées doubles pour rattraper le temps perdu. Elle pense déjà à tout le travail qu'elle va devenir fournir. Il va être le temps du labour et des semailles. À la sortie du village, sur le chemin qui mène au hameau, il lui semble remonter le temps, revenir en arrière et sur ses pas. Un sentiment désagréable. Ce monde qu'elle a tant chéri lui paraît presque étranger.

Quand ils arrivent au croisement, Gérald prend le chemin de sa maison, et lui répète :

— Viens, on t'attend.

Flora ne l'écoute pas. Elle veut rentrer chez elle et voir sa mère. Elle se met à courir en direction de sa petite masure. La vue de la maisonnette lui ouvre soudain le cœur. Elle a très envie de serrer sa mère dans ses bras, de prendre soin d'elle, de s'excuser.

Elle ouvre la porte à la volée. À l'intérieur, tout n'est que poussière et toiles d'araignée. Les lieux sont abandonnés depuis un moment. C'est comme un mauvais rêve. Flora explore les coins et les recoins. L'âtre est froid. La couche, à même le sol, est gorgée d'humidité. Les meubles ne vont pas tarder à être grignotés par les insectes. La tristesse l'envahit. Elle est plus abattue encore.

Elle se met à retourner chaque objet, chaque chose,

comme si sa mère pouvait être là, cachée quelque part. C'est dans un état second qu'elle sort, même si elle n'a déjà plus aucun espoir dans le cœur. Elle se rend dans l'étable. Elle ouvre la porte. Au craquement si habituel, elle ne reçoit aucune réponse en retour. L'étable est vide aussi. On n'a même pas pris soin de la nettoyer. De la vieille paille et du vieux foin traînent encore, vestige de la vie qui a été. Plus de filles, plus de chaleur, plus de meuglements. Il semble à Flora que c'est un cauchemar éveillé. Elle qui ne pensait pas pouvoir tomber plus bas qu'elle ne l'était déjà, elle s'est trompée. Elle sombre éveillée, de plus en plus profondément.

Les larmes ne lui montent même pas aux yeux. L'abattement est trop fort. Le choc est trop dur. Elle ne peut pas bouger, s'adosse là, sur place, contre le mur de pierre, pour contempler les vaches qui ne sont plus. Mais, bientôt, même garder les yeux ouverts lui semble trop, elle les ferme et se ferme à la vie. Elle ne sait pas combien de temps elle reste ainsi.

Gérald paraît sur le pas de la porte. Déstabilisé de la voir ainsi, il ne sait comment l'aborder. Il a pourtant été chargé d'une mission. Alors, il lui répète une ultime fois :

— Viens, on t'attend.

C'est dans un état second que Flora reçoit ces mots. Dans son cœur et son corps tout s'est éteint. Qu'importe si on l'attend quelque part, elle n'attend plus rien de cette vie, elle.

— Viens, on t'attend et ta mère aussi.

Elle ouvre les yeux. Elle tourne la tête lentement. Sans trop y croire. Elle lui emboîte le pas : de toute évidence, elle n'a plus rien à perdre.

Ils prennent ensemble le chemin de la maison Weber, ce chemin qu'elle s'était juré, au temps où elle avait des valeurs et des principes, de ne jamais emprunter. Elle a perdu sa superbe, là-bas au château, ses croyances sur les hommes ayant été fortement ébranlées. Elle ne sait plus trop que croire.

Ils arrivent à la grande maison Weber. Le terrain aux alentours est magnifiquement entretenu. Elle devine les vaches dans l'étable.

Gérald ouvre la porte. La pièce est plutôt sombre.

Effectivement, on l'attend. Elle devine deux silhouettes autour de la table, qui ne sont autres que les parents de Gérald, Pierre et Louise.

À peine sont-ils entrés que Louise, nerveuse, se lève et fait mine de s'affairer à quelques rangements. Pierre, bien droit, le poing serré sur la table, fixe Flora droit dans les yeux, en patriarche qu'il est. Dans un coin sombre, à l'écart, se tient une vieille femme, un peu rabougrie, dont elle peine à distinguer le visage. Elle a une couverture sur les genoux. Elle semble faible. Flora laisse échapper un cri. C'est sa mère, Jeanne. Elle est vivante ! Sa joie s'épuise aussitôt devant le poids des questions et l'irréalité de la situation. Dans ce cadre-là, elle lui paraît une étrangère. Elle s'était imaginé se jeter dans ses bras, la serrer, lui dire combien elle lui avait manqué, mais là elle ne le peut pas. Quelque chose la retient. Et c'est Flora, à présent, qui attend.

Gérald se place à côté de son père.

— On t'attendait, installe-toi, dit ce dernier.

Flora balaye d'un regard hagard chacun des protagonistes. Non, elle préfère rester debout. Elle attend qu'il lui explique ce que cette scène signifie. Louise la fixe à présent, avec son visage rond et potelé, elle lui propose de quoi boire et manger. Mais Flora ne perçoit que trop bien sa fausseté. Elle n'est pas vraiment la bienvenue ici.

C'est Pierre, l'homme de la maison, qui reprend la parole. Gérald, assis à côté de lui, semble alors tout petit.

— Installe-toi, Flora, répète-t-il en haussant le ton.

Elle est encore sonnée et incapable de parler, mais ce haussement de voix la ramène un peu plus chez les vivants.

— Bien, puisque tu préfères rester debout, poursuit-il.

— Tu es sûre que tu ne veux pas un peu de soupe ? demande Louise en essayant de différer le moment fatidique.

Jeanne est silencieuse. Elle ne parle pas. Elle est trop faible. Ils sont tous bien portants dans cette maison, sauf sa mère, qui a l'air encore plus diminuée. Mais elle regarde sa fille avec amour. Ses yeux sont doux. Sa fille chérie qui est revenue. Elle n'avait qu'un seul souhait, la revoir avant de mourir. Elle pourrait se contenter de ce tableau sans dire un mot des heures durant. Flora sent peu à peu sa confiance revenir. Il lui semble évident qu'il manque des éléments.

— Où sont les vaches ?

Cette question brusque surprend Pierre.

— Cela fait partie des questions qu'il nous faut régler.

— Des questions qu'il faut régler ?

— Oui, assieds-toi !

— Non.

Ce premier « non », affirmatif, expression de sa pensée profonde, lui donne un peu plus d'assurance. Elle sent progressivement qu'elle reprend possession d'elle-même.

— Vois-tu, petite…

— Je ne suis plus petite, l'interrompt Flora, qui revient à la vie.

Cette deuxième réplique lui donne une nouvelle dose de confiance en elle, elle se sent grandir intérieurement, et sa combativité, qu'elle croyait perdue à jamais, refait surface.

Pierre passe outre et reprend :

— Vois-tu, Flora, quand tu es partie, ta pauvre mère s'est

retrouvée seule, sans personne, avec la charge des vaches et sa santé fragile, que tu connais, n'est-ce pas, Jeanne ?

Jeanne baisse la tête, soumise et un peu honteuse.

— Nous l'avons, en bons voisins, accueillie chez nous. Avec vos trois bêtes, qui ont rejoint notre troupeau pour plus de commodité. Et on s'est occupés de tout en ton absence. C'est que ça en a fait du boulot en plus ! Faut pas croire, ça n'a pas été facile tous les jours.

— Bien. J'imagine qu'il faut vous remercier. Cela étant fait, nous pouvons rentrer à la maison. Je suis là maintenant. Tu viens, maman ? dit Flora, qui s'apprête déjà à ressortir.

— Ce n'est pas si simple que ça ! objecte Pierre.

— Pourquoi ?

— Parce que nous en avons discuté et que les choses ont été convenues autrement.

— Autrement...

— Oui, nous avons établi que si tu revenais, ce qui est le cas aujourd'hui, les choses resteraient ainsi.

— Mais, moi, je n'ai rien convenu du tout. Je ne veux pas. Je veux reprendre ma vie d'avant.

— Ce n'est pas possible.

— J'agirai comme je l'entends.

— Tu as maintenant une dette envers nous. Ta mère a certes fait quelques menus travaux, mais qui n'ont pas compensé, et de loin, le soin que nous avons eu d'elle. Le gîte, le couvert, sans compter les carnes qui nous ont fait les quatre cents coups sur la ferme. Il a fallu les dresser.

Flora jette un regard à sa mère. Jeanne se met à pleurer. Elle se doutait que sa fille réagirait comme ça.

— Ta mère a donné sa parole. En échange, tu viendras ici et tu... Que tu... Enfin... Tu épouseras Gérald, continue Pierre en se tournant et tapant sur l'épaule branlante de son fils.

Gérald tente de prendre une posture digne, il esquisse un sourire timide.

— Vous avez soutiré une promesse à une femme malade et faible.

— Non, je l'ai accueillie sous mon toit, je l'ai secourue, je l'ai nourrie, et il a été convenu que, si tu sortais vivante des prisons du château, cela mériterait contrepartie.

— Je n'ai pas été consultée et, pour ma part, je ne suis ni malade, ni une marchandise, ni une bête que l'on manipule. Je ne me joindrai pas à votre troupeau.

À ces mots, Flora se redresse. Ses yeux retrouvent leur éclat et sa posture de sa superbe.

— Mais t'imaginais quoi ? Que t'allais sortir de prison et qu'à ton retour tout serait comme avant ?

— Oui !

— Eh bien, la situation est différente, voilà ! Jeanne, dites-lui, dites quelque chose, enfin ! s'impatiente Pierre.

— Flora, ma petite, je... Tu sais que je... je suis désolée, je suis si faible. C'est vrai, ils se sont occupés de moi.

— C'est une chance pour toi. Arrête tes manières ! Une grande maison, une famille respectable... Qu'est-ce que tu veux de plus ? reprend Pierre, qui tente de la raisonner.

— Vous êtes tout sauf respectables.

— Fais attention à ce que tu dis, petite, car je pourrais perdre patience.

— Ne me parlez plus sur ce ton ! dit Flora fermement.

Personne n'ose jamais parler ainsi à Pierre. Dans la maisonnée, on retient son souffle.

— Tu vas voir de quel bois je me chauffe !

Pierre brandit déjà le poing en l'air.

— Je n'épouserai pas le fils d'un assassin !

À ces mots, les yeux vert feu se sont allumés tout à fait, et Flora, hostile, balaye la pièce du regard.

— Cette fille est folle ! s'écrie Pierre.

— Je suis peut-être folle, mais vous, Weber, vous êtes un assassin.

Elle s'avance vers lui, aussi costaud soit-il. Elle n'a pas peur. Il lui semble qu'elle n'a plus rien à perdre dans ces conditions. Elle est prête à faire face, à faire face à son passé, ses souffrances et ses blessures, afin de pouvoir aller de l'avant.

— Je me souviens du service que mon père vous a demandé, car nous n'avions plus assez de bois pour nous chauffer l'hiver. Nous étions dans la misère. Il avait confiance en vous. Vous lui avez d'abord proposé de racheter notre maison, puis, devant son refus, vous lui avez proposé de vous accompagner pour couper un sapin de votre forêt. Vous étiez prêt à lui donner ce bois, moyennant son aide. Je vous ai vus, ce jour-là, ensemble. Je le suivais comme à mon habitude, toujours curieuse de voir ce qu'il faisait. Tout admirative que j'étais de lui. Vous l'avez entraîné. Vous lui avez dit de vous aider à abattre l'arbre, lui prêtant même votre hache. Quand il a fallu porter le dernier coup, vous avez prétexté un risque, vous lui avez demandé de s'éloigner et de vous attendre plus loin. Mon père était un paysan qui ne connaissait rien au bûcheronnage. Il vous a accompagné ce soir-là en toute confiance et avec toute sa reconnaissance. Et vous ? Qu'avez-vous fait ? Vous l'avez placé précisément à l'endroit où l'arbre est tombé.

— C'est faux ! C'était un accident ! Un accident. Un malheureux accident, se défend Pierre.

— Non, Pierre. Pas un accident. Pas de votre part. Pas vous qui maîtrisez les rudiments du bûcheronnage. J'ai cru alors à un accident, ignorante que j'étais. Mais aujourd'hui je sais que ça n'en était pas un. Car vous n'avez pas manifesté la moindre surprise. Vous avez envoyé Gérald chercher de l'aide. Lui à peine parti, vous vous êtes assis sur une bûche sans porter le moindre secours à mon père, ni même lui adresser un seul regard.

Pierre ne se démonte pas.

— J'étais sous le choc, voilà tout.

— Je ne suis plus une petite fille à qui on raconte des histoires. Vous avez toujours voulu récupérer notre maison, nous avons toujours été de trop pour vous, une enclave dans vos terres.

— Un accident, un accident, voilà tout ce que je dis.

— Faux ! Vous saviez parfaitement quelle inclinaison donner à la coupe. Il la fallait horizontale, afin de former un pivot pour la chute. Vous avez fait le tour de l'arbre et marqué un trait d'abattage tout en prenant soin d'éviter le serrage. Puis, après avoir mis mon père à contribution pour qu'il creuse sa propre tombe, vous lui avez demandé de se placer à l'endroit fatidique.

— Tu ne sais pas de quoi tu parles.

— Bien au contraire, maintenant je sais, j'ai étudié.

Flora jette un regard à sa mère, fière. Louise et Gérald observent Pierre. Ils sont pris d'un doute. Pierre se sent comme enserré dans un étau.

— C'est passé tout ça maintenant. Quelle importance ? On a hébergé la vieille pendant l'hiver. En contrepartie, tu vas épouser mon fils. Voilà, c'est dit. Il n'y a pas à discuter ou ressasser de vieilles histoires. Le passé, c'est le passé !

Il se lève. Sa stature est imposante, son visage rougi et bouffi par l'alcool. Il fait facilement deux têtes de plus qu'elle. Flora ne bouge pas. Elle est endurcie, elle n'a pas peur, elle n'a plus rien à perdre. Pierre la regarde, de plus en plus menaçant, il n'a qu'une envie, lever la main sur elle. Mais Louise tente de l'arrêter, connaissant trop bien l'impulsivité de son mari :

— Pierre ! Arrête !

Jeanne ne sait plus à quel saint se vouer.

— S'ils ne m'avaient pas accueillie, Flora, je serais morte, intervient-elle, pour faire redescendre la pression.

— Et… ? Ils ont tué papa mais comme, toi, ils t'ont sauvée on peut considérer qu'on est quittes et que ce sont des gens honnêtes et bons ?

— Ils l'ont fait, c'est tout ce que je dis, murmure Jeanne, qui tente de raisonner sa fille.

— Ne me dis pas que tu es d'accord avec eux ? s'offusque Flora.

— Nous n'avons plus rien, Flora, plus rien, notre maison est en ruine.

— Et les vaches, tu les oublies ?

Jeanne baisse la tête.

— Flora, les vaches sont mortes.

C'est un nouveau coup de la vie pour Flora.

— Mais elles étaient pourtant en pleine santé !

— Elles n'ont pas supporté le changement, le regroupement avec l'autre troupeau. Elles étaient devenues tellement maigres. Nous avons tout fait, se justifie Louise, pourtant peu concernée par la gestion du troupeau, qui revient aux hommes de la maison.

Pierre est toujours les poings levés, il semble attendre la décision de Flora. Le silence s'installe. Tout le monde sait qu'à présent Flora a pris conscience de l'entièreté de la situation. On est suspendu à ses lèvres. Pierre n'attend qu'un mot de sa part pour lui porter le coup fatal.

Ce serait une issue comme une autre, songe Flora au vu de la situation. Elle prend un temps. Un temps pour douter. Un temps pour se souvenir. Un temps pour refaire le chemin en sens inverse, et revenir ici et maintenant. Un temps pour faire le point et le bilan. Mais aussi pour digérer les arguments qu'on vient de lui asséner. Un temps pour accepter la brutalité de son retour et de tout ce qu'elle a vécu au château. Elle se donne ce moment d'hésitation, pour ne regretter aucune décision. Puis, comme à son habitude, c'est d'instinct qu'elle se prononce, car une part d'elle sait déjà.

— Je rentre chez moi. Restez entre vous, puisque vous êtes tellement bien ensemble. Et faites comme si je n'étais jamais revenue. Je ne dérangerai pas. De toute façon, une part de moi est morte, ou c'est tout comme, dit-elle, les yeux dans le vague, encore un peu au château.

Pierre veut lui porter un coup, mais c'est Gérald, cette fois-ci, qui s'interpose. Pierre assomme alors son propre fils, qui tombe au sol, sonné, tant le coup a été violent. Louise se précipite sur Gérald, étendu sans connaissance. C'est allé trop loin. Il ne doit plus s'en prendre à son petit.

Flora sort sans laisser place à la moindre réponse. Elle entend Pierre taper violemment sur la table, puis des bruits de mobilier qui s'écrase. Une rafale s'abat dans la maison Weber. Elle ne les verra plus jamais. C'est fini. Ils font définitivement partie du passé.

Elle se met à courir. Elle veut tout laisser derrière elle. Assez de violences. Assez. Assez. Elle veut rester seule et qu'on la laisse tranquille, qu'on la laisse mourir tout à fait. Elle se précipite chez elle. Dans la maison. Sa maison. Le seul endroit où elle se sent en sécurité. Elle s'enferme. Il fait noir. Elle s'installe dans un coin. Les mains sur les oreilles, les yeux fermés, comme quand elle était petite. Elle se balance d'avant en arrière. Elle fait les gestes qui bercent et les gestes qui calment, elle tente de se dire les mots qui rassurent. Elle se coupe de l'extérieur et ne veut plus rien entendre. La douleur est maintenant tellement présente qu'elle souhaite aussi se couper d'elle-même.

Elle s'allonge à même le sol. Ses relations au monde lui paraissent tellement chaotiques. Il lui semble impossible d'accueillir encore quoi que ce soit. Elle qui embrassait jadis le monde avec tout son amour et tous ses sens, elle s'est exposée à la vie, en a fait une expérience douloureuse qui a marqué à jamais son cœur. Un immense sentiment de solitude l'envahit. L'avenir est bouché. Elle sent cette distance énorme, ce fossé entre elle et les mondes, entre elle et les autres.

Elle reste de longues heures ainsi. Puis elle finit par desserrer l'étreinte autour de ses genoux. La pluie s'est mise à tomber. Une pluie de printemps, qui apaise et lave tout. Une pluie qui berce. Elle est sortie de prison, mais il lui semble être aujourd'hui dans une prison bien plus rude, celle de son esprit. Elle s'écroule de fatigue à même le sol, sans pour autant réussir à dormir. Un trop-plein de sensations et d'informations qui ne parviennent pas à se calmer. Elle aurait pourtant tellement besoin de dormir maintenant, de récupérer ! Elle en oublie également la faim. Elle sombre.

On frappe à la porte. Elle sursaute. C'est un coup supplémentaire porté à son cœur. Elle voudrait tellement que tout s'arrête et cesse de faire mal. Elle aimerait que le monde se fige, qu'il ne se passe plus rien. Que la vie cesse son mouvement et ses épreuves. Elle ne peut plus, elle en a trop encaissé, en trop peu de temps. Elle se lève pourtant, pour ouvrir, machinalement. Sur le seuil, ruisselante et tremblante, sa mère, son fichu sur la tête, pleure à chaudes larmes. Elle a attendu plusieurs heures sous l'eau, puis, n'y tenant plus, s'est décidée à tout de même retourner à la maison.

— Oh ! maman !

Flora se jette dans ses bras. Elle sent dans cette étreinte que sa mère n'a que la peau sur les os, et qu'elle est bien plus faible qu'avant son départ. Malgré les prétendus bons soins des Weber, son état s'est encore dégradé.

— Maman, tu es trempée, viens !

Sa mère ne dit rien. Le toit de chaume n'est plus étanche et des gouttes de pluie percent le plafond. Flora parvient à installer sa mère dans un coin plus sec. Elle se dépêche de remettre en ordre du mieux qu'elle peut l'endroit qui était jadis leur couche. Elle secoue les couvertures, enlève la poussière et installe sa mère, dont le souffle est très faible.

— Flora, Flora, excuse-moi, murmure Jeanne.

Flora se hâte de retrouver çà et là des morceaux de bois pour allumer un feu. Elle sacrifie un pied de chaise, et une flamme jaillit timidement. La maison revient à la vie et respire un peu.

— Il faut te sécher, maman.

Il semble à Jeanne que Flora est partie la veille. Tout s'est remis en place, elle est à nouveau là, à prendre soin d'elle. C'est peut-être ce qui la sauve à ce moment-là, ce qui la ramène, in extremis, à la vie.

— Ils m'ont mise à la porte, dit Jeanne, humiliée.

Flora serre les poings et les mâchoires.

— Ces gens sont ignobles et sans cœur !

— Ils m'ont dit que… que je ne leur servais plus à rien. Ils avaient pourtant donné leur parole… et… et… Je suis désolée, Flora, vraiment désolée. J'ai cru que c'étaient de bonnes personnes, même s'ils ne m'ont pas vraiment épargnée pendant tous ces mois. J'ai dû travailler dur.

Elle se met à sangloter.

— Ne te fatigue plus pour eux, je suis là, tout va redevenir comme avant.

Flora lui caresse le front. Elle la sent brûlante, la fièvre monte. Sans doute l'humidité et la pluie l'ont-elles prise. Et le choc n'a rien arrangé à cela, au contraire, il l'a sans doute précipitée dans un état physique encore plus grave.

Elle réactive un peu le feu pour sécher les vêtements et réchauffer sa mère.

— Pourquoi tu ne m'as jamais rien dit pour ton père ? Pourquoi ne m'as-tu jamais avoué que tu étais sur les lieux, ce jour-là ?

Flora ferme les yeux.

— Je voulais… C'était déjà assez douloureux comme ça. Je voulais nous protéger, maman. Je voulais te protéger, et que tu ne t'inquiètes pas. Ils pensaient que l'on plierait, ils pensaient qu'on viendrait les supplier. Mais jamais, jamais, plutôt mourir que d'avoir besoin d'eux !

— Tu as gardé ça pour toi toutes ces années. Tu as toujours été comme ça, Flora. Tu as toujours eu cette force hors du commun. Cette extraordinaire capacité à prendre en charge les choses. Tu m'as aussi prise en main, je le sais. Sans toi, je serais partie plus tôt. Dieu sait de qui tu tiens ça…

La fièvre est forte, sa mère commence à délirer. Ses paroles se font de plus en plus entrecoupées, elle divague.

— Toujours tu as été différente. Je t'ai élevée de mon mieux, et j'espère… j'espère que tu me pardonneras, que tu me pardonneras… Tu me pardonneras, Flora, hein ? Tu me pardonneras ? De ne pas t'avoir toujours tout dit, de ne pas avoir toujours fait… Mais toi non plus, tu vois, tu ne m'as pas tout dit. Des fois, on laisse le passé derrière soi, on oublie et on se tait pour se protéger et protéger ceux qu'on aime. Car je t'aime, ma fille, ma seule et unique petite fille, je t'aime, comme je t'aime…

— Oui, maman, je t'aime aussi.

— Avant que… Il faut… que… Là… sous la couche… Là… sous la couche…

Flora ne comprend pas. Sa mère s'agite à présent, elle insiste, avec un geste répétitif. Il semble que quelque chose la gêne, peut-être quelque chose d'inconfortable, coincé sous la couche.

— Sous la couche, vite, vite, vite, sous la couche…

Jeanne ne cesse à présent de répéter ces mots.

Ce n'est qu'un souffle très faible désormais. Flora soulève la paillasse. Elle glisse la main dessous, palpe du bout des doigts. Elle sent quelque chose. Ses doigts se referment. Elle tire. C'est un bout de tissu qu'elle n'a jamais vu, une étoffe en velours rouge brodée de fils d'or. Elle regarde sa mère d'un air interrogateur.

— Où as-tu trouvé cela, maman ?

Flora craint déjà des représailles. Sa mère balance la tête de droite à gauche, elle est de plus en plus agitée. La fièvre ne cesse de croître.

— À toi, à toi, à toi.

Elle répète ces mots plusieurs fois, puis plus aucun son ne sort de sa bouche. Ses gestes se font plus lents. Sa tête continue de remuer de droite à gauche, de plus en plus lentement, pour s'immobiliser tout à fait. Sa bouche se raidit progressivement. Ses yeux bruns fixent les yeux verts de Flora, dans un dernier souffle de vie. Elle se fige bientôt. Et, soudain, elle n'est plus. Elle quitte ce monde. Elle quitte cette vie. Elle appartient désormais au passé et aux souvenirs.

Flora reste là, le carré de tissu dans les mains, de quoi pleurer, le dernier présent de sa mère dont l'âme vient de s'envoler.

Elle pose la tête sur la poitrine de la morte.

— Maman, maman, j'ai encore tellement besoin de toi ! Pardon, maman. Pardon de t'avoir laissée. Pardon.

Elle était sa seule famille. C'est la deuxième fois qu'un être cher quitte cette terre. Et, aujourd'hui, cela fait beaucoup de pertes et de deuil. Une partie d'elle aussi se meurt.

Dans le silence de l'espace, une pulsation violente vient de donner vie à une étoile.

Les obsèques de Jeanne ont lieu dans une grande simplicité. Jeanne Batisse repose au cimetière de Wangenbourg avec son mari Jean, dans l'anonymat, puisqu'ils sont sans le sou. Ils se joignent à l'espace réservé aux petites gens. Michel et José, anciens amis de son père, se cotisent afin que Jeanne puisse recevoir du curé les derniers sacrements.

De retour au quotidien, ils proposent leur aide à Flora. Michel, José et son fils Justin, trois grands gaillards, ont tôt fait de remettre en état la masure inhabitée durant l'hiver. Ils réparent le toit et l'ensemble du mobilier. Flora est pour l'heure incapable de se projeter dans l'avenir, ils lui organisent son quotidien et la prennent en charge. Elle travaillera un peu pour chacun d'eux. Le matin à la boulangerie, chez Michel, l'après-midi avec José et Justin pour les travaux des champs, moyennant de quoi se nourrir.

Les semaines s'écoulent et le temps fait son œuvre. Le passé s'estompe un peu, laissant, malgré tout, de douloureuses blessures. Certaines pages sont plus difficiles à tourner que d'autres. Flora est sans nouvelles d'Hugo. Il faut continuer à vivre comme s'il ne s'était rien passé. Vivre comme si de rien n'était, comme si tout cela n'avait jamais existé. Cette terre est morte. Pour les autres, il faut tracer les sillons et semer, si l'on veut pouvoir récolter un jour. Ce printemps est rude dans les campagnes. La pluie et le mauvais temps rendent les travaux des champs difficiles. Les paysans ont beaucoup de mal à labourer leurs terres, trop humides. Cela rend le semis difficile, ainsi que la pousse du blé, qui, s'il reçoit trop d'eau, risque de pourrir.

Un matin, Justin tente de tenir l'araire plaqué dans la terre argileuse et collante pour la labourer. Flora le regarde redoubler d'efforts avec conscience et opiniâtreté. C'est un paysan au grand cœur. Elle s'approche pour l'aider. Mais il refuse. Il ne se lasse jamais des travaux des champs et semble beaucoup s'amuser, quelles que soient les difficultés et la dureté du travail. Flora considère certaines de ces tâches comme des corvées. Elle s'étonne de l'entrain de Justin.

— Il faut que tu fasses ce que tu aimes, c'est là que tu seras la meilleure, lui dit-il en haussant les épaules.

Justin est un terrien pragmatique, il a un bon sens paysan indéniable.

Flora commence à s'interroger sur ce qui l'anime et l'enthousiasme dans la vie. Avoir côtoyé la mort l'a changée, elle a des réflexions et des aspirations différentes. Elle ne voit plus les choses de la même manière. Elle faisait des fromages, plus par nécessité que par choix. Elle se souvient de l'étude avec Josserand, qui était pour elle un véritable moment de bonheur. Mais à présent ce n'est plus à sa portée.

Elle a remarqué que depuis quelque temps Justin la regarde avec des yeux amoureux. L'autre jour, quand ils rangeaient la récolte de foin dans la grange et qu'ils entassaient les ballots, leurs mains se sont effleurées, mais elle n'a rien ressenti. La blessure d'Hugo est sans doute encore un peu trop présente. Justin, elle le sait, est un très gentil garçon avec de beaux cheveux bruns et des yeux noisette très doux. Il ne parle pas beaucoup. Il est plutôt réservé. Mais c'est un homme de parole, loyal et juste, un paysan remarquable.

Flora est occupée à trier les grains pour les semailles du jardin potager. José supervise les opérations. Il s'interrompt dans son travail. L'intendant apparaît au loin. Sa silhouette est maigre et allongée, Flora la reconnaîtrait entre mille. C'est Anton, en personne, qui vient réclamer la taille encadrée de ses hommes. Il ne déléguerait cette tâche pour rien au monde, il est bien trop soucieux de s'assurer lui-même que les paysans payent ce qui est dû.

José s'avance à sa rencontre. Elle devine au loin un échange houleux. José fait de grands gestes, il est de plus en plus agité. Elle entend des éclats de voix. On s'échauffe. Et soudain plus rien, un garde frappe José, qui tombe à terre. Flora serre les mâchoires et les poings, Justin est plus rapide qu'elle, il stoppe son travail pour s'avancer d'un pas décidé.

À nouveau, les échanges sont houleux. De plus courte durée, cette fois, avec la même fin brutale : on le frappe également. Les deux paysans sont à terre. Anton se tient droit devant eux et les regarde avec condescendance, victorieux, affirmant sa supériorité. Les gardes entrent dans la maison de José et en ressortent quelques instants plus tard, les bras chargés de denrées et sans doute de quelques kreuzers glanés çà et là. Flora est restée spectatrice de ce triste tableau. Tout s'est passé tellement vite !

Alors que les gardes et Anton s'éloignent, elle se précipite auprès de ses amis.

— Les traîtres, les ignobles ! gémit José en se tenant les côtes.

— Pourquoi t'ont-ils frappé ?

— Ils ne cessent d'augmenter les impôts, on n'en peut plus. Avec ces conditions météorologiques, ils vont nous faire crever à force de réclamer plus !

José et Justin se relèvent avec de nombreuses contusions.

— On ne peut pas rester sans rien faire. Il faut que l'on se mobilise. Ça ne peut pas durer comme ça ! se révolte José.

— Ça pourrait être dangereux, dit Flora en essayant de les tempérer. Prenez le temps de vous calmer.

— Flora, tout ça a assez duré. Il est temps que le seigneur de Wangen se rende compte de la situation, et nous allons la lui faire comprendre. Il va nous entendre.

— Ça pourrait être dangereux, et puis, il n'y est peut-être pour rien.

— Qu'est-ce que tu dis ? Tu les défends, maintenant ?

— Ce n'est peut-être pas lui le responsable. C'est l'intendant qui est mauvais.

— L'intendant est sous les ordres du comte de Wangen, Flora. Nous allons lui faire payer. Cette situation a assez duré. C'est ton séjour au château qui t'a fait perdre l'esprit ? Tu as oublié d'où tu viens ?

Flora baisse la tête. José ramasse son chaperon tombé à terre. Il lui adresse un regard soucieux et interrogateur.

— Viens, Justin !

Et ils s'éloignent à pas décidés vers le village. Jamais auparavant elle ne les a vus abandonner ainsi le travail en pleine journée. La situation est grave. Flora est inquiète. José va sans doute mobiliser les paysans pour organiser une révolte et taper aux portes du château. Elle espère qu'il ne leur arrivera rien. Elle décide de finir son ouvrage et de rentrer chez elle, par le chemin habituel.

À la sortie de la forêt, au bord de la clairière où se trouve sa masure, un homme se tient sur le chemin. Il est debout. Droit. Il semble attendre quelque chose ou quelqu'un. Flora s'avance, d'abord méfiante. Il regarde au loin. Calme. Serein. Le corps de Flora tressaille et se réveille. Il lui semble perdre brusquement le contrôle. Elle se rapproche. Elle a l'impression de le connaître. Elle distingue un peu plus nettement sa silhouette, une carrure qui lui semble familière. Comme elle marche à pas doux sur le chemin, il ne l'a pas entendue. Elle n'est plus qu'à quelques pas de lui.

Il finit par entendre le bruissement de sa robe. Il se retourne soudain. Là, devant elle, ce sont les yeux bleus et le sourire ravageur d'Hugo de Wangen.

D'abord sous le choc, elle est traversée d'un flot d'émotions. Incapable de parler. Voilà plusieurs semaines qu'elle est sans nouvelles de lui. Elle se contient. Elle n'a plus envie d'avoir mal. Contre toute attente, elle se tient à distance.

— Flora, je suis tellement content de te voir !

Il y a beaucoup d'émotion dans la voix d'Hugo.

— Hugo, répond-elle de manière formelle, restant plutôt réservée.

— Ça fait longtemps que…

— Depuis que l'on m'a relâchée, l'interrompt-elle sèchement.

Elle se souvient très bien de la dernière fois qu'ils se sont vus. À son insu, elle se met sur la défensive.

— Tu n'es pas heureuse de me voir ?

— Je n'ai eu aucune nouvelle de toi pendant tout ce temps. Pas même un billet pour me dire que tu allais bien, que tu étais en vie, poursuit Flora, soudain furieuse.

— Ce n'est pas possible. Je t'ai écrit tous les jours, dit-il.

Flora demeure silencieuse. Elle le fixe de ses yeux profonds, en rage. Hugo ne comprend pas, il redouble d'explications.

— Je t'ai fait porter mes lettres. Mais, toi, tu n'as pas répondu. Alors, j'ai fini par me faire une raison, par me dire que tu avais repris ta vie d'avant et que tu avais mieux à faire, qu'on était trop différents, peut-être.

— Où sont tes lettres, Hugo ? Où ?

— Je ne sais pas.

— Tout ça, ce sont des excuses et des mensonges !

Elle est redevenue cette paysanne qui serre les poings et les mâchoires.

— Flora, je suis tellement heureux de te revoir, ne pourrions-nous pas discuter ? Je me réjouissais, j'ai tellement de choses à te raconter.

— C'est tout ce que tu as trouvé ?

Hugo s'approche d'elle. Il veut la prendre dans ses bras, elle l'attire, avec ces yeux torrides, elle le fascine. Il veut la serrer tout contre lui. Elle le trouble. Il ressent pour elle un attrait inexplicable. Il s'approche pour l'embrasser. Flora de son côté se contrôle et se contient, coupée de son corps et de ses émotions, comme au premier jour.

— Tu m'as laissée sans rien pendant tout ce temps. Ton silence et le vide ont fait leur œuvre.

Elle le repousse et recule d'un pas. Il a peur de comprendre. Il reste interdit.

— Flora…

— Adieu. Va-t'en. Je ne veux plus te voir. Laisse-moi tranquille.

Hugo est sonné. Il ne s'attendait pas à cela. Elle a mis fin si brusquement à la conversation. Il s'écarte et la laisse passer. Elle marche d'un bon pas pour regagner sa maison, sans se retourner.

Hugo la regarde s'éloigner. Flora est libre. Il ne peut rien contrôler. Ces retrouvailles sont froides.

Tout cela appartient au passé, sans plus aucun avenir à écrire.

Non. Il ne peut s'y résigner. Il n'en sera pas ainsi.

Chapitre 23

Comté de Wangenbourg, au château

Un futur comte doit se maîtriser en toute situation. Pourtant, il n'en reste pas moins un homme sous le blason. Il est de ces colères saines qui peuvent faire changer les choses, même si elles demandent par moments de se heurter violemment à autrui, aux êtres chers que l'on aime.

C'est dépité et furieux qu'Hugo a regagné le château. La colère a remplacé la tristesse à présent. Il marche d'un pas décidé. Il sait où il va et comment s'apaiser. Il entre dans le bureau de Josserand, sans prendre le temps de frapper. Ce dernier n'est pas là. Qu'importe. Il retourne le contenu de la pièce. Les objets et manuscrits volent dans tous les sens. Ils sont envoyés à terre un à un. Frappés au sol. Hugo les traite sans aucun égard, à la mesure de sa rage. Ils s'écrasent à terre, les pages délicates cornées, les couvertures souillées, les reliures et les précieuses écritures malmenées. C'est bientôt un monticule de livres qui se tient au milieu de la pièce. Et toujours rien. Hugo n'a de pensées que pour ces lettres qu'il avait écrites de tout son cœur ; il est sûr qu'elles sont là, il veut absolument les retrouver.

— Où sont-elles ? Où sont-elles ? Je suis sûr qu'elles sont là et qu'il les a cachées quelque part !

Soudain, alors qu'il ne reste plus que quelques ouvrages sur l'étagère, il les trouve enfin, entre deux exemplaires de la sainte Bible. Il les compte. Il n'en manque pas une. Elles n'ont effectivement jamais été distribuées à leur destinataire. Elles n'ont jamais quitté le château. Et elles s'apprêtaient à tomber dans l'oubli sur cette étagère, dans le bureau de son ami si cher.

Josserand se tient sur le pas de la porte. Il regarde le capharnaüm qui encombre la pièce. Hugo se retourne et lui brandit les lettres sous le nez.

— J'espère que tu vas m'expliquer ça ?

— Hugo, calme-toi.

— Pas avant que tu ne m'aies donné des explications !

— Comment as-tu su qu'elles étaient là ?

— Et toi, comment as-tu pu ne pas les porter à Flora ?

— J'aurais dû les brûler, dit Josserand en se passant la main dans les cheveux.

— Je te croyais mon ami.

— Je le suis. J'ai fait cela pour ton bien. C'était bien trop risqué que l'on me voie là-bas. Et encore plus qu'on intercepte une de tes lettres chez elle !

— Tu m'as fait croire pendant tout ce temps qu'elle se désintéressait de moi. Tu m'as même prêté une oreille attentive en me réconfortant, alors que tu savais très bien qu'elle ne les avait jamais lues ! Et que tu ne les avais jamais portées ! Tu disais qu'elle était trop occupée, qu'elle avait beaucoup de choses à faire. Tu m'as menti !

— Il fallait que cela te passe.

— Mais qui es-tu, pour en décider ? Dieu, peut-être ? Tu as cru accomplir un acte de foi ?

— Hugo, il fallait que tu cesses de nourrir cette attirance destructrice et déchirante pour elle. Pour ton bien et pour l'avenir de ton comté, c'est mieux ainsi. Ne me reproche rien. À toi non plus d'ailleurs. Nous avons fait ce qu'il fallait. Cela n'avait pas de sens d'entretenir ce lien.

— Alors, tu t'es rangé à l'avis de mon père, c'est cela ?

— C'est mieux ainsi, Hugo. Cet amour était impossible. Elle appartient à un autre monde. Malgré la belle personne qu'elle est, il y a des choses qui ne se font pas. C'est mieux pour toi.

— Je suis fatigué que vous parliez tous en mon nom, que vous vous mettiez tous à ma place, vous qui croyez savoir ce qui est le mieux pour moi ! s'insurge Hugo.

— Je suis ton ami. Un ami ne dit pas toujours des paroles agréables. Quant tu étais petit déjà, et que je te conseillais de retirer tes doigts du feu, c'était par affection pour toi.

— Je suis un homme à présent, c'est à moi de choisir si j'ai envie de me brûler ou non. Et un véritable ami ne ment pas et ne trahit pas.

— Si, on peut cacher des choses par amitié.

— Moi qui croyais que nous avions les mêmes valeurs, je suis plus que déçu.

— Tu es injuste.

— Et toi, tu n'es pas l'homme que j'imaginais.

Il serre un peu plus les lettres dans ses mains et enjambe les manuscrits éparpillés pour sortir de la pièce. Josserand tente de le rappeler, en vain.

— Hugo !

Il reste face à toute cette littérature qui jonche le sol. Quel gâchis !

Hugo se retire dans sa chambre. Il s'apprête à décacheter les lettres pour relire leur contenu et être un peu avec elle. Mais il entend soudain des cris aux portes du château. Il se précipite à la fenêtre. Une horde de paysans en colère, menée par José et Michel, les assaille. Ils brandissent toutes sortes d'armes, des outils agricoles et autres serpes et fléaux. On voit clairement qu'ils se sont organisés à la hâte. Sans doute en raison des deux jours de quête qu'Anton vient de mener pour la récolte de la taille Pour la première fois à Wangenbourg, les paysans mécontents sont devant le pont-levis. Et ils semblent bien décidés à être entendus sur leurs revendications.

Ils hurlent :

— Assez, assez, assez !

On entend çà et là des demandes qui jaillissent du brouhaha.

— Moins d'impôts !

— Oui !

— Moins de corvées !

— Oui !

— Du pain pour les paysans !

— Oui !

Hugo n'a jamais vu cela. Il cherche Flora des yeux. Elle est peut-être dans la foule. Mais celle-ci est tellement disparate qu'il a du mal à voir. Il rejoint immédiatement son père dans la salle du conseil. Hartmann se désespère de la tournure des événements.

— Ces gueux commencent à m'exaspérer à tous les niveaux.

— J'ai dû augmenter les impôts, seigneur, se justifie Anton. La guerre a coûté énormément. Pour équilibrer le budget, parer à l'entretien du château et aux lieux de culte, je n'ai pas eu le choix.

— Il faut que cela cesse, ils ne sont jamais contents, c'est un affront à mon autorité !

— Recevons-les, nous verrons bien ce qu'ils ont à nous dire, cela les apaisera, suggère Hugo

— Mais tu n'y penses pas ? Ils vont tout saccager, s'alarme Hartmann, horrifié.

— Dans ce cas, faites-en entrer deux, les meneurs, que nous puissions nous entretenir avec eux et connaître leurs revendications, continue d'argumenter Hugo.

— Hors de question. Il nous faut les réprimander.

— Ce n'est pas en les écrasant que nous verrons la situation s'arranger.

— Ne cédez pas, dit Anton, c'est une très mauvaise idée. Si vous les recevez une fois, ils ne cesseront d'avoir des revendications de plus en plus importantes. C'est faire entrer le loup dans la bergerie, nous ne serons plus jamais tranquilles. Ils finiront par nous manger.

Hartmann partage l'avis d'Anton à propos de ces familiarités qui pourraient bien ébranler son autorité et son pouvoir. En l'absence de son autre conseiller, congédié, il décide de se rendre à l'avis du premier.

— Vous ne ferez qu'envenimer et durcir la situation, les prévient Hugo.

— Je suis encore le comte, c'est à moi de décider. Que cela te serve de leçon. Tu vois pourquoi on doit se tenir à distance des paysans et pourquoi il n'est pas possible de fraterniser ? Anton, envoyez vos éléments rétablir l'ordre ! achève Hartmann.

Anton quitte la pièce, de plus en plus sûr de lui et heureux de la tournure des événements.

Il ordonne de chasser manu militari la centaine de paysans venus aux portes du château. Hugo assiste, impuissant, aux représailles. On lâche des gardes armés dans la foule. Le combat est plus que déséquilibré. Beaucoup sont blessés. Ce jour-là, les paysans wangenbourgeois sont rossés. On les traite sans égard et comme du bétail. Ils finissent par s'éparpiller, dans la désorganisation. En plus de ne pas être écoutés, ils sont humiliés. Pour cette fois, le château retrouve sa quiétude. Mais les hommes repartent en colère. Et la menace de révoltes plane à présent dans la campagne.

Comme à son habitude quand il est découragé, Hugo rejoint Rosalie dans les cuisines. Il vient chercher du réconfort auprès de celle à qui il peut se confier comme à une mère.

Rosalie est occupée, comme à son habitude, elle prépare aujourd'hui des conserves de fruits.

— Alors, Hugo, que se passe-t-il ? Tu as un chagrin ? C'est à cause de la demoiselle en robe rouge ?

— Elle ne veut plus me voir ni me parler.

— Vraiment, qu'est-ce que tu lui as fait ?

— Rien, justement ! J'ai été trompé, elle n'a jamais reçu mes lettres. Elle est restée un moment sans nouvelles de moi, et maintenant elle ne veut plus me voir, jamais.

— Ce n'est pas grave, ça, ça passera. Tout passe. Tout se répare, si tu en as vraiment envie. C'est un « jamais » qui veut dire « cours-moi après », ça !

— De toute façon, ça ne marchera jamais, nous ne sommes pas du même monde.

— Quelle idée grotesque ! On a bien tous les deux les pieds sur terre, que je sache !

— Mon père, le comté, le prestige, le…

— Bah, moi, ce que je dis, c'est qu'il faut écouter son cœur ! Sinon, tu finiras par devenir sec comme le père Hartmann ! Bouh !

— Merci, Rosalie. Mais je crois qu'il est trop tard.

— Ceux qui ne veulent rien faire trouvent des prétextes, ceux qui veulent avancer trouvent des solutions !

— Je n'en ai pas.

— Tu croyais quoi, hein ? Que t'allais débarquer des semaines plus tard, et hop ? Cette femme-là, elle a une étoffe de comtesse ! Je l'ai vu, moi ! Toute paysanne qu'elle est ! Elle mange pas de ce pain-là ! Tu imaginais qu'elle allait te sauter dans les bras, comme ça ? C'est une femme, Hugo, et toutes les femmes ont envie de se sentir importantes, uniques, aimées. Je sais de quoi je parle !

— Le silence et le vide l'ont blessée.

— Alors, il suffit de le combler et d'y remettre du feu ! Voilà ce que je dis, moi.

À ces mots, Rosalie ravive d'un geste preste les braises de l'âtre et met les pommes à chauffer dans le chaudron.

— Tu trouveras, Hugo, la nuit porte conseil. Si tu le veux vraiment, rien n'est insurmontable. Après la pluie, le beau temps. Demain, tu verras, la solution t'apparaîtra.

Chapitre 24

Comté de Wangenbourg, en campagne

Choisir. Tout choix est un renoncement.

Choisir une voie, un chemin, un camp, est parfois une décision douloureuse, qui demande à renoncer à d'autres aspects que l'on aime. Cela implique de se mettre en danger, pour se dépasser. Cela requiert parfois de sacrifier certains amis et certaines connaissances, pour aller vers plus de fidélité à soi. Des choix sont douloureux. D'autres évidents et naturels, qui procurent inévitablement beaucoup de plaisir et de jouissance.

Une réunion clandestine est organisée chez José, dès le lendemain. Après les violents incidents de la veille, ils décident de se mobiliser avec plus de méthode, pour plus d'efficacité. À la lumière des bougies, la révolte s'organise.

— Il ne faut rien lâcher, dit José en tapant du poing sur la table.

— Nous ne pouvons pas nous laisser faire par eux, réplique un autre.

— Oui d'accord ! Vrai ! répond le groupe en chœur.

— Il nous faut utiliser d'autres stratégies que la force.

— Hier encore, je me suis fait piller ! Des mercenaires sont venus dans la nuit, ils ont saccagé mes semis et embarqué quinze de mes canards ! Le matin ! Pouf ! Disparues, les bestioles !

— Nous ne sommes plus en sécurité. Le comte ne remplit plus sa fonction. Il augmente les impôts et n'assure plus notre protection. On respecte notre part du contrat mais, eux, ils ne font plus rien, à part nous saigner comme des porcs. Faut qu'on s'organise !

— Je propose de cacher une partie des récoltes, suggère José. J'ai prévu de construire un double mur dans la grange.

— Bonne idée ! approuve le groupe.

— Faites-en de même. À nous tous, nous mettrons suffisamment de côté pour garantir notre subsistance pour l'hiver. On se refilera les denrées en douce. Ils vont voir de quoi on est capables ! Ah, ils nous prennent pour des faibles, mais on est plus malins qu'eux.

— Flora, tu fabriqueras des fromages et tu les cacheras dans ton ancienne étable. Ils n'auront pas l'idée d'aller y regarder, dit Michel. Quant à moi, je fabriquerai du pain clandestinement, que vous ayez ce qu'il faut. J'en cacherai force quantité.

— Nous allons réunir davantage de monde. Que chacun recrute. Il nous faut être soudés. Il faut nous préparer à riposter plus durement, si la situation venait à s'aggraver. Faut qu'on s'arme.

— Méfions-nous de Weber, s'il nous découvre, nous serons perdus, prévient l'un d'eux.

— Celui-là, je m'en charge, répond Michel. Je veillerai à ce qu'il se tienne tranquille. J'en connais assez sur lui pour qu'il cesse son caquet.

José sert des gobelets de vin. On trinque aux futurs projets clandestins. Flora préfère se retirer dehors. Elle s'assoit sur le pas de la porte et s'adosse au mur de pierre de la masure de José. Elle regarde les étoiles. Entre ombre et lumière, ses pensées vagabondent encore là-bas, derrière les murailles qu'elle devine au loin. Elle ne se sent ni avec ni sans. Ni ici ni là-bas. Il lui semble ne plus appartenir à rien, ne plus dépendre de rien. Elle a perdu ses repères. Elle est entre deux mondes tellement différents, incapable de choisir.

On sort de la maison. Elle se retourne. C'est Michel, sa boisson à la main, qui la cherche. Il s'assied à côté d'elle. Il regarde au loin, comme elle. Il attend quelques instants.

— La nuit est bien sombre. On n'y voit pas clair, commence-t-il.

— Oui.

— Tu vas retrouver le chemin, pour rentrer chez toi ?

— J'espère.

— Qu'est-ce qui ne va pas, Flora ?

— Rien. Tout va bien.

— Flora, je te connais depuis longtemps, tu sais… Comme si je t'avais faite… Comme si j'étais ton p… Enfin… Paix à son âme. Je te connais assez pour savoir que ça ne va pas si bien que tu le laisses paraître.

— Ne t'inquiète pas pour moi, Michel.

— Depuis que tu es revenue, tu n'es plus la même.

— Mais si !

— Avant, tu étais toujours révoltée, prête et partante pour qu'on se soutienne. Et maintenant que ça dépasse largement les limites, qu'il faut agir, on dirait que tu te retires. Qu'est-ce qui t'arrive ?

— Je ne sais pas.

— Tu participeras, n'est-ce pas ?

— Je ne sais pas, répète-t-elle.

— Avant, tu te serais levée, tu aurais même été la première à proposer des idées contre ces affreux.

— Ne sois pas trop dur avec eux, Michel, ce sont des êtres humains comme nous.

— Des humains qui tyrannisent les plus pauvres, qui

usent de leur pouvoir et de leurs privilèges pour nous faire crever, qui nous traitent comme des bêtes et des moins que rien ! Tu trouves ça juste, toi ? On travaille à les nourrir à longueur de journée. Tu appelles ça des êtres humains ?

— Il y a des gens bien partout et des gens malhonnêtes partout. Regarde les Weber.

— Alors tu les défends, les seigneurs, maintenant ?

— Non, je ne les défends pas. C'est juste que je me suis rendu compte que leur vie n'est pas si facile qu'on pourrait le croire.

— Que s'est-il passé au château, quand tu étais en prison ? Tu n'en as jamais parlé.

— Je ne peux rien te dire, Michel, je suis désolée.

Il se renfrogne. La réponse de Flora le surprend et le vexe à la fois. Il pensait qu'ils étaient proches, qu'il était son confident et qu'ils se disaient tout.

— J'ai toujours veillé sur toi, depuis que ton père est parti.

— Oui et je t'en remercie. Heureusement que tu es là. Je t'estime beaucoup.

— Alors, permets-moi de te parler comme un père aujourd'hui.

— Je t'écoute.

La voix de Michel s'est faite plus ferme et plus sèche.

— N'oublie pas d'où tu viens, Flora. N'oublie pas d'où tu viens. Si on veut faire bouger les choses, il faut qu'on soit soudés. On a besoin de tout le monde. Il faut faire confiance aux siens. Quand tu fais partie d'un groupe, c'est pour les bons et les mauvais moments. Tu ne peux pas choisir uniquement ce qui te fait plaisir et t'arrange, puis laisser les autres faire le boulot. Avec José, on fait tout ce qu'on peut pour toi.

— Oui, je le sais.

— Alors, choisis ton camp et assume ! C'est comme

ça que ça se passe. T'es avec nous. Ou tu l'es pas. Mais tu restes pas entre les deux. C'est trop facile.

Il se lève pour retourner à l'intérieur sans ajouter un mot. Flora est échaudée par ces propos. Elle tripote les brins d'herbe devant elle. Elle les arrache par petites poignées pour les jeter un peu plus loin. Elle comprend ces remontrances. Mais elle ne se sent décidément pas de se joindre au groupe, ce soir. Elle décide de rentrer chez elle, malgré la nuit noire et la marche de quelques lieues qui la sépare de son logis.

Elle est fatiguée quand elle passe enfin la porte de sa maison. À sa grande surprise, une bougie est allumée au centre de la pièce. C'est un chandelier de cuivre. Un chandelier prestigieux, sur lequel on a pris soin d'installer une magnifique bougie qui brûle avec ardeur. Sur la table, juste à côté, elle trouve une pile de lettres, ainsi qu'un billet.

Puisse la lumière qui emplit la pièce en ce moment même te rappeler combien tu comptes pour moi. Voici les lettres que j'avais écrites, en espérant qu'elles apaiseront mon absence de jadis. Pardonne-moi et reviens-moi vite. H.

Flora sourit. Elle caresse avec plaisir la pile de courriers. À côté, elle trouve également un petit paquet dans lequel Hugo a pris soin de lui fournir un encrier, une plume et du papier au cas où elle voudrait lui répondre.

Elle commence par décacheter la première lettre. Puis elle les dévore les unes après les autres. La fatigue s'est envolée, laissant place à la curiosité et à son appétit retrouvé de lui. Au détour de ces lignes, elle le découvre sensible. Il a recopié les vers de certaines de ses lectures.

Chère Flora, hier soir, au château, un trouvère a chanté ces mots. Une lumière dans l'une de ces soirées mornes et austères, où je ne pense qu'à toi. Il me semble qu'il lisait dans mon cœur :

Qui aime bien n'est jamais déloyal,
Mais doux, béni et gracieux à celle
Qu'il veut aimer sans penser à nul mal.
Le vrai amour doit toujours être tel,
Qui veut aimer dame ou demoiselle.
Une douleur en moi enclave,
Tel est battu qui pleure ne ose.
Je ne sais si elle m'aimera ou non.
Et je n'ose dire son nom,
J'ai de mon salut l'espérance,
Et ce n'est qu'à elle que je pense.
Affection du jour.
H.

Flora sourit. Elle décachette la dernière lettre, un peu triste d'avoir avalé si vite ces agréables lectures. La missive est plutôt courte, et a été écrite le matin même.

Flora, si tu lis cette lettre, c'est sans doute que tu as lu toutes les autres et j'en suis heureux. Rejoins-moi, je t'attends au château du Freudeneck. Nous y serons seuls et en sécurité. Je t'expliquerai tout. Fais-moi confiance. Ton H.

Le lendemain, après sa journée de labour, Flora emprunte le chemin inconnu du château du Freudeneck. Elle a questionné Michel pour en savoir plus sur cet endroit, en essayant de ne pas trop attirer son attention sur le sujet. Il semblerait que cela soit le château d'enfance de la mère d'Hugo, Anne de Vilsberg. Il se situe à proximité de Wangenbourg. À l'époque, l'union d'Anne et d'Hartmann de Wangen a permis de réunir les territoires des deux familles en un seul et même comté. Anne est donc tout naturellement venue vivre avec son mari. Le château de son enfance a été condamné après la mort de ses parents. Cela représentait trop de dépenses pour le garder en état.

Flora chemine sur la route du château abandonné, sans trop savoir ce qui la pousse et l'anime. Ni ce qui l'attend. Il lui semble que sa décision dépasse l'entendement. Poussée par une part d'elle-même, et sans doute par son cœur, elle a le pas léger, le cœur en joie, mais l'esprit quelque peu coupable.

Elle se fraye un chemin à travers les ronces et les broussailles qui entourent Freudeneck, et plonge dans le fossé d'enceinte. Hugo lui a laissé l'indication d'un passage souterrain et d'une porte cachée pour pénétrer à l'intérieur.

Le château du Freudeneck est plus petit que celui de Wangenbourg. Il est construit à l'extrémité de la crête du Schlossberg et domine la Mossig. Un donjon épais se dresse au centre de l'édifice, rond et construit en impressionnantes pierres à bossage. Elle trouve dans le rempart la petite ouverture dont Hugo lui a parlé. Il a pris soin de la laisser entrebâillée. Elle s'aventure dans un long couloir de pierre. La nuit commence à tomber. Il fait sombre. Elle espère voir le bout du tunnel.

Ce dernier débouche sur un escalier en colimaçon. Flora a la chair de poule. Il règne un silence religieux dans ce château. À ce moment-là, elle se dit qu'elle peut encore renoncer. Elle peut encore faire demi-tour et un autre choix. Après tout, si elle a à ce point peur, c'est qu'il est peut-être préférable de rentrer chez elle. Elle pourrait être en sécurité auprès de ceux qu'elle a toujours considérés comme les siens.

Mais elle a le sentiment d'être déjà tellement engagée, puis elle est poussée par la curiosité et son goût de la nouveauté et de l'aventure. Elle a fait tout ce chemin, elle veut voir ce que l'avenir lui réserve. Hugo a pris soin d'allumer quelques chandeliers pour qu'elle puisse se repérer.

L'endroit est assez modeste. Et Flora le trouve d'une taille humaine adorable. Elle gravit les escaliers qui mènent aux appartements. Elle est devant la porte, il ne reste plus qu'à la pousser.

La pièce sent un peu la poussière et le renfermé, mais elle voit qu'Hugo s'est donné toutes les peines pour la rendre chaleureuse. Des bougies, des tapis, quelques éléments de mobilier et un bon repas, qui trône déjà sur la table. Hugo est là. Il l'attend.

Ils se regardent un moment en silence.

— Tu as fait vite.

Il a retrouvé son assurance et sa distinction naturelle. La voir enfin ici le rend confiant. Il ne compte pas y aller par quatre chemins. Il est décidé et sûr de lui. Le temps a été tellement long sans elle. Il donne le ton.

— J'avais peur que tu ne viennes pas.

— J'avais peur que tu m'aies oubliée, répond Flora.

— Je crains que cela n'arrive jamais.

— Je crains d'en être bien incapable, moi aussi.

Ils se rapprochent l'un de l'autre dans une tension à présent palpable. Dans ce lieu oublié et à l'écart de tout et de tous, tout peut à nouveau se jouer. Une seconde d'éternité s'ouvre ici. Ils en font un choix conscient, en toute abstraction du monde qui les entoure.

Ils sont à présent face à face.

Hugo pose la main sur sa taille. Flora tressaille. Des semaines qu'elle n'a pas senti ce contact sur elle. Son corps en a gardé la mémoire. Elle pose à son tour les mains sur ses larges épaules. Hugo prend cela comme une acceptation et il l'attire contre lui. Il serre un peu plus sa taille fine entre ses doigts. Il a une furieuse envie d'elle, maintenant, avant tout ; il a envie de ce dialogue-là. Il a envie de son sexe, de son accueil, de son corps et de sa chaleur. Avant d'en dire plus, avant de dire des choses, avant de savoir, il a envie d'elle. Il presse son sexe contre le sien. Il défait sa ceinture et relève sa robe, en lui empoignant fermement les fesses. Il la tient. Il choisit de la soulever. Flora passe les jambes autour de lui. Son sexe est déjà prêt. Il sent la chaleur moite de l'entrecuisse de Flora. Son sexe redouble d'ardeur. Flora lui baise les cheveux. Elle fait jouer ses mains sur son torse. Nul besoin de paroles. Elle laisse son corps parler pour elle. Il exprime le désir et commence à transpirer l'envie.

Elle frotte et presse ses seins contre le torse d'Hugo. Dans ce dialogue de corps à corps, il hésite à faire durer encore un peu les caresses. Mais l'attente a été tellement longue, alors il entreprend de s'emboîter en elle. Flora laisse échapper un cri qui excite Hugo davantage, et il pousse à son tour un râle puissant à faire trembler les murailles. Ils sont enfin seuls et peuvent laisser libre cours à leur duo.

C'est dans ce dialogue-là qu'ils communiquent à présent. Dans leurs cris respectifs, qu'ils peuvent laisser aller. Dans cette ardeur, ils se racontent, à leur manière, les moments passés l'un sans l'autre. Flora se tient à ses épaules et elle joue de son bassin sur son sexe. Hugo a envie d'elle plus profondément encore. Il l'allonge sur la méridienne qu'il a installée pour l'occasion. C'est ici qu'ils poursuivent. Flora prend le dessus. Coups de reins contre coups de reins. Frissons contre frissons. C'est une joute. Tantôt elle s'accroche à sa nuque, tantôt elle s'en détache dans un abandon complet.

Il la serre fort contre lui.

— Je voudrais que tu restes ici, Flora, lui dit-il entre deux souffles.

— Ici ?

Elle se redresse pour le regarder, la chevelure sauvagement ébouriffée par l'effort.

— Oui, ce château pourrait être le tien. Tu ne manquerais de rien. Tu pourrais y loger et je te rejoindrais tous les soirs.

— Tu n'es pas sérieux, répond Flora tout en riant et en gémissant.

— Si, je le suis.

Et il va un peu plus loin.

— Tu me proposes une prison dorée.

— Tu pourras sortir comme tu le voudras.

— Tu nous proposes une imposture, une double vie.

— Si c'est la seule façon de se voir, pourquoi ne pas le faire ? dit-il en se retirant brusquement.

Flora pousse un cri de protestation.

— Où vas-tu ?

— Faut-il que j'en fasse davantage pour vous convaincre, madame ? demande-t-il en agitant son membre.

— Je le crains, répond-elle, amusée.

— Très bien, dans ce cas, je vais m'y prendre autrement.

Il l'empoigne et la retourne sur la méridienne. Flora est à présent à califourchon sur lui. Il lui prend fermement les seins. Elle attend, impatiente. Il se joue d'elle. Puis, il finit par la pénétrer dans des mouvements de va-et-vient étirés. Elle en mesure bien toute l'amplitude.

— Ça vous va mieux comme ça, vous êtes convaincue ?

— Pas tout à fait.

Elle est toujours amusée et pourtant déjà conquise.

Hugo s'enfonce plus fort en elle et accélère la cadence.

— Dis oui ! Dis oui ! Dis-moi oui !

Son ton se fait plus impératif. Il est de plus en plus essoufflé, leurs gémissements se mêlent. Ils sont embarqués dans ce dialogue qui s'emballe. Enfin, ils y mettent un point final, et Flora finit par pousser un grand « oui ». Hugo la suit.

Ils restent ainsi toute la nuit, avant de regagner chacun leur autre vie. Et tout s'organise ainsi. Ils se retrouvent chaque soir, donnant ainsi libre cours à leur imagination et leur folie. Flora s'arrange pour quitter discrètement les travaux des champs. Elle s'assure de ne pas être suivie et prend la direction du château abandonné. Hugo attend que les gens soient couchés et se faufile dans la campagne. Ces deux-là ne pensent pas à l'avenir, ils pensent à eux. Dans la simplicité de ce qu'ils sont. Dans l'ardeur de ce qu'ils ont envie de vivre. Le plaisir d'être ensemble est leur guide.

Un soir, alors que Flora attend Hugo depuis un moment déjà, un doute la prend. Elle se demande si elle pourra continuer comme cela pendant longtemps. Tout a déjà bien duré, et la situation ne tend pas à être des plus pérennes. Elle pourrait se durcir, s'arrêter ou, pire, s'étioler. Seule dans la grande pièce emmurée, elle s'interroge : n'est-elle pas prise au piège ? Un piège qu'elle s'est elle-même construit, qu'elle a choisi.

Les troupes de mercenaires sillonnent de plus en plus dangereusement la région. Les paysans sont sur le qui-vive et de plus en plus mécontents. La nuit est déjà bien avancée. Hugo n'est toujours pas là. Flora commence à s'angoisser. Elle comprend qu'elle ne se sent pas capable de passer la nuit dans ce château austère et silencieux. Seule, elle ne s'y sent pas du tout en sécurité.

Hugo tarde encore. Ce n'est pas dans ses habitudes.

Elle y voit la preuve qu'ils ne pourront pas continuer comme cela éternellement.

Elle entend enfin un bruit de pas. Ces pas-là ne sont pas pressés et décidés. Ce ne sont pas les pas d'un homme en retard.

On ouvre la porte. Celui qui pénètre dans la pièce semble sûr de lui, comme s'il savait où il allait mettre les pieds. Là, devant elle, se tient une fois encore celui qu'elle redoute le plus et qu'elle hait tant : Anton. Avec une aisance déconcertante, comme s'il était attendu, il referme la porte derrière lui. Il la regarde, satisfait et victorieux.

— Je passais par là et j'ai eu envie de faire un tour dans ce château. Je suis agréablement surpris de vous y trouver. Vous m'attendiez ? raille-t-il.

— Je suis également passée par hasard, annonce Flora, prête à s'enfuir à la première occasion.

— Ne faites pas la maligne avec moi !

— C'est vous qui avez commencé, rétorque-t-elle.

Elle a déjà eu assez à faire à lui.

— Inutile d'attendre, il ne viendra pas.

L'intendant, qu'elle n'a côtoyé que trop de fois, s'avance vers elle.

— Qu'est-ce que vous en savez ?

— J'arrive du château. J'ai divulgué votre petit secret à Hartmann de Wangen, qui n'a pas du tout apprécié que vous lui désobéissiez une seconde fois.

— Odieux personnage. Mêlez-vous de vos affaires !

— Je vous avais prévenue et mise en garde, pourtant. Mais vous ne m'avez pas écouté, déplore Anton. Vous pensiez pouvoir rester ici, en clandestine, comme une reine, aux frais du comté ? Mauvais choix.

— C'est faux. Je n'ai jamais logé ici.

— Quand on élève des vaches, on y reste. Je pensais avoir été suffisamment clair.

— Je rentre chez moi, dans ce cas, avec mes vaches !

Elle veut le contourner et passer le plus vite possible la porte pour s'enfuir.

— C'est trop facile. Vous avez encore désobéi. Voilà trop de fois que vous m'échappez. Il faut que vous compreniez une fois pour toutes. Et maintenant j'aimerais que cette petite affaire me serve aussi à quelque chose. Après tout le travail que j'ai fait !

Il s'avance. Cette fois-ci, elle ne lui échappera pas. Ils sont seuls, il n'y a personne pour l'entendre ou venir les déranger, l'occasion est trop belle.

Flora ne voit aucun objet à portée de main pour se défendre. Or, Anton est de plus en plus près. Elle a le cœur qui tambourine dans la poitrine. Elle regrette à présent d'être venue. Elle regrette tout. Il lui semble qu'elle est sans doute allée trop loin et qu'elle va payer pour son intrépidité.

— Ne me faites pas de mal, implore-t-elle, pour essayer autre chose.

Anton ne l'écoute pas. Il a jeté son dévolu sur elle.

— Je pourrais vous ramener au château, mais je ne sais pas encore si je vous préfère vivante ou non. Si vous voulez le rester, je vous conseille d'être gentille, très gentille avec moi.

Il la saisit par les poignets. Elle commence à se débattre. Anton a beau être maigre, il reste un homme, et elle ne fait pas le poids.

— Lâchez-moi ! Lâchez-moi ! dit-elle de plus en plus vigoureusement.

Il s'apprête à aller plus loin, mais il est stoppé net dans son élan par la porte qui s'ouvre à la volée. Michel, José et Justin font irruption dans la pièce. Une apparition improbable dans un endroit comme celui-ci. Michel saisit Anton par le collet et l'envoie à l'autre bout de la pièce.

Puis ils restent quelques instants à se jauger les uns les autres. Michel s'apprête à renchérir et sauter sur l'intendant, mais Flora l'en dissuade. Elle tente de le raisonner.

— Il l'a cherché, c'est une vermine qui ne mérite pas de vivre !

— Michel, non, je t'en supplie, épargne-le.

Michel serre les dents. Il menace Anton du poing.

— Tu n'as pas intérêt à refaire ça, ou tu auras affaire à moi. Et soit dit en passant, ton seigneur et toi, vous avez intérêt à revoir votre politique, sinon il y aura représailles. Cours informer ton comte que ça va chauffer s'il continue comme ça. Allez, disparais avant que je ne change d'avis !

Anton rase les murs, le souffle court. Il ressort rapidement par la porte.

Les trois gaillards se tournent à présent vers Flora, il va falloir qu'elle s'explique. Elle n'est pas fière.

Elle baisse les yeux au sol. Elle s'assied sur la méridienne et se prend la tête entre les mains pour recouvrer ses esprits. Elle est encore sous le choc.

— Tu pensais nous cacher ça encore longtemps ? demande Michel.

Flora est au pied du mur.

— Je ne peux rien vous dire.

— Ah vraiment ? Et je peux savoir pourquoi ?

— Parce que je ne peux pas, c'est tout.

— Des pourris, des pourris et des salauds ! Flora, si nous n'étions pas arrivés, qui t'aurait sauvée, ce soir, qui ? s'enquiert Michel, à présent agité.

Vu la situation, il est certain qu'elle est plus que reconnaissante à ses amis d'être intervenus.

— Je sais, dit-elle en baissant la tête. Comment m'avez-vous trouvée ?

— Flora, je te connais depuis que tu es toute petite. Ça fait des jours que je trouve très louche que tu partes si vite après les travaux dans les champs, sans rester boire un coup avec nous. J'avais remarqué que tu prenais un autre chemin. Alors, ce soir, j'ai demandé à José et Justin de m'accompagner. Nous étions résolus à t'attendre dehors, cachés, en contre-haut du chemin, et te prendre par surprise quand tu en ressortirais. Mais nous avons vu Anton arriver. Nous ne pouvions plus rester dans l'ignorance. Que faisais-tu avec lui ? Tu l'informes de nos activités, tu complotes contre nous ?

— Michel ! Comment peux-tu croire une chose pareille !

— Mais tu ne nous dis rien ! Rien du tout ! Si tu ne nous fais pas confiance, je n'ai pas non plus confiance en toi !

— Je comprends, admet Flora.

— J'ignore la raison de ta présence ici, mais à entendre tes cris tu t'es mise en danger.

— Je sais, Michel, je sais.

Elle les regarde tour à tour, eux, ses amis qu'elle estime tant, et pourtant elle se sent étrangère à eux. Elle craque et laisse échapper des larmes, pour la première fois depuis longtemps. Il s'ouvre en elle un abîme. Elle se sent partir. Elle ne peut plus porter cela toute seule, c'est trop pour elle. Elle fond en larmes. Michel la prend dans ses bras costauds. Elle se laisse aller à pleurer sur cette épaule réconfortante.

— On est là pour toi, on est là.

Des paroles rassurantes, elle en a besoin. José et Justin se sont assis à leur tour. Ils la regardent, attendris. Tous font silence. Personne ne semble lui en vouloir vraiment. Le cœur de Flora s'ouvre. Elle doit raconter. Tant pis. Elle a besoin de soutien.

Quand elle achève son récit, ses trois amis restent silencieux, abasourdis. Ils saisissent mieux la complexité de la situation.

— Eh bien, tu t'es mise dans de beaux draps ! Et maintenant tu comptes faire quoi ? lui demande José.

— Tout ça, c'est fini, répond Flora, résignée. Hugo devait venir ce soir. Son père a été mis au courant. Il ne reviendra plus jamais. C'est fini, c'est fini, c'est fini, tout est fini.

Michel et José l'aident à se relever. Puis le groupe reprend le chemin de la campagne. Ils ont fait le choix de ne rien dire de plus, même s'ils auraient volontiers craché sur le compte de celui qui fait souffrir celle qu'ils aiment tant. C'est déjà bien assez comme ça.

Il y a des choix qui se passent de tout commentaire.

Les représailles seront bien assez terribles.

Chapitre 25

Comté de Wangenbourg, au château

Hugo est enfermé, pris au piège. On l'a séquestré dans sa chambre. On a tourné la serrure, discrètement. Quand il a voulu sortir, enjoué comme à son habitude, il a trouvé la porte close. Il a tambouriné pour être libéré. Mais on a feint de ne pas l'entendre. Il redoute que ce soit un bien mauvais présage. Il tourne en rond comme un lion en cage. Il pense à Flora. Il se sent impuissant. Il est dans la crainte et la frayeur de ce qui a bien pu se passer là-bas, au Freudeneck. S'il lui arrivait quelque chose, il s'en voudrait toute sa vie !

Alors qu'il est enfermé et enchaîné dans sa tête, face à ce problème insoluble, on toque enfin à la porte pour le libérer de l'incertitude.

C'est la voix de son père. Il parle doucement. Il a l'air abattu. Il lui semble entendre la voix d'un vieillard las.

— Tu as continué tes imprudences, Hugo. Il faut que cela cesse.

Il n'y a plus de colère dans cette voix. Hugo est surpris, déstabilisé par ce nouveau rapport. Il en est presque attendri. Mais c'est aussi très angoissant.

— Père, est-ce que ça va ?

— Je suis fatigué de tout cela, Hugo, fatigué, tellement fatigué.

— Je vais tout vous expliquer.

Hartmann poursuit, sans l'écouter, d'un ton monocorde :

— Tu voulais héberger clandestinement une paysanne dans le château de ta mère, paix à son âme, Dieu sait ce qu'elle penserait de cela. Les finances du comté sont plus que délicates. Mon premier conseiller a failli se faire rosser, ce soir, par les amis de la paysanne, alors qu'il faisait simplement son devoir. On n'est pas passés loin d'un grand drame. Ils ont également menacé d'attaquer le château et de renouveler leurs actes de révolte. Il faut que ça cesse. Il faut que tout ça cesse ! Nous allons nous ranger, Hugo. Pour la paix et le bien du comté. Nous allons arrêter tout cela. Tu resteras ici jusqu'à la fin de la semaine.

— Je vous prie de m'excuser, père.

— Nous allons tout préparer. Quand tu sortiras de cette chambre, tu épouseras Kunégonde de Geroldseck, et tout sera en ordre. Fin de semaine. Fin de semaine. Cela cesse.

Hartmann a tout dit. Hugo tente de le rappeler, mais il ne l'écoute plus. Il l'entend s'éloigner d'un pas traînant dans les couloirs. Il ne pourra pas se sortir de cette situation, cette fois-ci. Il le craint. Il a la semaine pour y réfléchir.

Il songe dans un premier temps à s'échapper par la fenêtre, mais il se briserait les reins. Il envisage des solutions toutes plus improbables les unes les autres. Il est enfermé ici. Il n'y a plus rien à faire.

On frappe une nouvelle fois à la porte, plus discrètement. C'est Josserand. Il parle à voix basse pour ne pas être entendu.

— Hugo... Hugo ?

Hugo s'agenouille près du battant.

— Josserand, mon ami, tu es là !

— Est-ce que ça va ?

— Mon père m'a enfermé ici.

— Je sais, dit Josserand, et j'ai appris pour le mariage. On ne peut pas laisser faire cela. Ton père va trop loin cette fois-ci. T'enfermer ici. T'obliger à épouser la sœur de celui que tu as si vaillamment combattu. C'en est trop. Je ne peux pas laisser faire ça. La sincérité et l'amour doivent triompher. C'est ce que je t'ai toujours enseigné. Je te prie de m'excuser de ne pas t'avoir soutenu comme j'aurais dû ces derniers temps, alors que tu n'écoutais que ton cœur.

Hugo est soulagé que son ami partage son avis, il lui apporte réconfort et soutien.

— Josserand, il faut que tu ailles voir Flora, il faut que tu me dises si elle va bien. Il faut que tu la rassures.

— Je le ferai, Hugo, tu as ma parole. Je vais t'aider, nous ferons tout pour empêcher ce mariage.

— Peux-tu lui faire passer une lettre de ma part ?

— Je le ferai, glisse-la-moi sous la porte.

— Tu m'apporteras sa réponse ?

— Tu as ma parole. Dans l'adversité, il faut s'entraider.

C'est sous couvert d'un habit de paysan que Josserand s'aventure pour la première fois dans la campagne. Dans ce contexte de tension, mieux vaut ne pas se faire repérer. Il est caché jusqu'à l'extrémité des cheveux et prend la route de la petite masure de Flora en fin de journée, pour être des plus discrets.

Les heures semblent à Hugo des jours. Josserand est son dernier espoir.

Enfin, son ami revient au milieu de la nuit, et lui glisse la réponse de Flora sous la porte. Il reconnaît tout de suite son écriture, elle lui ressemble, nette et franche. C'est le cœur battant qu'il commence à lire.

Cher Hugo,

Je te remercie pour ta lettre. Il est des décisions qui ne sont jamais agréables à prendre. Tu le sais mieux que personne. Nous avons vécu des moments formidables. Aujourd'hui, notre histoire fait mal, et elle fait aussi du mal autour de nous. À ton père sans doute, et de mon côté à des amis très proches, qui sont tristes de me sentir en danger. Nous ne voulons pas cela tous les deux. Nous avons vécu des instants à jamais gravés dans mon cœur. Toi non plus, je ne t'oublierai jamais. Dès le jour où je t'ai vu, au milieu de cette foule, au marché, j'ai su que tu étais différent. J'ai vu ton amour pour les gens, ta générosité, ta simplicité d'être au monde, quels que soit le rang, le milieu, les carcans et les convenances, comme le soir où tu as préféré rester au coin du feu avec tes hommes. Tu sais voir le meilleur en chacun et faire en sorte qu'il donne le meilleur de lui-même.

Dans ton cœur, tu es un grand seigneur.

Nous ne pouvons plus raisonner comme des enfants et faire abstraction du monde extérieur. Nous sommes tiraillés par ces contradictions. Tu as un comté à gérer. Si tu abandonnais tout et partais loin, à la longue, cela finirait par te tuer. Je le sais. Et cela entraverait une part de nos valeurs et une part de nous-mêmes à laquelle on tient. Alors non, je ne m'enfuirai pas avec toi, Hugo.

Je connais ton amour, je n'ai pas besoin de plus. Il me semble que je peux vivre une vie entière sur cette certitude. Je peux vivre pour toi, sans toi. Sois assuré que je t'aime, avec ou sans toi.

Ne te reproche rien. Je serai dans la foule pour te célébrer.

Bien à toi. À Dieu.

Flora

Hugo s'écroule à terre, sous le poids des évidences enfin dites. La vérité n'a pas besoin de soutien. Elle est, tout simplement, dans toute sa douleur. Il espérait s'enfuir avec elle. Mais Flora lui apporte la vérité sur un plateau, dans toute sa complexité. Elle a raison. Au fond de lui, il le sait.

Josserand est toujours derrière la porte et se tient prêt.

— Alors, qu'est-ce qu'elle dit ? Quel est le plan ?

— C'est fini, Josserand, il n'y a pas de plan.

— Quoi ? Mais ce n'est pas possible ! On ne va pas se laisser abattre comme cela.

— Il ne reste plus qu'à prier. Moi, je ne peux plus rien. Prie pour moi, mon ami. Prie. Prie pour nous.

Sur ces mots, Hugo se retire. Il sombre dans un état d'abattement similaire à celui de son père. Il se laisse aller. Il décide de cesser de lutter. Il ferme les yeux et s'en remet à Dieu. Il n'attend plus qu'un miracle.

Chapitre 26

Comté de Lichtenberg, au château

Jacques regarde les étoiles. Il est occupé à les répertorier sur une carte en cette fin du mois d'août. Certaines sont plus lumineuses que d'autres. Il se demande où vont celles qui s'éteignent. Certaines filent dans le ciel, et tombent peut-être ensuite sur terre ? Il aimerait trouver un jour de la poussière d'étoile, il pourrait sans doute accomplir de grandes choses avec, en la mélangeant à ses préparations.

Nous sommes les étoiles passantes et lumineuses de cette terre, songe-t-il.

Barbara est occupée à prier. En ce jour anniversaire de la mort de leurs enfants, ils sont allés comme à leur habitude à la chapelle de Reipertswiller. Mais, ce soir, elle ressent le besoin d'être encore un peu avec eux.

Elle se dirige alors vers la chapelle des Lichtenberg, qui se situe dans l'une des cours du château. Elle s'y rend rarement. Ses pas l'ont guidée là ce soir, un appel du plus profond de son être. Elle pousse la lourde porte de bois qui résonne.

Une vieille femme se tient sur un banc, au premier rang. Barbara pensait y être seule. Une centaine de personnes habitent au château, mais elle ne pensait pas trouver quelqu'un à une heure aussi tardive. Elle s'approche à pas lents. Elle se place aussi au premier rang, de l'autre côté de l'allée, pour ne pas la déranger. Dans la semi-pénombre, elle se met à genoux, elle joint les mains et commence à prier.

Quand elle rouvre les yeux, elle voit la vieille femme se lever avec difficulté. Elle s'incline.

— J'ai l'impression de vous avoir déjà rencontrée, murmure Barbara à voix basse.

— Oui, répond la femme, nous nous sommes déjà rencontrées. À la même date, il y a de nombreuses années.

Barbara ouvre la bouche de stupeur. Elle se souvient maintenant, la reconnaît à ses yeux. Elle se rappelle le regard doux de celle qui lui a tenu la main et caressé le front, alors qu'elle avait des contractions. L'enthousiasme laisse vite place à nouveau au recueillement.

— C'est vous ! C'est vous qui m'avez accouchée. Vous êtes la sage-femme qui m'a accompagnée… Mes pauvres enfants. Je prie pour eux chaque jour.

— Je viens chaque année ici pour prier pour eux, pour vous et pour moi.

— C'est tellement bon de votre part, dit Barbara.

— J'ai besoin du pardon.

— Vous avez fait tout ce que vous pouviez, ne vous en veuillez pas. Vous avez sans doute déjà obtenu le pardon de Jésus. En ce jour, vous avez également le mien, je ne vous en ai jamais voulu, soyez en assurée. La vie est imprévisible et parfois nous sommes impuissants. Mais il est là, il est toujours là, il faut garder la foi.

La vieille femme regarde le Christ. Il ne lui reste plus longtemps à vivre. Elle le sait. Or, il est des secrets et des fardeaux avec lesquels on ne veut pas mourir.

— Non, Barbara, j'ai péché. Je vous ai dit que vos enfants étaient morts, mais je vous ai menti. Pour le garçon, il était trop tard. Mais pour la fille… La fille était bien vivante, bien vivante.

Barbara lève les yeux de stupeur.

Pendant ce temps, au château, Jacques et Louis s'entretiennent plutôt calmement, contrairement à leur habitude. Pour la première fois depuis longtemps, leurs points de vue tendent à s'accorder.

— Je viens d'apprendre qu'Hugo de Wangen va se marier, dit Louis, toujours aussi anxieux.

— Ah oui ? Et avec qui se marie-t-il ?

— Avec Kunégonde de Geroldseck ! Évidemment !

— Vraiment ?

— C'est un affront, Jacques ! La preuve enfin concrète que Volmar nous manipule depuis le début. Il est notre vassal, il aurait dû nous en informer au préalable. Ce mariage sera célébré dans le secret, et nous serons mis devant le fait accompli. Mes informateurs m'ont fort heureusement averti.

— Il va épouser cette créature froide et insensible ? Elle est, à ce qu'on dit, aussi aimable qu'une porte de prison.

— C'est le cas.

— Diable, quel funeste choix !

— Ce n'est pas le sien, c'est celui de son père, de toute évidence.

— Pauvre de lui ! Il faut empêcher ce mariage, ne serait-ce que pour ce garçon, elle le fera dépérir.

— Il nous faut faire vite, Jacques. L'union sera célébrée après-demain. Si nous voulons arriver à temps, il nous faudra chevaucher toute la nuit.

— Nous le ferons, Louis, nous le ferons. Et nous nous inviterons à ce mariage, afin de nous positionner. Vous avez raison, j'ai péché par excès de confiance. Ce Volmar de Geroldseck est un sournois. Je le prendrai sur le fait. Mettons-nous en route immédiatement, je vais prévenir Barbara.

La porte s'ouvre à la volée. Son épouse se tient sur le pas de la porte.

— Barbara, vous tombez bien ! Justement, je parlais de vous.

Mais Barbara s'avance vers Louis, le visage empreint de colère et de douleur.

— Qu'avez-vous fait de mon enfant ? Qu'en avez-vous fait ? Qu'en avez-vous fait ?

C'est une furie qui pénètre dans le bureau, prête à tout détruire sur son passage. Une louve à qui on a enlevé ses petits. Jacques essaye de la raisonner. Elle pourrait bien en venir aux mains avec son frère. Il ne comprend pas cette brusque agressivité et l'invite à s'expliquer.

Barbara est submergée par les émotions, elle peine à s'exprimer distinctement.

— J'ai vu la sage-femme dans l'église, elle m'a tout avoué.

Jacques regarde Louis, stupéfié. Louis ne répond pas. Il affiche un air contrarié. Il avait pourtant acheté suffisamment cher le silence de cette femme, en lui offrant une situation plus que confortable au château. Avec l'âge, elle a dû craquer de faiblesse et de sénilité.

— C'est une vieille femme. L'âge la fait sans doute délirer. Ne la croyez pas, Barbara.

— Cessez de mentir, Louis ! Racontez cela à d'autres, pas à une mère. Au fond de moi, je l'ai toujours su. Ce soir-là, j'en suis sûre, vous avez fait exprès d'éloigner Jacques de moi, pour me voler mon enfant. La vieille femme est formelle, elle m'a donné tant de détails que son âge n'est pas en cause. Tout concorde, Louis, tout, jusqu'à votre moindre comportement au quotidien ! Vous ne m'avez jamais aimée.

— Louis, je vous écoute, dit Jacques en prenant sa femme dans ses bras. Faites la lumière sur cette affaire.

— Je voulais le bien de tous, commence Louis.

— Et, pour cela, vous avez sacrifié notre enfant ! gémit Barbara.

— Votre union était illégitime. Nous n'avions pas le choix ! Vous ne pouviez pas élever ces enfants à la vue de tous. Ces bâtards ! C'était un affront pour la comtesse de Walpurge et pour tous. Ça aurait précipité le comté dans le chaos.

— Vous n'aviez pas à choisir pour nous !

— Louis, vous n'avez pas fait cela ? demande Jacques, atterré.

— Si, je l'ai fait !

— Mais… mais vous êtes mon frère…

— Quand j'ai vu que le garçon était mort, j'ai été soulagé, je pensais que la providence nous avait sauvés de vos mauvais actes. Lorsque la sage-femme m'a annoncé qu'il y en avait un autre, j'ai pris peur. Elle est née, la diablesse, une fille, oui, bien vivante. Mais nous ne pouvions pas prendre de risque, même avec une fille. J'ai regardé la sage-femme droit dans les yeux. Je lui ai affirmé que l'enfant était morte. J'ai acheté son silence. Si cela peut vous consoler, je n'ai pas eu le courage de me débarrasser de l'enfant. J'ai demandé à cette sage-femme de s'en charger, de la porter dans les campagnes et qu'elle soit confiée à de petites gens, pour qu'elle puisse tout de même vivre sa misérable existence de bâtarde. Elle vit, quelque part.

— Mon enfant est en vie, je l'ai toujours su ! s'écrie Barbara. À présent, c'est tout ce qui m'importe. Elle m'a assuré l'avoir fait porter à une famille de paysans de Wangenbourg, dans le lange des Lichtenberg. Grâce à votre lâcheté, il nous est peut-être encore possible de la trouver.

— Comment avez-vous pu ? répète Jacques. Et comment, depuis tout ce temps, osez-vous vous promener dans ce château et vous présenter devant moi ?

— Et vous ? Comment pouvez-vous vous promener dans ce château en ne vous occupant pas des affaires du comté ?

— Vous êtes un frère indigne de confiance.

— Et vous, un bien piètre comte ! J'en ai plus qu'assez de vos fantaisies et de votre désinvolture. Débrouillez-vous, Jacques, je quitte le château.

Louis fait volte-face. C'est la dernière fois que Jacques le voit.

Le comte de Lichtenberg se retrouve seul avec son épouse. Il la serre dans ses bras.

— Barbara, je vous demande pardon d'avoir été absent et de ne pas vous avoir suffisamment écoutée durant tout ce temps. Votre intuition de mère était la bonne. Vous m'êtes une épouse si chère et si précieuse ! Venez, ressaisissez-vous, nous partons pour Wangenbourg. Quelque chose me dit que ce voyage à cheval nous fera le plus grand bien. Et qu'il nous réserve plus d'une surprise.

Barbara relève la tête, une lueur d'espoir dans les yeux.

Chapitre 27

Comté de Wangenbourg, chapelle d'Obersteigen

L'union fait la force. Mais tout dépend à qui l'on s'unit. Il est de ces unions qui permettent de donner le meilleur de soi-même, et d'autres qui tirent vers des profondeurs abyssales.

En ce petit matin, Hugo est plutôt étranger à lui-même. On l'a habillé comme un prince. En silence, et sans lui demander son avis. Il s'est laissé faire. Soumis et résigné. Absent à lui-même. Il lui semble qu'on l'a préparé pour la pire des sentences. Il lui semble être conduit tout droit à la mort. Le premier et dernier jour de sa vie, mais en aucun cas le plus beau, il en est convaincu. Aujourd'hui sera un jour différent. Un jour qui va changer toute son existence. Il le sait. Il avance machinalement et se laisse conduire. Il n'y a plus d'éclat dans ses yeux. L'aigle est vaincu.

En sortant du château de son enfance, il se revoit, des rêves plein la tête. Il pense à sa mère, qui aurait sans doute pu changer le cours des choses, si elle avait encore été là. Il adresse une dernière prière à Dieu, avant que le convoi se mette en route.

La foule s'est pressée à la chapelle d'Obersteigen. Non

loin du village, elle est à distance plus que correcte lorsque l'on s'y rend à pied depuis les campagnes. Ce haut lieu symbolise l'Assomption de la Sainte Vierge. Il est très apprécié des villageois. Dans le climat de discorde actuel, cet événement marquera, Hartmann l'espère, la réconciliation et la fin des troubles dans son comté.

La place en pavés de grès rose a revêtu ses plus beaux atours. Des étoffes bleu et argent claquent dans le vent doux. Hartmann a voulu ce mariage fastueux. Hugo est son fils unique et, bien qu'elle soit organisée à la hâte, il tient à ce que la fête soit prestigieuse. Son alliance avec Volmar de Geroldseck marquera une prospérité nouvelle pour le comté. Ils vont perdre leur pleine indépendance, mais seront plus en sécurité grâce à cette union. Il se tient déjà dans les premiers rangs.

Josserand soutient Hugo et, ensemble, ils entrent dans la chapelle. Il presse fortement l'épaule de son ami, avant de regagner les rangs. Hugo se tient, fragile et faible, devant l'homme de Dieu.

Les petites gens se sont massés sur le trajet et devant la chapelle, pour apercevoir la future épouse. On a revêtu des habits de fête. On a fait un effort pour l'occasion. Dehors, certains jouent de la musique. On festoie déjà un peu, on se bouscule, on fait des suppositions sur la future épouse, qu'on espère rayonnante. Les moissons sont finies, on discourt sur la saison qui vient de s'écouler et les récoltes de blé médiocres. On parvient presque à se réjouir, pourtant.

Une calèche sombre s'avance dans la foule. On murmure sur son passage. On essaye d'en apercevoir les occupants. Les étoffes opaques ne laissent rien voir. On a reçu des ordres, ce mariage doit être célébré prestement, pas le temps de s'attarder. On fouette les chevaux. On exhorte la foule à s'écarter. On est un peu surpris de cette arrivée offensive en un jour comme celui-ci. Un nuage noir vient assombrir le ciel. C'est l'arrivée des corbeaux. Le convoi stoppe devant la chapelle. Hugo attend devant l'autel, résigné.

Volmar de Geroldseck est le premier à descendre. Il est vêtu tout de noir. Il n'a pas dérogé à ses habitudes vestimentaires, estimant qu'il ne valait pas le coup de faire exception. Il tend la main. Qu'on ne saisit pas. La dame descend seule. Kunégonde de Geroldseck fait son apparition, raide et crispée. La blancheur de sa tenue ne parvient pas à égayer l'austérité du personnage. La foule pousse un cri d'effroi. On voit nettement qu'aucun effort n'a été fait, que l'on s'est habillé rapidement et à contrecœur. Kunégonde n'a pas un regard pour ses futures gens. Elle ira loger au château de Wangenbourg avec Hugo, mais n'en ressent que du dépit.

En contre-haut de la chapelle, comme elle l'a promis à Hugo, Flora est là. Elle observe la scène de loin, non sans émotion. À sa demande, Michel l'a accompagnée pour la soutenir, afin qu'elle puisse dire au revoir une dernière fois à celui qu'elle aime. Elle a revêtu son habit de fête. Elle a fait de son mieux pour s'apprêter. Même triste, elle rayonne bien plus que la mariée.

Les Geroldseck ne jettent pas un regard autour d'eux. Ils ne sont pas venus pour cela. Ils s'avancent à pas pressés pour en finir, et vite.

C'est Volmar qui mène sa sœur à l'autel. Une victoire pour lui, un supplice pour elle. Ce n'est pas elle, mais lui, qui la saisit fortement par le bras, afin de s'assurer qu'elle ne se défile pas. Aux portes de la chapelle, il tape trois coups, trois coups qui résonnent comme un appel à la mort. On se redresse, on réajuste sa tenue. Une marche nuptiale retentit. L'orgue accompagne les foulées qui rapprochent les Geroldseck des Wangen, dont Hugo et Kunégonde sont les jouets impuissants.

Hugo a les yeux ailleurs. Il ne parvient même pas à regarder sa future épouse quand elle s'avance. Il est dans un état second. Là, sans être là.

Kunégonde, de son côté, fixe la croix du Christ, avec un air de défiance.

Les futurs mariés se tiennent à présent côte à côte sans avoir échangé un seul regard.

La musique s'arrête. Le prêtre commence son office, que les futurs mariés espèrent long. Voilà qui les rapproche en cet instant, ils ont au moins une envie commune, celle de retarder le moment où ils se retrouveront mari et femme.

L'homme de Dieu pose enfin la question tant attendue, celle sur laquelle, une fois la parole donnée, il ne sera plus possible de revenir :

— Kunégonde de Geroldseck, consentez-vous à prendre pour époux Hugo de Wangen, ici présent ?

L'assemblée retient sur souffle. Chacun pour des raisons diverses.

— Puisqu'il le faut, malheureusement, répond Kunégonde à voix basse. Oui, je le veux.

Sa voix finit par claquer dans la sacristie. Hugo est déstabilisé par ces paroles. C'est la première fois qu'il entend la voix de sa future épouse. Il semble qu'elle ne veuille pas plus que lui de ce mariage. Il la trouve certes austère, mais il la pensait au moins disposée à cette union.

— Hugo de Wangen, acceptez-vous de prendre pour épouse Kunégonde de Geroldseck, ici présente, et de l'aimer, de la chérir, de lui jurer fidélité, jusqu'à ce que la mort vous sépare ?

Il ne répond pas. Il est toujours dans sa léthargie. Un murmure commence à parcourir l'assemblée. L'attente dure.

— Mon fils, mon fils, ton esprit s'égare. Ta promise attend ta réponse, l'interpelle le prêtre.

Hugo se tourne alors vers l'assistance. Il regarde tour à tour les personnes présentes, afin de bien prendre la mesure de la situation. Il souhaite dire tout haut ce qu'il a sur le cœur. Rien qu'une fois, devant Dieu, il a besoin de le formuler. Il ne sait pas où il va, mais peu importe, Dieu guidera sa parole

— Je suis devant Dieu. Je suis conscient d'être à un tournant de ma vie. Une décision importante, une décision de futur comte, déjà. Josserand, mon ami, je me souviens de tes leçons et des valeurs que tu m'as transmises. Je ne souhaite pas mentir, me mentir à moi-même, ni vous mentir, madame ma future épouse, ni à vous qui êtes présents aujourd'hui.

Il sait d'ores et déjà qu'il aura toutes les peines du monde à chérir et rendre heureuse Kunégonde. Qu'il ait ou non rencontré Flora, cela ne change rien. Il sera incapable d'aimer une telle femme.

— Les paroles du Christ sur l'amour ne vont pas dans le sens des difficultés et des sacrifices. Ce n'est pas ainsi que je les ai apprises du moins. Si je vous accepte pour épouse aujourd'hui, madame, je le fais sous la contrainte et je ne peux jurer devant Dieu ce que l'on me demande. On peut me forcer à me marier, bien sûr. Mais me forcer à aimer, non. Et il me semble que cette femme, ici présente, n'a pas plus envie que moi de se marier.

Le prêtre jette un regard effrayé à Hartmann de Wangen. Il ne sait plus quoi dire. Volmar tonne et gronde déjà :

— Mariez-les et que l'on en finisse ! On ne vous a pas demandé votre avis ! On n'a jamais vu cela.

— Non, vous ne les marierez pas ! Je m'y oppose !

L'assemblée se retourne. Jacques de Lichtenberg et Barbara viennent de faire leur entrée dans la chapelle. Le prêtre s'agite en signe de désapprobation. C'est un désordre comme il n'en a jamais vu dans la maison de Dieu. On rentre et on sort de la chapelle comme dans un moulin. Tout homme de Dieu qu'il est, il sent la colère monter.

Jacques de Lichtenberg s'avance, et Barbara prend place dans la foule pour le laisser parler.

— J'avais confiance en vous, Volmar, mais j'aurais dû me méfier de vos tractations en douce. Vous êtes pris sur le fait, cette fois. Vous avez arrangé ce mariage sans m'en faire part.

— De quoi vous mêlez-vous ?

— Vous êtes mon vassal. Vous deviez me demander une autorisation, vous n'avez pas fait les choses dans les règles de l'art.

Hartmann se tourne vers Volmar et Anton. Il croyait pourtant que tout avait été arrangé. Du moins, on le lui avait assuré. Son conseiller lui a menti. Il le comprend à cet instant. En voyant les deux hommes côte à côte, il devine leur complicité. Elle est flagrante.

— Vous ne pouvez empêcher ce mariage. Tout est prêt, à présent. Célébrons-le et plus vite que cela ! S'il le faut, je le ferai moi-même !

Le prêtre reprend alors fermement la parole pour couper court à cette mascarade.

— Vous êtes dans la maison de Dieu et, ici, cher monsieur, c'est moi qui officie. Ce n'est pas vous qui faites la loi. C'est Dieu lui-même, dont je suis le digne représentant, entendez-le bien. Il me semble qu'il y a là bien trop d'éléments qui empêchent une célébration sereine de ce mariage. Aussi, il me paraît plus prudent de le différer.

— Il aura lieu aujourd'hui ou jamais ! tonne Volmar.

— Alors, ce sera jamais, répond Hartmann.

Volmar vient de perdre son dernier appui. Hartmann poursuit :

— Vous m'avez trompé. Je comprends aujourd'hui que vous avez tous les deux comploté contre moi dans le but de m'affaiblir. Vous m'avez menti.

Anton ne dit rien. Volmar enrage. Kunégonde, trop contente d'être sauvée, amorce déjà un repli vers la sortie, avant que l'on ne change d'avis.

— Rentrez chez vous, Volmar, et ne discutez pas, lui intime Jacques. C'est un ordre ! Rendez-vous à l'évidence : même la mariée se sauve…

Volmar grogne de colère et sort en bousculant sa sœur, dans une fureur noire.

Dehors, la foule murmure et se presse pour voir le spectacle. La mariée ressort seule, puis le frère et la sœur partent chacun de leur côté. Kunégonde prend la direction du couvent d'Obersteigen.

Flora regarde Michel avec effroi. Elle espère que ce n'est pas Hugo qui a fait des siennes. Elle craint plus que jamais les représailles.

À l'intérieur, Hartmann s'apprête à prendre la parole et à présenter ses excuses à l'assemblée, notamment à ses vassaux qui ont fait le déplacement en masse. Mais Hugo l'interrompt :

— La valeur d'une personne ne se mesure pas à son titre de noblesse. Que cela soit dit et entendu devant Dieu. Mon cœur est déjà pris. Je souhaiterais épouser aujourd'hui celle que j'aime, Flora, dit-il à son père, lui demandant son autorisation.

Jacques serre Barbara dans ses bras.

— Vos valeurs de cœur ne font aucun doute, mon garçon. Et pour cela j'ai envie de vous apporter tout mon soutien. Pour ma part, je souhaite qu'il en soit ainsi devant Dieu et qu'en ce jour les Lichtenberg vous apportent leur protection. Si Hartmann de Wangen, votre père, vous donne sa paternelle bénédiction pour épouser celle dont vous êtes épris, nous nous joindrons à vous.

Hartmann est ébahi. Cette précieuse alliance qu'il a cherchée depuis tout ce temps, voilà que, dans cette chapelle, il l'obtient, grâce à l'engagement de son fils !

Il le regarde.

— Tu l'as, mon fils, tu l'as, je suis tellement fier de toi !

Hugo a repris toute sa vigueur, il se précipite dehors pour chercher sa promise. Il la cherche à grands cris dans la foule. Michel et Flora échangent un regard stupéfait. Son ami l'encourage à ne pas se défiler. Elle dévale alors la petite colline pour rejoindre celui qu'elle aime. Hugo la contemple, les yeux brillants. La multitude s'écarte pour la laisser passer.

Les yeux bleus fixent les yeux verts. Une seconde d'éternité. Ils sont dans leur monde. La foule est soudain silencieuse. Hugo regarde le peuple. Ce peuple qu'il aime tant et celle pour qui son cœur bat. De mémoire d'homme, on n'avait jamais vu cela. Un comte, vêtu de ses habits fastueux, se mettre à genoux, devant la chapelle d'Obersteigen, pour faire sa demande à celle qui vient d'en bas. Et c'est lui qui s'abaisse à elle.

— Flora, veux-tu m'épouser ?

— Oui, Hugo, plus que jamais, je le veux.

Ils se relèvent ensemble. La foule applaudit, soulagée et heureuse. On crie. On se réjouit. On ne comprend pas tout ce qui se passe, mais on pressent une issue joyeuse à tout cela.

Hugo et Flora se tiennent aux portes de la chapelle, dans ces mondes qui fusionnent en ce jour. Hugo s'adresse au prêtre. Il lève la main. L'orgue retentit, et la marche nuptiale résonne pour la seconde fois en ce petit matin. C'est ensemble qu'ils s'avancent vers l'autel.

Un cri impromptu couvre à nouveau la musique. Le prêtre s'impatiente.

— Mais allons-nous pouvoir célébrer ce mariage, nom de nom ?

Barbara d'Ottenheim s'est faufilée entre les rangs et elle se tient à présent à côté de Flora, pointant du doigt la petite capeline rouge que la jeune fille porte sur les épaules. Elle appelle Jacques, son époux, tout en examinant Flora.

— Jacques, regardez, regardez !

Jacques s'avance à son tour vers Flora.

— Où as-tu trouvé cela ?

— C'est ma mère qui me l'a donné avant de mourir.

— Et où ta mère l'a-t-elle trouvé ?

— Je ne sais pas, elle m'a dit que c'était pour moi juste avant de mourir, répond Flora, attristée à ce souvenir.

— Jacques, c'est elle, j'en suis sûre ! Regardez-la, c'est notre enfant. C'est la cape des Lichtenberg !

Barbara caresse l'étoffe rouge brodée de fils d'or, qu'elle retourne et qui laisse apparaître le lion des Lichtenberg. C'est bien leur blason et l'emmaillotage réservé à tous les nouveau-nés de la famille. On regarde Flora plus précisément. Effectivement, elle a une crinière de feu semblable à celle de son père, folle, originale et indocile, et les yeux vert profond de sa mère. L'évidence saute aux yeux de tous. La certitude remplit les cœurs.

Flora comprend à ce moment pourquoi ses parents n'ont jamais eu d'autres enfants qu'elle. Elle comprend la portée des paroles de sa mère, sur sa chance d'avoir une fille comme elle, différente, ainsi que ses allusions à la cigogne, venue la déposer devant leur porte, un matin.

Hartmann de Wangen n'en revient pas. Il est doublement surpris et ému.

— Tu es une Lichtenberg, dit Jacques en regardant sa fille dans les yeux. Cela ne fait aucun doute. Et nous allons célébrer cette union, aujourd'hui même. Si Hartmann de Wangen est toujours d'accord pour que ma fille épouse son fils.

Hartmann acquiesce, incapable de parler, la gorge serrée de joie. L'émotion le gagne enfin. Il y a donc bien un cœur sous cette carapace.

Jacques s'adresse à présent à Hugo.

— Permettez que je mène ma fille à l'autel, dit-il en s'inclinant face à Hugo.

Et l'on se replace pour mieux s'unir. La marche nuptiale résonne alors pour la troisième et dernière fois, avec une portée et une justesse incomparables, à faire trembler les vitraux.

Au bras de son père, Flora de Lichtenberg s'avance vers Hugo de Wangen, yeux verts dans yeux bleus. Un moment d'éternité qui restera gravé à jamais. Qui était écrit. Destiné.

Vêtue d'une modeste robe de lin et de sa capeline rouge. On ne regarde qu'elle à la sortie de la petite chapelle, tant elle rayonne de bonheur, sous le soleil d'automne.

Michel, José et Justin sont là. On a festoyé longtemps, cette nuit-là.

Hugo et Flora se sont éclipsés dans leur chambre au petit matin. C'est officiellement qu'il l'allonge sur le lit à baldaquin.

Une union consommée et célébrée, qui les a menés vers le meilleur d'eux-mêmes.

Chapitre 28

Comté de Lichtenberg, en route vers le château

Ils chevauchent dans les feuilles d'automne. Elle est radieuse. Elle revoit ce tapis merveilleux, sur lequel ils se sont étreints pour la première fois. Quelques jours après leur union, Hartmann a donné son accord pour que les jeunes mariés repartent avec Jacques et Barbara, afin que Flora puisse découvrir sa terre natale.

Le retour est joyeux. On discute et on se découvre. On se raconte, pour rattraper les années passées. Le temps est plaisant. Ils en sont à la dernière portion du trajet, maintenant tout proches du village.

Jacques fait stopper les chevaux. Il invite tout le monde à descendre. Ils vont continuer à pied sur quelques pas. C'est une petite montée. Il entame une histoire, bien connue du pays :

— La légende raconte que l'un de nos ancêtres est arrivé sur ces terres avec un simple baluchon. Il cherchait un endroit où bâtir un château. En gravissant ce chemin, il a aperçu un paysan devant lui. Comme ils faisaient un bout de route ensemble, et que l'homme était un familier de la région, il lui a demandé où serait, d'après lui, le meilleur endroit pour cela. Ils ont grimpé la petite côte et, lorsqu'ils sont arrivés en haut, avec une vue dégagée sur la vallée, l'homme a pointé du doigt le sommet de cette montagne.

Des rayons de lumière blanche percent le ciel en un seul endroit et éclairent le sommet d'une colline, où trône un château grandiose et magnifique. On ne voit que lui. Il se dresse, fier, puissant, bienveillant et majestueux.

— Ce sera donc ici que je bâtirai mon château, sur la « Lichten Berg », la montagne de lumière. Bienvenue chez toi, ma fille, dit Jacques, en adressant à Flora son plus beau sourire paternel.

« Au commencement, Dieu créa le ciel et la terre.

Les ténèbres couvraient l'abîme et l'esprit de Dieu planait sur les eaux.

Dieu dit : "Que la lumière soit, et la lumière fut" ; et Dieu sépara la lumière d'avec les ténèbres, il appela la lumière jour, et il appela les ténèbres nuit.

Ainsi, il y eut un soir, il y eut un matin, ce fut le premier jour. »

La Genèse 1.1-2.3

Épilogue

— J'ai entendu qu'à Strasbourg un certain Gutenberg a créé une machine capable de reproduire des caractères sur des pages et des pages ! C'est absolument formidable ! Vous imaginez ? Plus besoin de s'atteler au fastidieux travail de copiste ! Les ouvrages vont pouvoir se propager à travers le comté, que dis-je, à travers le monde ! Il faut que j'en parle à Josserand ! Nous devons aller voir cela, je suis sûr que cela l'intéressera. Formidable ! Formidable ! On vit une époque formidable ! répète Jacques en passant en coup de vent devant le bureau de sa fille, avant de s'éloigner d'un pas dansant.

Hugo et Flora se regardent, haussent les épaules et rient de bon cœur. Hugo referme la porte derrière lui. Jacques est toujours avide de nouvelles farfelues et originales. Il est d'un enthousiasme débordant au quotidien. C'est très plaisant.

Ils aiment la belle famille qu'ils forment là.

Flora est assise, une plume à la main, tout occupée à sa feuille. Hugo se penche pour caresser le ventre qui s'est arrondi. Il embrasse sa nuque blanche. Il commence à caresser ses seins, que la grossesse a rendus particulièrement tendus, pour son plus grand plaisir. Il essaye de la distraire de son ouvrage. Il aime éprouver son pouvoir d'attraction et sa capacité à s'attirer les faveurs de Flora.

Il la trouve tellement excitante quand elle est prise dans une autre activité, tout absorbée à ses lettres.

— Ne voudrais-tu pas faire une petite pause avec moi ? demande-t-il en lui léchant et lui mordillant le creux de l'oreille.

Il descend le long de son cou avec la langue. Il plonge les mains dans son décolleté. La poitrine de Flora est tellement développée qu'il a du mal à la saisir de ses deux mains. Il sourit de contentement. Il se met à la palper.

— Plus tard, Hugo, j'ai besoin de finir cela.

Il lui pince les tétons. Elle pousse un petit cri. Il jubile. C'est tellement facile ! Il redouble de sollicitations. Il n'a pas l'intention de s'arrêter en si bon chemin, et son autre main se fraye déjà un passage vers son entrecuisse, pour façonner ses formes.

— Tu es impossible, je n'arriverai jamais à finir, proteste-t-elle en sentant son corps frissonnant qui ne lui obéit déjà plus.

Elle a les sens en folie. Hugo sait qu'en ce moment le moindre baiser l'enflamme, le moindre parfum la transporte, et qu'un souffle de sa part peut suffire à la faire chavirer.

— Mais qu'y a-t-il de plus important et de plus indispensable que votre mari, dites-le-moi, madame Flora de Lichtenberg ?

Il la saisit par les hanches afin de la faire se lever. Il glisse la chaise sur le côté, et se tient à présent derrière elle. Le sexe déjà turgescent, il se frotte à elle. Il ne voit pas son visage qui sourit ni ses yeux qui brillent, mais il les devine. Elle fait mine d'être indifférente et désintéressée, mais son corps raconte tout autre chose. Elle est prête, cela ne fait aucun doute. Ce caractère d'urgence l'inspire. Il l'aime ainsi, différente.

— Vous pouvez continuer votre ouvrage, cela ne me dérange pas, ajoute-t-il, amusé.

Il libère son sexe, qu'il fait jouer dans son entrejambe avant de la pénétrer avec envie, pendant qu'elle tente de faire courir sa plume sur le papier, poussant de petits gémissements. Leurs étreintes, en ce moment, sont plutôt brèves et intenses. Elle se laisse porter, tout en écrivant. Elle imprime les sensations. Elle relie les moments entre eux. Hugo presse le bassin contre elle. Ils progressent ensemble. Elle tient à graver cet instant. À imprimer les jouissances. À sceller leur amour. À immortaliser leurs désirs.

Écrire notre histoire,
Je veux que l'on se souvienne.
Ce soir où tu m'as rêvée comtesse.
Je veux que l'on sache,
Ce jour où je t'ai regardé pour l'homme que tu es.
Et ces moments où nous nous aimons,
Simplement, pour ce que nous sommes.

Remerciements

Beaucoup de remerciements à porter à ceux qui, par ce qu'ils ont fait ou représentent dans mon quotidien, ont contribué à ce projet qui continue sa belle route :

Un immense merci aux éditions HarperCollins pour leur confiance et à Emma Sesillo pour son attention, sa prévenance, ses conseils et idées avisés pour la finalisation du manuscrit. Une grande reconnaissance également à Librinova pour l'organisation de ce concours de romance historique française et à Anna Lyra, sa marraine, avec qui j'ai eu par la suite la chance de faire connaissance.

Aux Wangenbourgeois au grand cœur pour leur générosité, la famille Acker, en particulier Michel pour son enthousiasme communicatif, José De Parla, Marie-Pierre Kastler pour son formidable travail afin de faire vivre le territoire. Michel Kubler pour avoir cru en moi, plus que moi. Julie Ambry, ma zébrette de cœur.

Patricia Tolaini pour la richesse de ses enseignements. Infinitude Strasbourg Jacqueline-Marie pour ses sagesses. Gilles Würtz pour être le médiateur d'un monde plus grand. Peggy Hussong pour son Girl Warrior Power surpuissant. Au RCS et ses supporters pour l'esprit d'équipe qui donne des ailes et la force d'y croire, même quand on est au plus bas, car nous ne sommes pas onze mais des milliers. Marc Fritz et Claude Lambert pour les photos et ma maman Nadine pour son amour et son soutien quotidien. Marie-Pierre Mazet pour son grand cœur et mon père adoré Laurent pour les finitions de dernière minute. Hélène Oswald pour avoir assuré ma subsistance pendant que je jouais les écrivains. Elisa Fellmann et

Gorana Milinkovic qui les premières ont fait confiance à mes écrits. À tous les membres de *Au cœur des femmes,* dont Emeline Decaesteker est la porte-parole pour la magie de devenir une femme épanouie. Steeve Seiller pour l'intensité et l'étincelle. Camélia, ma fille chérie, pour sa patience et sa joie quand j'écrivais ces lignes. Et enfin à Ronald B., trésor inestimable, l'homme merveilleux qui me fait vibrer aujourd'hui et avec qui je rêve secrètement d'avenir. Merci à tous ! Merci la vie !

Retrouvez en juillet dans votre collection

Aliénor

Éléonore Fernaye

Amour (dis)courtois à la cour d'Aliénor

Série : Noces occitanes

Poitiers, 1163

En manque d'inspiration pour livrer l'œuvre qu'Aliénor d'Aquitaine lui a commandée pour le grand tournoi de la Saint-Michel, Béatrice voit en l'arrivée du chevalier Guilhem le Balafré le miracle qu'elle attendait. Ce petit noble, aussi malhabile qu'exotique dans son expression, représente un véritable défi : il refuse tout mariage et se tient à distance de toutes les fleurs de la cour. Si Béatrice parvenait à le faire fléchir, elle pourrait immortaliser ses exploits dans la plus pure tradition de la *fin'amor*…

Aurore Dumas

Le glorieux destin d'Elisabeth en 1830

Série : Péchés à la capitale

Paris, 1829

Après un long veuvage passé à veiller sur ses deux enfants, Elisabeth replonge avec délice dans le tourbillon d'une vie mondaine qu'elle pensait à jamais disparue. Aux nouvelles rencontres se mêle un passé qu'elle aurait aimé effacer : Hugues de Beaufort, l'ancien soupirant, dont elle a souffert la brutalité. Si ce dernier la supplie de lui laisser une seconde chance pour racheter sa conduite, Elisabeth est sensiblement attirée, bien malgré elle, par Aloïs Chabot, l'ancien officier de Napoléon aussi irascible que séduisant, qui lui sert de voisin…

HARLEQUIN
www.harlequin.fr

Victoria

CONQUÊTE. RÉBELLION. SÉDUCTION.

Victoria vous transporte des conquêtes vikings aux salons feutrés de la Régence, en compagnie de héros fiers et forts, et d'héroïnes souveraines dans leurs choix.

4 romances à découvrir tous les deux mois.

DIVERTIR • INSPIRER • ÉMOUVOIR

HARLEQ

www.harleq

OFFRE DE BIENVENUE !

Vous êtes fan de la collection Aliénor ?
Pour prolonger le plaisir, recevez

◆ 1 livre Aliénor gratuit ◆
et 1 cadeau surprise !

Une fois votre colis de bienvenue reçu, si vous souhaitez continuer à recevoir nos romans Aliénor, cela se fera automatiquement. Vous recevrez alors tous les 2 mois, 2 livres de cette collection au tarif unitaire de 7,50 € (frais de port France 2,35 €).

LES BONNES RAISONS DE S'ABONNER :

Aucun engagement de durée ni de minimum d'achat.
◆
Aucune adhésion à un club.
◆
Vos romans en avant-première.
◆
La livraison à domicile.

ET AUSSI DES AVANTAGES EXCLUSIFS :

Des cadeaux tout au long de l'année.
◆
Des réductions sur vos romans par le biais de nombreuses promotions.
◆
Des points fidélité échangeables contre des livres ou des cadeaux.

REJOIGNEZ-NOUS VITE EN COMPLÉTANT ET EN NOUS RENVOYANT LE BULLETIN !

A1ZEA2

N° d'abonnée (si vous en avez un) ☐☐☐☐☐☐☐☐☐☐

Mme ☐ Mlle ☐ Nom : .... Prénom : ....

Adresse : ....

CP : ☐☐☐☐☐ Ville : ....

Pays : .... Téléphone : ☐☐☐☐☐☐☐☐☐☐

E-mail : ....

Date de naissance : ☐☐ ☐☐ ☐☐☐☐

☐ Oui, je souhaite être tenue informée par e-mail de l'actualité d'Harlequin.

☐ Oui, je souhaite bénéficier par e-mail des offres promotionnelles des partenaires d'Harlequin.

Renvoyez cette page à : Service Lectrices Harlequin – CS 20008 – 59718 Lille Cedex 9 - France

Date limite : **31 décembre 2021**. Vous recevrez votre colis environ 20 jours après réception de ce bon. Offre soumise à acceptation et réservée aux personnes majeures, résidant en France métropolitaine. Prix susceptibles de modification en cours d'année. Vous pouvez demander à accéder à vos données personnelles, à les rectifier ou à les effacer. Il vous suffit de nous écrire en nous indiquant vos nom, prénom et adresse à : Service Lectrices Harlequin - CS 20008 - 59718 LILLE Cedex 9. Harlequin® est une marque déposée du groupe HarperCollins France – 83/85, Bd Vincent Auriol – 75646 Paris cedex 13. Tél : 01 45 82 47 47. SA au capital de 3 120 000€ - R.C. Paris. Siret 31867159100069/APE5811Z.

RESTEZ CONNECTÉ AVEC HARLEQUIN

Harlequin vous offre un large choix de littérature sentimentale !

Sélectionnez votre style parmi toutes les idées de lecture proposées !

www.harlequin.fr

- **Découvrez** toutes nos actualités, exclusivités, promotions, parutions à venir…
- **Partagez** vos avis sur vos dernières lectures…
- **Lisez** gratuitement en ligne
- **Retrouvez** vos abonnements, vos romans dédicacés, vos livres et vos ebooks en précommande…

L'application Harlequin

- Des **ebooks gratuits** inclus dans l'application
- **50 nouveautés tous les mois** et + de 7 000 ebooks en télécharge-ment
- Des **petits prix** toute l'année
- Une **facilité de lecture** en un clic hors connexion
- Et plein d'autres avantages…

Téléchargez notre application gratuitement

Télécharger dans l'App Store

DISPONIBLE SUR Google Play

SUIVEZ-NOUS !

facebook.com/HarlequinFrance
twitter.com/harlequinfrance